大美国学·唐诗

季旭昇　总策划
文心工作室　编著

中央编译出版社
Central Compilation & Translation Press

京权图字 01－2023－0393 号

中文經典 100 句：唐詩
中文簡體字版©2023 由中央編譯出版社發行
本書經城邦文化事業股份有限公司商周出版事業部授權，
同意經由中央編譯出版社，出版中文簡體字版本。
非經書面同意，不得以任何形式任意重製、轉載。

图书在版编目（CIP）数据

唐诗／文心工作室编著. —北京：中央编译出版
社，2023.7
（大美国学）
ISBN 978－7－5117－4276－6

Ⅰ.①唐… Ⅱ.①文… Ⅲ.①唐诗－通俗读物
Ⅳ.①I222.742－49

中国版本图书馆 CIP 数据核字（2022）第 176654 号

唐诗

责任编辑	苗永姝	
责任印制	刘　慧	
出版发行	中央编译出版社	

地　　址　北京市海淀区北四环西路 69 号（100080）
电　　话　（010）55627391（总编室）　　（010）55625179（编辑室）
　　　　　　（010）55627320（发行部）　　（010）55627377（新技术部）
经　　销　全国新华书店
印　　刷　佳兴达印刷（天津）有限公司
开　　本　880 毫米 × 1230 毫米　1/32
字　　数　270 千字
印　　张　13
插　　图　10
版　　次　2023 年 7 月第 1 版
印　　次　2023 年 7 月第 1 次印刷
定　　价　69.00 元

新浪微博：@中央编译出版社　微　　信：中央编译出版社（ID: cctphome）
淘宝店铺：中央编译出版社直销店（http://shop108367160.taobao.com）
　　　　　（010）55627331

本社常年法律顾问：北京市吴栾赵阎律师事务所律师　闫军　梁勤
凡有印装质量问题，本社负责调换，电话：（010）55626985

欽定四庫全書　　　集部八

唐詩品彙　　　　　總集類

提要

臣等謹案唐詩品彙九十卷拾遺十卷明高

棅編棅有嘯臺集已著錄宋之末年江西一

派與四靈一派併合而為江湖派猥雜細碎

如出一轍詩以大弊元人欲以新艷奇麗矯

之追其末流飛卿長吉一派與盧仝馬異一

派併合而為鐵體妖冶儳詭如出一轍詩又

大弊百餘年中能自拔於風氣外者落落數

十人耳明初閩人林鴻始以規倣盛唐立論

而棟實左右之是集其職志也所錄凡六百

二十家得詩五千七百六十九首分體編次

為五言古詩二十四卷七言古詩十三卷長

七言律詩九卷排律附焉始於洪武甲子成

於癸酉至戊寅又搜補作者六十一人詩九

百五十四首為拾遺十卷附於後考玉臺新

詠有古絕句四首棟以絕句居律詩前蓋有

所考至排律之名古所未有楊仲宏撰唐音

始別為一目棟祖其說遂至今沿用二馮挑

點才調集以堆砌板滯雜亂無章之病歸咎

於排之一字詆棟為作俑然詩家不善隸事

即二韻四韻未嘗不堆砌板滯雜亂無章是

亦不必盡以排字為誤矣諸體之中各分正

始正宗大家名家羽翼接武正變餘響旁流

九格其凡例謂大畧以初唐為正始盛唐為

正宗為大家名家為羽翼中唐為接武晚

唐為正變為餘響方外異人等詩為旁流間

有一二成家特立與時異者則不以世拘之

如陳子昂與李白列在正宗劉長卿錢起章

應物柳宗元與高適岑參同在名家是也其
分初盛中晚蓋宋嚴羽已有是說二馮嘗以
劉長卿亦盛亦中之類力攻其謬然限斷之
例亦論大縣耳寒溫相代必有半冬半春之
一日遂可謂四時無別哉明史文苑傳謂終
明之世館閣以此書為宗廠後李夢陽何景
明等摹擬盛唐名為崛起其胚胎實兆於此
平心而論唐音之流為膚廓者此書實啓其

弊唐音之不絕於後世者亦此書實衍其傳

功過並存不能互掩後來過毀過譽皆門戶

之見非公論也至於章懷太子黃臺爪詞沈

佺期古意之類或點竄舊文康寶月劉令嫻

之類或泛收六代杜常胡宿之類或誤採宋

人小小瑕疵尤所未免卷帙既富核檢爲難

第觀其大體可尖乾隆四十六年十二月恭

校上

御製全唐詩錄序

在昔詩教之興本性情之微導中和之音所以感人心

而美謠俗被金石而格神祇故大舜以教胄子樂正以

造俊秀蓋自二帝三王之世固已然矣文武成康之際

王澤洽頌聲作洋洋乎洵足以繼薰風之操並卿雲之

奏也自時厥後作者彌繁孔子從而刪定之使六義彰

明一經燦列錄其忠厚悱惻之辭以寓諷諭戒勉之意

天道人事胥於是乎其為漢魏以還尤多新製體例雖

更前巖未邎至陳隋之末稍凌替矣唐之太宗致治幾

於三代之隆躬自撰著一時文人才士將相名臣咏吟

遞發藻采續紛踵襲雅騷之迹光昭正始之音而歌行

律絕獨創兼能自邈古以來未嘗有也爰及盛唐逮乎

中晚或與運會為高下而凡緣時託志觸物攄懷形諸

翰簡者皆卓然成一家之言弗可廢也朕萬幾餘間迴

環覽詠尋其指歸晰其正變而三百年升降得失之故

亦因以可考焉於是論世觀人即其章句攬其菁英勒

為成書置諸几席每勤披閱加以精研迄於今已歷有

年所矣頃以視河南巡至於江浙見比間士庶有吹幽

擊壤之風獻詩頌者絡繹於途雖其工拙淺深各極其

不齊之致而衢謳巷舞儼然省方之所采列國之所陳

亦可見人情之愛戴而先王以詩為教之義濡染而蒸

陶之者所關甚鉅也翰林侍讀徐倬以全唐詩錄進展

卷而讀之與朕平時品第者蓋有合焉嘉其耄年好學

遷秩禮部侍郎以為天下學者之勸乃取茲集觀為鑒

定賜以帑金即命校刊俾誦習者由全唐之詩沿波討

瀾以上溯夫汾泗之傳而游泳乎唐虞載賡之盛其於

化理人心將大有裨益也矣是為序以弁其端云康熙

四十五年三月初七日

目　录

二月春风似剪刀

坐看云起时

朱门酒肉臭

云想衣裳花想容

西出阳关无故人

二月春风似剪刀

年年岁岁花相似，岁岁年年人不同

洛阳城东桃李花，飞来飞去落谁家。洛阳女儿好[1]颜色，坐见落花长叹息。今年花落颜色改，明年花开复谁在？已见松柏摧[2]为薪，更闻桑田变成海。古人无复洛城东[3]，今人还对落花风[4]。年年岁岁花相似，岁岁年年人不同。

——刘希夷·代悲白头翁

完全读懂名句

1. 好：一作"惜"。2. 摧：摧残、衰败。3. 古人无复洛城东：指古人已逝亡，无法再到洛阳城东赏花。4. 落花风：风吹不息，落花随风飘。

洛阳城东边的桃李花，随着风儿要飘落到哪个人家。洛阳城内的女儿们怜惜春色，坐看落花心生喟叹。今儿个花落飘零朱颜改，明年花开的时候还有谁会在？连那长青的松柏都摧残变成薪

二月春风似剪刀

3

材，连那桑田都将变成海。过去到洛阳城东赏花的人早已不在，今儿个大伙还是对着随风飘落的花瓣长叹息。年年岁岁花儿皆相似，人儿却是岁岁年年更替。

诗人背景小常识

刘希夷，字庭芝，汝州人，于高宗上元二年（公元 675 年）进士及第，时年二十五岁，属少年得志型，唯可惜的是，不到三十岁就为奸人所杀，英才早逝。据说刘希夷风度翩翩、貌若潘安，不仅谈笑风趣，还善于弹琵琶，喜欢与同好一起饮酒作乐，饮数斗而不醉，举止大方、不拘小节。然而这个美男子所吟咏之作品多以从军、闺情之诗作为主，词调哀苦，与欣欣向荣的初唐气息不符合，因此并不受当时人所重。直到玄宗开元时期孙翌所撰写的《正声集》，才将刘希夷品评为书中第一人，其作品才开始受到注意。

刘希夷写诗的特色在于多援引古人乐府旧题，却加入新意改写，呈现出迥然不同的新风貌。以文学地位而言，他与张若虚同是将乐府长篇诗声律化的奠基者，让旧有的古诗乐府走向精致化，更讲究声律格式、追求美感。刘希夷目前存有诗四卷，文集十卷，其中最为知名流传的即是本篇所选《代悲白头翁》。这首诗中融会了汉魏歌行、南朝近体与宫体诗的文学艺术，兼采乐府诗擅长叙事、抒情之手法，巧妙于诗中运用对偶、用典的技巧，呈现出清丽婉约的风格，自成一体让人耳目一新，也将乐府诗推向新的艺术成就。

名句的故事

长久以来一提到刘希夷的《代悲白头翁》，不免就会想到这宗"诗谶"案，据说刘希夷写这首诗时，写到"今年花落颜色改，明年花开复谁在"时，顿感不祥，停顿了一会，后又宽慰自己不打紧、继续下去，不久又吟到"年年岁岁花相似，岁岁年年人不同"，感觉更糟，怎么写的仿佛都是谶言？刘希夷烦恼再三，想删掉，却又觉得这两联写得真好，舍不得拿掉，最后只能叹道生死由命，岂是雕虫小技的文字足以左右？于是将这千古名句保留下来。

不过事情到了这里还没结束，当时更有另一个传闻，说其舅宋之问由于太爱"年年岁岁花相似，岁岁年年人不同"这两句，屡次跟刘希夷苦求不得，于是痛下杀手，派人将外甥给除掉。不过这项传闻后来证明只是无稽之谈，先不说宋之问与刘希夷两人年纪相当、似无明显的亲戚关系，再者宋之问也并非胸无点墨之人，其诗名句也不少，实不必为争得这两句杀人灭口。这项传闻说明了当时人舍不得刘希夷英年早逝，同情他那短暂却光芒耀眼的成就，于是努力添造诗人的点点事迹。

历久弥新说名句

刘希夷《代悲白头翁》整首诗之意象引用自东汉宋子侯所作

二月春风似剪刀

之《董娇饶》："洛阳城东路，桃李生路旁。花花自相对，叶叶自相当。春风东北起，花叶正低昂。不知谁家子，提笼行采桑。纤手折其枝，花落何飘扬……吾欲竟此曲，此曲愁人肠。归来酌美酒，挟瑟上高堂。"这首诗也是乐府旧题，以花拟人，感叹花落花开有其时，青春却一去不再复返，因此只能及时行乐，以酒消愁。刘希夷将"洛阳城东路，桃李生路旁"融缩为"洛阳城东桃李花"，其余之意象也吸纳进来，进而发出"年年岁岁花相似，岁岁年年人不同"之喟叹，以文学语词覆沓的方式加深对生命有限之慨然、悲叹，让整首诗之情感得以更深一层。

古人往往感于万物自然的雄伟奥妙，进而对有限的生命感到不足、悲叹时光流逝之无情，即便是三国时一代枭雄的曹操也难以释怀生命的短暂。他在《短歌行》吟道："对酒当歌，人生几何？譬如朝露，去日苦多。慨当以慷，忧思难忘。何以解忧？唯有杜康。"人生就宛如清晨初晓的朝露一般，等到阳光出来之后就销声匿迹、难以追寻，在这样短促的时光中，如何能尽情把握住最美的时间愈发重要，曹操高唱杜康酒可以暂时解除忧愁，言下之意，即是要人及时行乐，不虚度光阴。

不知细叶谁裁出，二月春风似剪刀

名句的诞生

碧玉[1]妆成一树高，万条垂下绿丝绦[2]。不知细叶谁裁出，二月春风似剪刀。

——贺知章·咏柳

完全读懂名句

1. 碧玉：形容柳树翠绿的样子。2. 绦：音 tāo，丝绳，此处用以形容柳条。

仿如翠绿剔透的碧玉化成高高的树，千万柳枝低垂成条条绿丝。不知道是谁才有办法裁制出这般细致的条叶，应该是二月的春风像剪刀一般锐利吧？

诗人小常识

贺知章（公元 659—744 年），字季真，会稽永兴人，生活于唐高宗到玄宗天宝三年期间，适逢盛唐安乐世，一生未曾经历大乱世，算是一位相当幸运的唐代诗人。他出名甚早，少时就以文辞著名，武后朝高中进士，曾担任太常博士、礼部侍郎、集贤院学士、工部侍郎等职，官运亨通、顺遂。贺知章晚年虔诚信仰道教，曾经数度想要入道求法，但都因政事羁绊不得成行，数度上书乞求致仕，但都遭到皇帝慰留而不成，及至天宝三载，贺知章才得以八十六岁的高龄退休还乡，《回乡偶书》即写于此时。返回家乡没多久，这位历经盛唐风云的伟大人物就此辞世，永久归根于故乡。

贺知章除了在政治上有良好表现外，他也善于挥笔草隶，笔劲飘逸多姿，他个性豪爽，曾与诗仙李白有过一段轶事；据说李白能进入朝堂任官还是得力于贺知章的帮助。当年从四川一路奔走到长安，还年少、默默无名的李白，第一个拜访的公卿贵人就是贺知章，贺知章看了李白呈上的《蜀道难》一文后，大吃一惊，叹道李白仿若天上太白星精转世人间的旷世奇才，于是在玄宗面前大力推荐，让李白以翰林学士得以进入宫廷，贺知章与李白的交往也从此开始，两人个性最密合处在于善饮酒与道教信仰。喝酒方面，杜甫于《饮中八仙歌》传神地写道"知章骑马似乘船，眼花落井水底眠"，可见其嗜杯中物的情景。

名句的故事

贺知章《咏柳》是首纯粹的咏物诗，中国咏物文学的传统可以追溯甚远，最早出现在《楚辞》，最著名的篇作如《橘颂》。汉代加以承继，出现一些以物为主体的吟咏篇章，如刘邦《鸿鹄歌》，"鸿鹄高飞，一举千里。羽翼已就，横绝四海"。然而不论是前期的《楚辞》，抑或是后期汉朝的咏物文学，体制都未成熟，仅仅是单篇作品，咏物诗直到南朝梁钟嵘《诗品》才成为一个专有文学术语。咏物诗大量涌现的高峰期是在六朝，唐代沿袭之益发精工雕琢，贺知章也承袭着这个发展趋势，写出了《咏柳》一诗。

贺知章这首诗写于早春的二月，可以想见春天乍到人间、乍暖还寒的时节里，万物才正要复苏，然而孤挺的翠柳却历经寒冷的冬季，已然绽放着碧绿，新嫩的绿叶也缓缓长出，婀娜多姿、随风飘逸，诗人的心也为之战栗、兴叹。贺知章在整首诗中采撷了两个意象，一是纯粹的杨柳；其二则是以美女曼妙身姿来相比拟，于是于诗一开头采用了碧玉的典故。古代碧玉往往引申有美人的含义，如《碧玉歌》："碧玉破瓜时，郎为情颠倒。芙蓉陵霜荣，秋容故尚好。"贺知章于《咏柳》似融合杨柳与碧玉典故，但又不见明显迹象，此即是咏物的最高境界，非仅是纯粹单就某物兴发，而是从其描述呈现出更多元的面貌来。贺知章即做到此点，且加入"不知细叶谁裁出，二月春风似剪刀"的想象，逸趣横生。

历久弥新说名句

以柳入诗在传统文学中屡见不鲜，"杨柳"早已内化为中国文化重要的一支，不仅是其姿态之美，常吸引着诗人吟咏赞叹，其本身也带有文化含义。杨柳的文化寓意，以中唐诗人孟郊讲得最为贴切，其《折杨柳》："杨柳多短枝，短枝多别离。赠远累攀折，柔条安得垂。青春有定节，离别无定时。但恐人别促，不怨来迟迟。莫言短枝条，中有长相思。朱颜与绿杨，并在别离期。"孟郊借着这首诗阐述当时折柳赠别的行旅习俗，有趣的是，诗人还为柳树说话："你们这些旅人怎么那么常别离？太常折柳，让柳丝如何垂长？"不过他也自我嘲解，人生无奈。"柳条生长的节气有定时，但人的离别却无定时"，所以只能赠远行者还未来得及生长的短枝条，里面却涵蕴着浓浓的相思情意。以柳为题的送别文学意涵，迄今其风仍然不衰，近代著名的佛学大师弘一法师，俗名李文涛，号叔同，生于光绪六年，正逢列强侵入中国、动荡不安的时代。他曾经留学日本，学习西洋绘画和音乐，是位风雅浪漫的文人，回国后致力于音乐创作，直到 1918 年正式出家，然出家后仍不改对国家的关心，于抗日期间，曾提出"念佛不忘救国，救国不忘念佛"的口号，对宗教界产生重大影响。弘一法师曾经在一次北行离别之际写下《南浦月》："杨柳无情，丝丝化作愁千缕。惺忪如许，萦起心头绪。谁道销魂，尽是无凭据。离亭外，一帆风雨，只有人归去。"又如大家熟知的《送别》："长亭外，古道边，芳草碧连天。晚风拂柳笛声残，夕阳山外山……"这两首词所用的意象完全取自传统文化，无论是以柳丝来喻愁，或是长亭送别的风俗，可以上推到汉唐时期，此风俗早已形成，成为中国送行文学之基调。

花径不曾缘客扫，蓬门今始为君开

舍南舍北皆春水，但见群鸥日日来。花径不曾缘客扫，蓬门[1]今始为君开。盘飧市远无兼味[2]，樽酒家贫只旧醅[3]。肯与邻翁相对饮，隔篱呼取尽余杯。

——杜甫·客至

完全读懂名句

1. 蓬门：用芦柴编制的门。2. 兼味：两样以上的菜肴。3. 旧醅：旧酿的浊酒。醅，音 pēi，未过滤的酒。唐人喜喝新酒，此指家中只有质量不好的旧酒。

宅前宅后弥漫一片春水，成群结队的沙鸥日日飞来。花间小路从来不曾为客打扫，茅屋门前今日始为您敞开。市场太远，盘里没几样荤菜，家中贫寒，壶中只有旧酿的浊酒可以招待。是否愿意和隔壁老翁相对饮，隔着篱笆喊他过来一起干杯。

二月春风似剪刀

诗人背景小常识

　　杜甫（公元 712—770 年），字子美，祖籍襄阳（今湖北襄樊），后迁居巩县（今河南巩义）。唐玄宗开元廿三年（公元 735 年），杜甫到洛阳应试不第，玄宗天宝三年（公元 744 年）与李白在洛阳初识，两人同游梁、宋之间，来年又在鲁郡相会。天宝十四年（公元 755 年）始任右卫率府兵曹参军一职，同年十一月发生安禄山造反。

　　虽身处乱世，杜甫仍心系仕途，毕竟"奉儒守官"（《进雕赋表》）是其历代家风，"致君尧舜上"（《奉赠韦左丞丈二十二韵》）更是他所怀抱的治世愿景。但后来宰相房琯遭到出贬，杜甫上疏营救，朝廷即视两人为党羽，来年将其贬为华州（今陕西华县）司功参军，逐离朝廷中央，也示意其儒家治世理想终究成空。

　　唐代宗广德二年（公元 764 年），昔日好友严武再次镇守蜀地，荐举杜甫担任检校工部员外郎，"杜工部"的名号也由此而来。杜甫晚年带着眷属在湖南、湖北一带漂泊，以舟为家，《新唐书·文艺列传》记载杜甫在湖南耒阳遇洪水，十日不曾进食，等县令找到他，赶紧给他牛肉白酒充饥，一场大醉后，当晚暴卒，结束其空怀远志、饱尝贫困的一生，享年五十九岁。著有《杜工部集》。

　　杜甫生平共作诗一千四百余首，内容多诉尽人间悲欢、时代兴衰，具体陈述大唐由盛转衰的血泪历程，故后人称其"诗史"。中唐诗人元稹曾言："诗人以来，未有如子美者。"古文大家韩愈更语："李杜文章在，光焰万丈长。"表达对李白、杜甫诗歌成就的景仰，杜甫尤以悲天悯人、忧国忧民的情操，赢得"诗圣"之名。

名句的故事

《客至》为七言律诗，作于唐肃宗上元二年（公元761年），诗题原注后有"喜崔明府相过"六字，"明府"乃唐人对县令的尊称，这位"崔明府"正是杜甫的舅舅，他在此年春天拜访杜甫，亲人的到访，诗人热烈相迎，心情也随之开怀。

诗中"舍南舍北"的所在处，为杜甫位于四川成都西门之外，浣花溪畔筑盖的一间茅屋，史称此地"浣花草堂"。自肃宗乾元二年（公元759年）辞去华州（今陕西华县）司功参军，杜甫带着全家近半年流离，终于决定在成都落脚；这里也是安史之乱后，杜甫的人生中最为安定的一段田园生活。

当亲舅崔明府出现成都草堂，杜甫在此已居住一年余，诗中前两句描写家门前后春水围绕，终日徜徉山水鸥鸟之间，可见诗人清寒依旧，生活却也恬淡自适；其中"花径不曾缘客扫，蓬门今始为君开"，说明杜甫到此地，往来人客之稀少，故一见亲人到访，兴奋地赶紧清理庭院，打扫门前凌乱的遍地落花。

盛情的杜甫，虽极力想端出好酒好菜，招待这位至亲稀客，

但家中可准备的食材实所剩无几，连既有的酒都是口感不好的旧时浊酒。最后，这顿粗餐尚未结束，杜甫询问客人，可愿和隔壁老翁相饮一番，显其敦厚亲邻的率真性情。全诗以第一人称书写，与杜甫其他忧国悯民、漂泊不定的时代史诗相比，《客至》呈现的是如话家常的田园风情，充满淳朴的乡居乐趣。

历久弥新说名句

杜甫《客至》中"花径不曾缘客扫，蓬门今始为君开"，常被后人合为"花径蓬门"一语，用以形容居住环境的自然简陋，至于"蓬门"两字，多成清寒之士的代名词。

与杜甫同年的诗人刘长卿，其七言绝句《酬李穆见寄》最末两句为："欲扫柴门迎远客，青苔黄叶满贫家。"诗中描述作者亲自打扫柴门，整理青苔落叶，准备迎接远方贵客，其实这位远客并非外人，而是其女婿李穆，足见翁婿两人的感情融洽，正与杜甫《客至》同样欣喜见到亲人的到来，两人打理的也都是茅草芦柴筑成的贫陋家园。

二十世纪五十年代，有一部西方电影 The Quiet Man，中文之意是"温和的人"，其后上映的中译片名为《蓬门今始为君开》，译者即取杜甫《客至》诗句，看似与原来英文意思毫无关联，反是充满一股浓厚的中国诗情。

此片描述一个拳王，在一场拳击比赛中不小心将对方打死，此后他选择退出拳坛，从美国返回爱尔兰故乡，过着平静的隐居生活；其后步入婚姻，他的妻子愈来愈看不惯丈夫的懦弱性格，认为他从不懂替自己争取权利。剧情陆续发展，妻子终于发现，丈夫并非一味屈服、任人欺负的弱者，在他的内心世界，曾因过去那场拳击意外，学会有所隐藏，当妻子愿意去了解丈夫心灵深处，两人始冰释前嫌，恩爱如初。

《蓬门今始为君开》援引杜诗作为电影片名，或许基于这一句诗，隐含有敞开心灵门扉之意，正可呼应电影主题；后来这部电影也得到 1953 年两座奥斯卡金像奖的殊荣。

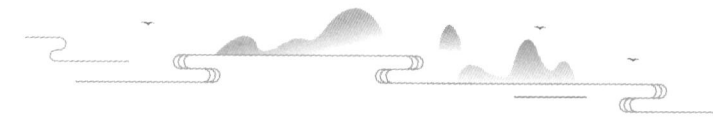

丹青不知老将至，富贵于我如浮云

名句的诞生

　　将军魏武¹之子孙，于今为庶为清门。英雄割据虽已矣，文采风流今尚存。学书初学卫夫人²，但恨无过王右军³。丹青⁴不知老将至，富贵于我如浮云。

——杜甫·丹青引赠曹霸将军（节录）

完全读懂名句

　　1. 魏武：指魏武帝曹操。曹霸为曹髦的后代，曹髦为曹操的曾孙。2. 卫夫人：指东晋女书法家卫铄，善写隶书，名书法家王羲之为其学生。3. 王右军：指东晋书法家王羲之。4. 丹青：丹砂、青䝙，皆为古时绘画所用颜料，故又称绘画为丹青。

　　曹霸将军是魏武帝曹操的子孙，如今已沦为庶民寒门。其祖先三分天下的英勇豪气虽已过去，但文采风华至今还留传人世。他初学卫夫人书法，恨自己未能超过王羲之的成就，后来改学绘画，自得其乐，全然不知老之将至，看待富贵有如天上浮云。

名句的故事

《丹青引赠曹霸将军》为七言古诗，作于唐代宗广德二年（公元764年），诗题中的"引"为唐代乐府之一类。全诗共分四段，诗中主人翁乃唐玄宗时的画马大家曹霸，玄宗曾命令其重绘唐太宗时"凌烟阁功臣二十四人图"，也为玄宗画过御马。曹霸鬼斧神工的绘画技巧深得玄宗喜爱，也获得不少赏赐；天宝末年，因故得罪玄宗，被削籍为庶人，从此生活陷入穷困之中。其后杜甫和曹霸在成都相识，诗人看到一代画家不但流落街头为人作画，还时常遭人白眼轻视，令他十分同情，因而写下这首为曹霸立传的长诗。

唐代书画理论家张彦远所著《历代名画记》堪称中国第一部美术史专书，其中写道："曹霸，魏曹髦之后。髦画称于魏代。霸在开元中已得名。天宝末，每诏画御马及功臣，官至左武卫将军。"这段记载说明曹霸的显赫家世以及优越的绘画功力，深受皇帝喜爱，使他集名利荣耀于一身。谁知人生变化如此迅速，他从在宫廷为皇帝作画的宠臣，沦为在街头作画以维生的老人。

画家的辛酸经历勾起杜甫的无限共鸣，两人都怀有不凡才华，却遇上时运不济，使生活陷入困顿流离，诗人称许其"丹青不知老将至，富贵于我如浮云"，指出曹霸对绘画的执著，只知全神作画，早已忘记岁月催人年老，又说富贵之于曹霸有如浮云般淡泊，表明曹霸并非热衷名利之人。这是杜甫宽解曹霸之词，也是自我安慰之语，面对人情世态的炎凉，诗人只能消极地寻求纾解郁闷的出口。

☁ 历久弥新说名句 ☁

据东汉班固《汉书·苏武传》所记，李陵曾对苏武说道："虽古竹帛所载，丹青所画，何以过子卿。"意在夸赞苏武宁可困于北海也不降于匈奴的高尚志节，是历来史书画册中无人可与堪比；李陵所言"丹青"即是古人作画常用的朱红、青色颜料，故后人称绘画为"丹青"，民间则称专业画工为"丹青师傅"。

盛唐画家阎立本，朝廷封他"丹青神化"，杜甫《丹青引赠曹霸将军》提到曹霸曾奉唐玄宗之命重画"凌烟阁功臣二十四人图"，阎立本正是此图的原创者。他在唐太宗贞观十七年（公元643年），奉诏画下长孙无忌、魏征、房玄龄、杜如晦等二十四功臣图像于凌烟阁，到了唐高宗时，阎立本更擢升为右相，作战有功的姜恪则任左相。唐人刘肃在《大唐新语》中记录当时人们常言"左相宣威沙漠，右相驰誉丹青"，意在讽刺阎立本只精于绘画，根本不擅政事，又称他"丹青宰相"。

杜甫《丹青引赠曹霸将军》所云"富贵于我如浮云"，语出《论语·述而》："不义而富且贵，于我如浮云。"意谓以不义手段占有的财富官位，对孔子而言如同天上浮云；另在《论语·里仁》也说："富与贵，是人之所欲也，不以其道得之，不处也。"

孔子深知人皆渴望拥抱富贵，但若不循正当管道而得，根本不足为取。杜甫向来是儒家的忠实信徒，当他与曹霸同样面临潦倒失意，仍不忘提醒自己忠于仁义、安贫乐道，效法先圣人道精神，也难怪赢得后人尊称其"诗圣"的美誉。

正是江南好风景，落花时节又逢君

岐王[1]宅里寻常见，崔九堂前[2]几度闻。正是江南好风景，落花时节又逢君。

——杜甫·江南逢李龟年

完全读懂名句

1. 岐王：李范，为睿宗第四子、玄宗之弟，雅爱文章之士，不分贵贱，皆以礼相待，开元十四年（公元726年）病薨。此处岐王当指睿宗第五子李业之子李珍，李珍在天宝三年被封为嗣岐王。2. 崔九堂前：指崔涤，唐玄宗时担任殿中监一职，深得玄宗信赖，卒于开元十四年（公元726年）。此指崔氏旧堂门前。

从前常在岐王府里见到你，也曾在崔九旧堂门前聆听你的歌声。如今正值江南大好风光，在这样的落花季节再度与你重逢。

❧名句的故事☙

《江南逢李龟年》为七言绝句，作于唐代宗大历五年（公元770年），也就是杜甫五十九岁去世的那一年。杜甫自唐代宗永泰元年（公元765年）离开四川成都草堂，乘舟到处漂泊，诗题所指"李龟年"乃开元、天宝年间的著名音乐家，当时受到的殊荣礼遇连王孙公侯都比不上他。但经过安史乱事，曾风光显赫的李龟年流落到了潭州，每逢良辰美景，常为人歌唱，他的歌声能触动人们感伤的心弦，闻者莫不掩泣痛哭，一方面哀恸国家的残破，一方面也悲怜自身的颠沛流离。

杜甫过去曾在岐王府见过李龟年，也到过崔氏旧堂前欣赏这一代音乐家的美妙歌声，当时正值太平盛世，满朝歌舞升平；相隔多年之后，两人却在潭州重逢，此时大唐已由鼎盛走向衰微，诗人抚今追昔，自是无限感慨。诗中末两句"正是江南好风景，落花时节又逢君"，表面虽言江南风景的灿烂秀丽，老友的再度相遇即在如此落花纷飞之季节，但实际上，此时杜甫和李龟年都已年近垂暮，诗人借用江南美景，反衬两人漂泊无依的风烛残年，人生好景已然不再，只留感时伤春的愁情。

清人蘅塘退士编选《唐诗三百首》，他评论此诗："世运之治乱，年华之盛衰，彼此之凄凉流落，俱在其中，少陵七绝，此为压卷。"晚年的杜甫仅运用了短短二十八个字，只写外在景况，完全不叙情怀，却能将整个时代兴衰、人事炎凉，全都蕴含在诗意中。

历久弥新说名句

江南的明媚风光历来为文人所不断歌咏，如五代前蜀词人韦庄《菩萨蛮》上片写道："人人尽说江南好，游人只合江南老。春水碧于天，画船听雨眠。"作者直指江南之美乃人尽皆知，就连远方游客也向往在江南终老晚年。

五代后蜀的末代国君孟昶，其夫人貌美如花蕊，故封"花蕊夫人"，此姝不但精通诗词，且才貌兼备，备受孟昶宠爱。宋太祖乾德三年（公元965年）遣兵征蜀，蜀军大败投降，孟昶偕同夫人入京受封，宋太祖倾慕花蕊夫人美色，待孟昶一死，即纳其为妃。《全唐诗》收录花蕊夫人所作七言绝句《宫词》："龙池九曲远相通，杨柳丝牵两岸风。长似江南好风景，画船来去碧波中。"龙池九曲乃蜀地名胜，花蕊夫人本为蜀人，对蜀地自有一份深厚情感，故形容故乡如似"江南好风景"，直指蜀地之美，足以媲美江南的好山好水。

清初才子纳兰性德，其词作《风流子·秋郊即事》上片为："平原草枯矣，重阳后、黄叶树骚骚。记玉勒青丝，落花时节，曾逢拾翠，忽听吹箫。今来是、烧痕残碧尽，霜影乱红凋。"意思是说，广阔的原野上，草已枯萎，九九重阳过后，黄叶在风中作响。回想今年暮春落花之时，曾骑马到此踏青，遇见一个少女，想起古人吹箫引凤凰。如今却见遍地烧痕，满眼秋霜，红叶凋零散落。

词人秋天外出射猎，忆起同年暮春曾到此一游，两景映照，更显今日的秋意萧索，词中借晚春的"落花时节"，到深秋的"霜影乱红"，透过季节交替的自然变化，领悟到光阴易逝、人生易老，一切理应及时把握。

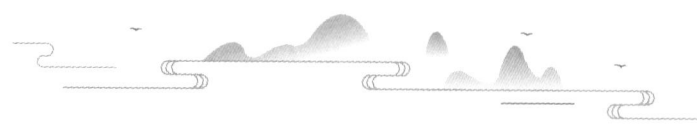

飘飘何所似？天地一沙鸥

名句的诞生

细草微风岸，危樯[1] 独夜舟。星垂平野阔，月涌大江流。名岂文章著？官应老病休。飘飘[2] 何所似？天地一沙鸥[3]。

——杜甫·旅夜书怀

完全读懂名句

1. 危樯：舟上高耸的桅杆。2. 飘飘：到处漂泊。3. 沙鸥：水鸟名。即海鸥或燕鸥，习惯栖息海边沙滩或江河沙洲。

微风吹拂江岸细草，桅杆耸立在夜泊的孤舟。静夜星光垂照，地面显得更加辽阔，月亮倒映水面，江水不尽地奔流。个人的名声，难道要靠文章来显著吗？年老多病，也应该告老退休。像我这样到处漂泊像是什么？就像天地间一只沙鸥。

名句的故事

　　《旅夜书怀》为五言律诗，作于唐代宗永泰元年（公元765年），为作者旅途中抒发在江边过夜的孤独心境。年已五十四岁的杜甫，于此年一月辞去节度参谋、检校工部员外郎的职务，回到成都浣溪草堂的家。没想到四月时，一直资助他的好友严武去世，使他在成都的生活顿时失去依靠，于是携带全家乘舟东下，行经嘉州（今四川乐山）、戎州（今四川宜宾）、渝州（今四川重庆）、忠州（今四川忠县）等地；由于长期居住舟中，不幸感染风湿，杜甫的脚因此麻痹不能行，加上多年的肺病复发，舟船停靠云安（今四川云阳），在此寓居休养了一段时间，此诗即写于云安一带的江边。

　　《旅夜书怀》前四句主写旅望，诗人先细描岸边近景，再勾勒一眼望去无边天际的远景；后四句则在抒怀，眼前江月夜景，令诗人触景生情，他也曾有满怀的政治抱负，最后却是因文章而名扬四海，但宦途始终一路不顺，如今年老多病，依然志业无成，想要尽忠报国的理想，终究抵不过现实造化的捉弄，注定一生穷困潦倒，甚至晚年还在四处颠沛流离。最末两句"飘飘何所似？天地一沙鸥"，即是诗人面对辽阔星野，在静夜孤舟里，仿佛化身为天地间的一只沙鸥。杜甫以沙鸥自喻，乃指其郁郁不得志的漂泊人生，不解天地之大，何以无一安身之处，景色如此辽阔，反衬其心中更深刻的孤寂。

二月春风似剪刀

❧ 历久弥新说名句 ❧

东晋诗人陶渊明，其五言古诗《杂诗》前四句写道："人生无根蒂，飘如陌上尘。分散逐风转，此已非常身。"意思是说，人生在世飘忽不定，没有根蒂，有如路上尘土四处飘荡。各人被命运随风分散，身心早已不是原来的样子。这是作者感叹时光消逝、壮志难酬之作，此与杜甫《旅夜书怀》借空中飞翔沙鸥，作为晚年无处生根落脚的写照，有异曲同工之处，两人各以"陌上尘"和"一沙鸥"，比喻他们同样无根飘然的真实人生。

南宋爱国诗人陆游，其七言律诗《秋思》首联云："利欲驱人万火牛，江湖浪迹一沙鸥。"意指名利和欲望有如万只火牛，容易使人盲目乱撞，流浪江湖的生活，有如一只自在沙鸥。陆游在此跳出人世利欲的诱惑，展现其向往闲适自由的生活，虽与杜甫同作"一沙鸥"，意境完全迥异，陆游强调的是他一如沙鸥无所羁绊的自在心灵，杜甫则是借沙鸥注定飞行的宿命，自比漂泊坎坷的一生。

二十世纪七十年代，美国作家李察·巴哈（Richard Bach）写了一本小说 *Jonathan Livingston Seagull*，乃取书中鸥鸟全名为书名，后来此书译成中文，译者借杜甫诗句，书名即为《天地一沙鸥》。

小说的主人翁是一只名叫岳纳珊·李文斯顿的鸥鸟，它不甘心终其一生只是在沙滩上抢食小鱼和面包屑，决定去追寻自己的理想，完成所立下的飞行目标。岳纳珊的举动，先是遭到其他鸥鸟的讥嘲，又得忍受高空飞行带给身体巨大的痛苦，更要饱尝独自飞行的孤单，但它仍然不愿放弃，在不断失败与尝试之下，终成为飞得最快的一只鸥鸟，甚至超越原本比鸥族更会飞的老鹰，遨游在最高最远的海阔天空。作者希望借由海鸥岳纳珊·李文斯顿的飞行理想，寄寓人的奋斗过程中，总会历经挫折困难，只要坚持理想，终能体验达成目标的成功与喜悦。

葡萄美酒夜光杯，欲饮琵琶马上催

名句的诞生

葡萄美酒夜光杯[1]，欲饮琵琶马上催。醉卧沙场君莫笑，古来征战几人回。

——王翰·凉州词

完全读懂名句

1. 夜光杯：以晶透白玉琢磨而成的酒杯。

举起斟满葡萄美酒的夜光杯，马上响起了欢乐的琵琶声，催着我们赶紧出发。醉卧在沙场上你也切莫见笑，从古到今征战的将士有几人能够生还？

诗人背景小常识

王翰，一作王瀚，字子羽，今山西太原人，生卒年不详，于睿宗景云元年进士及第，且于玄宗朝举直言极谏、超拔群类两科，是位天资聪颖的人。王翰家世甚好，是太原当地著名的豪族，他曾经自比为公卿王侯，常与当地官员英杰来往，喜欢狂饮纵酒，善识养名马，家中也蓄养妓乐，个性恃才不羁、颐指气使，因此常得罪他人。由于王翰极富文采，又出身名流，官员大多急于攀结、礼遇，张说任宰相时也召王翰担任中央官职，但张说罢相之后，他也遭受连累贬至仙州。贬迁之后，王翰仍不改其穷乐傲视之态度，与地方豪侠饮乐游射、伐鼓穷欢，朝廷知道后又将其贬到道州担任司马，他于就任途中过世。

王翰擅长写诗，诗多壮丽之词，喜欢到处结交文士、饮酒作乐，颇有王侯狂肆的姿态，个性过于狂放不羁，再加上家世背景太好，因此不见容于一些守旧人士与嫉恶者，落井下石的人也不少。平心而论，王翰的诗风奔放豪迈，本篇名句《凉州词》即是一例，他为人应该也是不拘小节，加上饱富才识，或许就真的只是过于狂妄，才遭人忌妒，惹来如此下场。王翰的诗在当时已相当著名，家喻户晓，曾经还流传一个小故事，据说唐代诗人杜华之母崔氏由于慕名王翰，甚至有想要模仿孟母三迁的愿望，说道："吾闻孟母三迁，吾今欲卜居，使汝与王翰为邻足矣。"可见王翰盛名非凡的景况。

🌀 名句的故事 🌀

王翰不愧是善于书写边塞风情的诗人，以七言绝句的音节而言，多是三四音节为一断，但这首《凉州词》为了呈现欢乐、急促的旋律，采取上二下五的句法，来增强诗文的节奏感，所以读来特别激昂、纷促。此外，整首《凉州词》充满着欢宴喜乐的气氛，迥异于一般边塞诗描绘战争、苍凉凄苦的曲调。首句言"葡萄美酒夜光杯，欲饮琵琶马上催"，王翰以葡萄美酒、夜光杯、琵琶、马来破题，无一不充满异域风味，诗人即以如此铿锵激越的音调拉开帷幕，展现在读者眼前的是五光十色、琳琅满目、酒香四溢的盛大筵席，气氛顿时沸腾，坐在马上的乐队奏起了琵琶，穿梭来往的将士手上端着盛着葡萄美酒的夜光杯，在丰盈读者视觉、听觉、触觉的享受。

诗的三四句，"醉卧沙场君莫笑，古来征战几人回"，是历来备受争议的两句，从字面来看，仿佛不脱过去倦久戍、悲征战的诗风，然若这样解释，就很难跟开头两句"葡萄美酒夜光杯，欲饮琵琶马上催"那种开怀畅饮、奇丽耀眼的场面相结合，因此有些人强解为"故作豪饮之辞，然悲感已极"，认为由于"古来征战几人回"，所以干脆强颜欢笑、故作旷达来度日，其实背后蕴含着深沉的悲痛。这种解释并非不通，但总觉有点可惜了前两句那种令人兴奋、激越的开头语，清代施补华《岘佣说诗》提供一个很有启发的看法，他说此诗若"作悲伤语读便浅，作谐谑语读便妙"。的确，在前述欢乐纷腾的光景下，若直转而下感叹不知能否有命返回中原，似乎有点浪费前两句所开创的情境，因此若解为谐谑语确实就趣妙横生。在葡萄美酒、酒光交错下，将士们兴致飞扬、痛饮狂歌，严谨小心的不敢多喝，座中其他人于是笑着劝酒："怕什么呢？反正我们来这里就是要置生死于度外、视死如归啊，醉卧沙场也没什么好怕的。"此诠释法正可与前两句欢腾的气氛相结合，整首诗皆描述一场兴奋、愉快的飨宴，让人流连忘返，也满足读者对于塞外盛宴的想象。

🌀 历久弥新说名句 🌀

王翰《凉州词》纯粹以边塞风情民俗入诗，在唐以前的边塞诗文中并不多见，但也并非没有，魏晋南北朝时期胡族大举入侵，骑马射箭的景象也不再限于胡地。当时民间就流传着一首民歌《敕勒歌》，据说是北齐斛律金所唱，但由于太过有名、传唱盛行，作者反而变得不重要，迄今已不知真实作者为谁。《敕勒歌》的词可以说是截至今日只要提到塞外，人们脑海中即浮现"天苍苍，野茫茫，风吹草低见牛羊"的景象，这几句话即是出于《敕勒歌》，原文为"敕勒川，阴山下，天似穹庐，笼盖四野。天苍苍，野茫茫，风吹草低见牛羊"。整篇作品自然浑成、朴实淳真。

近代作家冯骥才很欣赏王翰的《凉州词》，因此取其"葡萄美酒夜光杯"作为文章题名，他说道："一千二百年前，葡萄刚刚传入中国时，它鲜亮如珠的果实及其甘甜美酒，曾使唐人欣喜若狂。一时女人们梳妆用的铜镜上，也出现了美丽的'海兽葡萄'图案；而王瀚《凉州词》中那千古名句'葡萄美酒夜光杯'，更是对葡萄酒的激情赞美。"冯骥才之描述与王翰塞外儿女爽朗饮酒的模样，有着大大的不同，作家以浪漫、柔情的气氛来雕琢，让"葡萄美酒夜光杯"添增了一股酒不醉人、人自醉的情调。

二月春风似剪刀

十年一觉扬州梦，赢得青楼薄幸名

名句的诞生

落魄江湖载酒行¹，楚腰纤细²掌中轻³。十年一觉扬州梦，赢得青楼⁴薄幸⁵名。

——杜牧·遣怀

完全读懂名句

1. 载酒行：装运着酒漫游；意指沉浸于酒宴之中。2. 楚腰纤细：典出《韩非子·二柄》："楚灵王好细腰，而国中多饿人。"3. 掌中轻：典出《飞燕外传》："赵飞燕体轻，能为掌上舞。"4. 青楼：歌馆妓院。5. 薄幸：薄情、负心，多指男子。

以潦倒落魄的姿态，浪迹于江湖酒馆之间，也看尽体态轻盈姣好的歌伎丽人；蓦然醒觉，这已是十年前在扬州的一场如梦生涯，而我，也不过赢得青楼女子们唤作薄幸郎的名声罢了。

🍃 诗人背景小常识 🍃

　　杜牧（公元 803—852 年），字牧之，京兆万年（今陕西西安）人。这位晚唐时期的著名诗人有极为显赫的家世，祖父是集史学家与宰相于一身的杜佑，杜牧自幼受其影响，对于经世致用的学问及实践都怀有旺盛的企图心。他在二十六岁时进士及第，之后担任过宏文馆校书郎，黄、睦二州太史。杜牧为人不拘小节，疏直浪漫，任官时多所得罪，并受排挤，后来投入淮阳节度使牛僧孺麾下担任掌记，颇受爱惜与重用。然而杜牧也因此卷入当时的"牛李党争"，终其一生，由于派系互相倾轧，杜牧的满腔热血无从发展，便多沉溺于文人墨客爱好的温柔乡中。

　　杜牧一生既有激越的政治理想，又有瑰丽的享乐生活，从他的诗也可读到诗人糅合两种看似矛盾的情感，写成一篇篇或是感怀、或是讽喻的作品。杜牧的诗也因此能在晚唐华艳纤巧的诗风中，仍保持明朗俊爽的独创风格，更与李商隐为时人并称"小李杜"。

🍃 名句的故事 🍃

　　提到扬州，杜牧的"十年一觉扬州梦"、李白的"烟花三月下扬州"绝对是大部分人脱口而出的经典名句，究竟扬州有着怎样的风情，可以叫诗人词客流连忘返，写出一阕又一阕叫人心迷

二月春风似剪刀

33

神往的作品？

　　早在隋朝，扬州便因居江淮要冲而成为军事重要据点，加以隋炀帝兴建运河，造就商业及运输发展；到了唐代，扬州俨然成为天堂的代名词，一百多年间，"江淮之间，广陵大镇，富甲天下"，而"腰缠十万贯，骑鹤上扬州"更是许多人亟欲实现的美梦。

　　唐文宗时，牛僧孺担任淮阳节度使，正是在此统领淮南江北各州的要职，而杜牧受其重用到扬州担任掌记，对于爱好冶游的他来说，此地娼楼酒馆繁盛，数量仅次于京城，他自是欣然接受。到任之后，杜牧三不五时便趁夜晚出入这些娼楼酒馆，牛僧孺担心他因此出事，每当他外出都派遣三十名街卒扮装暗中保护，而杜牧丝毫没有察觉。直到两年后的某次酒宴，牛僧孺在席间劝告他不要过于纵情声色，起初杜牧还为自己掩饰，待牛僧孺取出一只书箱，里头尽是街卒们的密报，如"某夕，杜书记过某家，无恙"；杜牧才知道牛僧孺一直派人暗中护随，不由得满面羞惭，向牛僧孺致谢，而后更写下《遣怀》这首千古绝唱，作为自己对那个年少轻狂时代的怅然回顾。

历久弥新说名句

　　杜牧笔下的扬州绝不只是如烟似雾的园林景致，徘徊在美景之间，顾盼生姿、旖旎动人的歌伎女伶们，才是这歌咏的精华所在。但是也别将杜牧看成一般好色之徒，在他与歌伎往来的同时，他也常有感于这些女子不为人知的苦痛和遭遇，将之入诗，其中情意真挚温厚，也可看出他对待她们一如朋友，并无狎弄轻慢之意。

在曾入杜牧诗的女子中，歌伎张好好或许是最特别的一个。杜牧和她初次相识时，张好好年仅十三，是一位吏部府中的歌伎，她的歌声特出，在杜牧笔下被描绘成"繁弦迸关纽，塞管裂圆芦。众音不能逐，袅袅穿云衢。主公再三叹，谓言天下殊"。然而再见面已是五年后，杜牧不禁生出时光易过之感，更为"朋游今在否？落拓更能无"等因时间奔流而变化的人事际遇伤怀，于是写成长篇《张好好诗并序》赠给佳人，在流逝的光阴中独自凭吊。

两人的情谊不仅在扬州留下一缕情愁，到了元代杂剧作家乔吉手中，更被敷演成一出才子佳人成就良缘的戏码。杂剧名称正取自杜牧诗，《张好好花月洞房春，杜牧之诗酒扬州梦》。虽然原本单纯的知交情谊，到了喜欢编排爱情的元代曲家笔下也成了未能免俗的才子佳人大团圆，但这正好也说明了，身为读者，或许人们在欣赏艺术作品的同时，也渴望诗人成全的不只是作品的完满，也能战胜时间和环境的考验，完满自己的人生。

春城无处不飞花，寒食东风御柳斜

名句的诞生

春城无处不飞花，寒食东风御柳[1]斜。日暮汉宫传蜡烛，轻烟散入五侯[2]家。

——韩翃·寒食

完全读懂名句

1. 御柳：宫中所植之杨柳。2. 五侯：侯爵高官，代指唐代宦官。

暮春的长安城处处飘舞着落花，寒食节气的春风款款吹拂着宫柳条。日落黄昏皇宫内传点着蜡烛，袅袅飞烟也纷纷散入王公贵人家。

诗人小常识

韩翃，字君平，南阳人，于玄宗天宝十三年（公元 754 年）

进士及第，是中唐大历十才子之一。大历十才子是一群中唐文士，由于受到安史之乱的影响，改变了诗歌创作风气，写诗不再重视格律对仗，而重叙事、心志抒发，他们以诗歌互相唱和、赠酬，成为当时著名的诗歌团体。这群人都历经大唐帝国由盛而衰的转折，政治动荡、社会乱象等都深深打击着大历十才子的身心，他们处于这个过渡期，内心隐藏着悲伤、感慨，充满眷念回首着盛唐过往，初期作品多呈现出感时伤怀、针砭时弊、怀才不遇等种种喟叹、惋惜之作。后期由于大历年间出现似乎相对承平的气象，他们的诗歌风格又从暮色沉沉抹上了一层亮彩，高低起伏的心情点滴也反映于他们的诗文创作中。

韩翃在文学上的成就，最大特色即是将叙事为主体的创作手法融入诗歌当中，且发挥到极致，在他所存的作品当中，叙事写景之诗即占有大部分。虽然早年进士及第，但前半生仕途并不坦顺，他多流窜于各地藩镇幕下任职。直到唐德宗在位时十分欣赏《寒食》的"春城无处不飞花，寒食东风御柳斜"，因而特别下旨要让韩翃担任驾部郎中知制诰。但是当时有两个同叫韩翃的官员，宰相于是再次请问皇帝，官究竟要给何人？德宗回答得相当有趣，他说道："就是那个'春城无处不飞花'的韩翃。"可见《寒食》这首诗在当时流行之盛，竟连宫城内的皇帝也有耳闻。这件事迹也传为当时佳话，韩翃的宦途也以此为契机，此后一帆风顺，最后还当到中书舍人的高官。

名句的故事

寒食节，在每年冬至过后的一百零五天，再隔一两天就是清明节，因此古代往往将这两个节日合并一起庆祝、放假。古人相当重视这个节日，宋代理学家邵雍曾经说道："人间佳节唯寒食。"直到现今所谓的"春假"亦承继着古来对寒食与清明节合并庆祝之传统。

寒食节的起因，早就已经分不清楚了，要是仔细读完韩翃《寒食》，他言："日暮汉宫传蜡烛，轻烟散入五侯家。"原本应该是所有人都不准点火、只能吃凉冷食物，然而从宫中开始点燃蜡烛，且依序连公卿贵族也准许他们燃烛，清楚点出其文中所带有的轻蔑与讽刺。因此韩翃以"寒食"为题写诗，并不仅仅要彰显寒食在中国传统节庆上的重要性，其实更带出反讽的意味来。

历久弥新说名句

汉朝早于开国祖刘邦就已下令非刘姓宗亲不得封王，非有大功不得封侯，但整个两汉这项规定不断遭到破坏，其中又以东汉末年最为严重。韩翃诗中所言之"五侯"，大多认为是东汉晚期桓帝一次封五个宦官为侯之事，这项措施造成朝廷大权旁落。东汉桓帝之所以要大举封宦官侯爵，事实上也有其考虑，由于他幼年即位，大权操握在外戚宰辅梁冀手上，当他长大后想要夺权复位，唯一可以信赖的当然是身旁的这群太监。桓帝找来了贴身宦官唐衡、单超、左绾、徐璜、具瑗五人，共谋收复政权，由于当时梁冀的势力很大，即便是宦官也多勾结攀附于他，因此桓帝只能诱之以利，约定事成之后将大大封赏他们。果真这次反击相当成功，事后桓帝也按照约定封侯给这五人，却也种下东汉灭亡的导火线。韩翃在诗中特地将此事点了出来，也是想借此劝谏、嘲讽当时宦官小人擅权之情事。

吟到韩翃"春城无处不飞花"，眼帘仿佛映上春花飞舞的模样，诗景动人，莫怪乎唐德宗会因为此句记住韩翃这个人。善"以花入诗"且描述飘舞之情景，尚有一个著名的例子，由清朝才子纪晓岚所写，《咏雪》诗云："一片一片又一片，两片三片四五片。六片七片八九片，飞入芦花都不见。"这首诗相当简易有趣，在当时不断被传唱，后世的电影戏剧也不断改写沿用，以致字词方面出现多个版本，然大体仍不出以数字符串写的方式。若就诗文体裁而言，前面几句是戏谑，若无最后一句"飞入芦花都不见"来画龙点睛，就很难跃升到诗的境界。据说这个故事是发生于纪晓岚夜访和珅，和珅要求来人需写诗晋见，于是纪晓岚每写一句就让门口的仆役拿去给和珅，和珅乍读"一片一片又一片"还颇觉得有意思，等到"两片三片四五片"、"六片七片八九片"，开始觉得这能叫诗吗？连小朋友初学诗也写得比这还好，不过等和珅看到"飞入芦花都不见"，不禁赞道："好诗！好诗！"原来是纪大才子来访，果然出手不凡。

花开堪折直须折，莫待无花空折枝

劝君莫惜金缕衣[1]，劝君惜取少年时。花开堪折直须折，莫待无花空折枝。

——无名氏·金缕衣

完全读懂名句

1. 金缕衣：比喻珍贵的物品。

劝你们不要可惜那贵重的外物，劝你们要珍惜少年青春之岁月。当那鲜花盛开，一定要尽情折摘，切莫等到春残花落，只能空折那枝条。

名句的故事

关于《金缕衣》的作者有两种说法，一说认为是中唐杜秋娘所作，另一说则主张是中唐时民间流传的曲辞，传唱盛行，作者早已不可考。前者的说法主要根据于杜牧所写《杜秋娘诗序》，其中言："秋持玉斝醉，与唱金缕衣。"因此后世人，甚至是《唐诗三百首》的编者蘅塘居士，都认为此诗乃杜秋娘所作。然而我们若详细考察《杜秋娘诗序》整篇文章，不难发现，杜秋娘只是和唱，宛如我们现在常哼着流行歌曲一般，并非原作者。更强力的证据在于，杜牧于"秋持玉斝醉，与唱金缕衣"句后附加了小小的注释，谓"李锜常唱此辞"，可见《金缕衣》是当时甚为流行的诗词，为时人朗朗上口之作品。

　　杜秋娘为何许人物也？她是唐元和时期镇海节度使李锜的侍妾，十五岁时被李锜纳为妾，由于擅长歌舞，因此李锜经常命她于筵席中演唱这首他酷爱的词曲。后来李锜由于拥兵自重，在地方坐大，引来朝廷关注，最后李锜兵败被杀，杜秋娘等人也被朝廷征收回长安。杜秋娘入宫之后，由于擅长歌舞，而受唐宪宗宠爱，封为秋妃，然好景不长，宪宗英年早逝，继位的唐穆宗将杜秋娘分配给皇子李凑当保母。后来李凑由于卷入政廷斗争，株连其家，美人迟暮的杜秋娘也因此被遣返回乡，杜牧曾感慨杜秋娘身世之凄凉，于是写下《杜秋娘诗》，诗云："王幽茅土削，秋放故乡归。觚棱拂斗极，回首尚迟迟。四朝三十载，似梦复疑非。……归来四邻改，茂苑草菲菲。清血洒不尽，仰天知问谁。寒衣一匹素，夜借邻人机。"描述一代佳人过着箪食瓢饮、贫寒困苦的生活。

　　观看整首《金缕衣》，语气爽朗、激昂，以"莫惜"、"须

二月春风似剪刀

惜"、"堪折"、"须折"、"空折"串通全篇,层层跌宕,不难察觉其中蕴含的豪霸之气与莫负少年时的期许。唐诗在当时都是搭配着音乐,可以演唱助兴,而此篇文辞畅达、蕴意简洁,深受当时社会的欢迎,李锜也受到吸引,特别喜欢诗中那种风流少年、满腹理想的气息。整篇《金缕衣》唯一用到典故的只有诗题与诗中所言之"金缕衣";传说从汉代开始,坊间贵族喜以刺金缕绣,织成绸绫、裁成衣服,用以彰显其富贵华丽,后代也因而常以"金缕衣"来代称精美奢华的服饰。

历久弥新说名句

关于"花开堪折直须折,莫待无花空折枝"的道理,已经老生常谈了,然而浸淫于碌碌尘嚣的我们,真的曾仔细思量过这个道理?是否常与机会错身而过?在鹿桥(原名吴讷孙)所写的《人子》书中的一篇《幽谷》,描述一位过客旅人夜宿幽谷,在夜深人静、万籁俱寂中,沉沉陷入睡乡;不知过了多久,旅人从睡梦中渐渐苏醒,听闻附近的花草们争相谈话喧闹,原来这个幽谷的花草一生只有一次开花机会,在初阳照射之前,花使会传递指示,告诉每朵花卉该开什么花色。旅人身旁的花草在当天幸运获得一项礼物,可以任意选择想开的颜色,然而高兴之余,她也陷入反复犹豫与沉思当中。直到初晓照耀,旅人清醒后,发现身边的一株小花,她有"美好的枝梗,擎着一个没有颜色、没有开放可是就已经枯萎了的小蓓蕾"。原来这株花草在踟蹰当中,错失毕生唯一一次绽放机会。这个小故事告诉我们，机会常瞬间而逝，要果决地把握良机，牢牢记着"花开堪折直须折，莫待无花空折枝"。

不过"花开堪折直须折，莫待无花空折枝"的说法，励志作家刘墉曾提出挑战，他在一篇《花开堪折切勿折》的小品文当中说道："'花开堪折直须折，莫待无花空折枝。'这是唐代杜秋娘的著名诗句，意思是劝少年人把握时光，以免老大徒伤悲。但我觉得原诗句如果改为'花开堪折切勿折，莫待无果空折枝'，似乎也别有一番意味。"这是因为"在人生的旅程上，吸引我们、令我们眷恋的东西实在大多了，我们经常因为炫于眼前的繁华，而停驻奋斗的脚步；贪图一时的享受，却丧失更大的成果，这好比看到树上有花就去攀折，但没想到折下一时娇艳的花朵，却失去了未来丰盛的果实。少壮努力，不是及时行乐，而应是把握光阴、开创未来，所以我要说：'花开堪折切勿折，莫待无果空折枝。'"《金缕衣》直言劝诫世人要懂得把握良机，及时行乐，刘墉则是要人更仔细思考，进一步告诫我们不要被眼前五花十色的糜烂世界所惑，要适时把握光阴、及时努力，人生才能有更丰硕的收获。

晚来天欲雪，能饮一杯无

名句的诞生

绿蚁[1]新醅酒[2]，红泥小火炉。晚来天欲雪，能饮一杯无。

——白居易·问刘十九

完全读懂名句

1. 绿蚁：酒面上细小的绿色浮沫。2. 新醅酒：还没有过滤的新酒。

新酿的米酒酒面上泛着细小的绿色渣滓，小小的红泥炉火烧得正旺。天快黑了，眼看着就要下雪，你能一起喝杯酒吗？

诗人背景小常识

白居易（公元772—846年），字乐天，祖籍太原，生于郑州新郑（今河南郑州）。他从小就比别的孩子聪慧，五六岁开始学作诗，到了九岁便很熟悉声韵。二十九岁进士及第后，他除了不断上奏提供改革的意见以外，还以诗歌作为补察时政的武器，促进新乐府运动，写了大量的讽喻诗；举凡兵役、赋税、妇女、吏治、刑法和诸多不良社会风气（如厚葬、立碑、买卖婚姻、迷信神仙等），都有尖锐的揭露和批判。

元和十年，两河藩镇割据势力联合叛唐，派人刺杀主张讨伐藩镇割据的宰相武元衡。白居易率先上疏请急捕凶手，以雪国耻，却被对立的官僚势力攻击为越职言事，并捏造"伤名教"的罪名，把他贬为江州（今江西九江）司马；这对正直的白居易无疑是个沉重的打击。但他并没有辞官归隐，而是选择了一条"吏隐"的道路，一边挂着闲职，一边在庐山盖起草堂，与僧朋道侣交游，写了很多闲静恬淡、抒发个人情感的闲适诗和感伤诗。白居易五十八岁后定居洛阳，过着饮酒、弹琴、赋诗、游山玩水和"栖心释氏"的生活。病终后葬在龙门香山琵琶峰，李商隐还为他写了墓志铭。今天，白居易的墓地已开辟为游览胜地。

白居易阅历丰富，年寿又高，诗歌的创作量是唐代诗人中最多的。明代诗论家胡震亨《唐音统签》中记载宋朝诗人张文潜曾看过白居易诗手稿，"真迹点窜，多与初作不侔"，可知白居易作诗、改诗有多么刻苦认真。他的诗明白晓畅、用字质朴，为的是"其辞质而径，欲见之者易谕也；其言直而切，欲闻之者深诫也"（《新乐府序》），也就是借着通俗易懂的文字，扩大流传的速度和效果。

名句的故事

　　白居易被贬江州后，在唐元和十二年（公元817年）作了这首诗。他邀请的刘十九就是当时隐居庐山的嵩阳处士刘轲，彼此因性情相投而结为好友。当时白居易面对充满无数坎坷与磨难的现实人生，不但没有怨天尤人，反而写下许多怡然自适、情趣盎然的诗。就拿这首极富生活情趣的五言绝句来说，我们从字里行间看出诗人平和舒缓的心情，确实有"宠辱不惊，闲看庭前花开花落"（陈继儒·《幽窗小记》）的遂意和适意。

　　备下美酒，点起火炉，当然是为了与朋友开怀畅饮，不过，这番精心的布置又与当时的天气和时间密切相关，也就是第三句诗中告诉我们的"晚来天欲雪"。忙了一天，傍晚时分，眼见一场暮雪就要纷纷扬扬地飘落下来，若是能够和朋友小聚一番，围着温暖的火炉，畅饮醇香的美酒，共度这良辰美景，岂不是难得的赏心乐事？说此场景十分迷人，是因为诗的前三句都是写景，而且极为简单朴素，但如果这些景没有这最后一句充满深情的"能饮一杯无"，就无法让人跟着发起悠然之思。如果白居易与刘十九没有深厚的友谊，面对如此良辰美景，怎么会首先想到邀请他？这一声邀请，穿透前三句的景，让整个场景变得更为温暖而富有人情味起来。

❧ 历久弥新说名句 ❧

在朔风围困的寒冬傍晚，雪花在飞，寒风在刮；三五好友聚在小屋中谈天说地，坐拥一炉温暖的火，把一盏新酿的米酒，处冰雪覆盖之下却其乐融融——遥遥想来，此情此景，真是人间难得的赏心乐事。难怪金圣叹要将"冬夜饮酒，转复寒甚，推窗试看，雪大如手，已积三四寸矣"列入他著名的"三十三不亦快哉"中了。

饮酒要有酒伴，几杯薄酒，与好友边喝边谈，一直是古人推崇向往的生活方式。从《诗经》的"我有旨酒，以燕乐嘉宾之心"（《小雅·鹿鸣》）到陶渊明的"过门更相呼，有酒斟酌之"（《移居》之二）、"故人赏我趣，挈壶相与至。班荆坐松下，数斟已复醉"（《饮酒》之十四）等等，都可看出古人深得酒中乐趣的幽情雅致。清冷的冬夜里只要有好的酒伴，没有酒也没关系，泡一壶茶，一样可以谈心。宋代的杜耒在《寒夜》一诗中便这么写道："寒夜客来茶当酒，竹炉汤沸火初红。寻常一样窗前月，才有梅花便不同。"

然而，想找个理想的酒伴也是要讲缘分的，若是强迫邀来客人，勉强灌酒甚至喝到酩酊大醉，就一点也不风雅了。在《世说新语·任诞篇》里，王子猷（王徽之）在山阴时，忽然想起远在剡溪的朋友戴安道，一时兴起便冒着大雪，夜乘小船前去造访。天明之后，到了戴安道住的地方，却又不上门去就回家了。人问

其故，王子猷答道："我本乘兴而行，兴尽而返，何必见戴！"白居易也像魏晋名士一样率性而可爱，他们尊重的是内心真实的选择，注重的是脱离俗累的清趣与雅兴。放眼当今社会上的人际关系，哪里还有古人的简单与朴素？酒楼饭店间的宴席尽管奢华，推杯换盏之间不知充满多少机关与陷阱。

我醉君复乐，陶然共忘机

暮从碧山下，山月随人归。却顾所来径，苍苍横翠微[1]。相携及田家，童稚开荆扉。绿竹入幽径，青萝[2]拂行衣。欢言得所憩，美酒聊共挥。长歌吟松风，曲尽河星稀。我醉君复乐，陶然共忘机[3]。

——李白·下终南山过斛斯山人宿置酒

完全读懂名句

1. 横翠微：指青翠的半山腰。2. 萝：植物名。呈淡黄绿色，常攀附其他植物上生长，自树梢悬垂，可入药。3. 忘机：忘却人间巧诈的心机。

黄昏时，我从终南山上下来，月亮也一路随我归来。回头看看刚走过的山路，深青色的山岚就横亘在半山腰。我在山下遇到斛斯山人，并与他携手同行。来到他的田家，孩童随即应声打开

二月春风似剪刀

49

柴门。我俩走在种有绿竹的清幽小径上，路旁的青萝拂着行人的衣裳。彼此闲聊着，我真高兴今晚来到一个歇脚的好地方，他为我备了些好酒，我们痛快畅饮。酒后，我们同声高歌松风曲，歌声停歇，已是银河星稀的时候。我喝醉了，他也高兴得很，我们快乐得忘却人间一切机诈，而与世无争。

诗人背景小常识

李白（公元701—762年），字太白，陇西成纪人，也有说是蜀人。李白的父亲名克，母亲姓氏不详。李白的家庭相当富裕，父亲李克又有一定的文学修养，所以李白自小就受到很好的教养，加上他勤奋好学，"只要工夫深，铁杵磨成针"，讲的就是李白发愤用功的传说故事。

李白在天宝元年经由友人的推荐，入朝为"翰林供奉"，但玄宗只把他当成一个负责写写文章聊以消遣、润色鸿业的"御用文人"，于是他决定离开长安。天宝十四年，安史之乱爆发，李白为永王李璘的幕僚，然而猜忌永王行动的肃宗以图谋割据、反叛朝廷的罪名加以镇压，永王被擒并遭杀害，他的幕府及部下也被逮捕，李白便是其中一个。据说朝廷原本要以"从璘附逆"的罪名判李白死罪，后来幸赖郭子仪力救，才减死罪为流放；于是，李白被定罪流放夜郎。李白六十一岁时到当涂投靠当涂县令李阳冰。来年李白病危，在病榻上，他把一生著作全部交付李阳冰，李阳冰把它们编成《草堂集》十卷。但十分可惜的，这个集子并没有流传下来。同年十一月，这位伟大的诗人与世长辞，享年六十二岁。

年少的刻苦努力，加上卓绝特出的逸才，李白在文学作品中展现出众的才华。他将自己比喻为大鹏鸟，因为只有大鹏能够体现他自己不同凡庸的性格、气概和抱负。然而"才高"就容易"气傲"，于是深受儒家思想的他虽亟欲经世济民，但却不屑于循着一般考举的路入仕为官；同时，受道家及道教思想影响亦深的他，又十分向往山林隐逸生活。这样的学习历程造成了他矛盾的性格，而这一性格特征也可以在他的诗歌中明显看出。

名句的故事

这首诗约作于天宝二年（公元743年）李白在长安待诏期间。从诗的内容判断，诗人是在月夜时分到长安南面的终南山去造访一位姓斛斯的隐士，而诗文描写的正是两人相遇及游乐的经过。

终南山或称秦岭、秦山，由于风景秀丽，自古以来便吸引不少文人雅士、僧人居士隐居于此，像是钱起、储光羲、吕洞宾等，都曾在这儿留下行踪。然而，又因终南山邻近长安等大都市，故亦有不少投机者以此为仕宦快捷方式，著名的卢用藏的"终南快捷方式"故事就是这么来的；但大致来说，那毕竟还是少数，从终南山各方面的条件评断，此地还是适合隐居的，李白的好友斛斯隐士就是隐居于此，而李白这首诗正是以此山为背景。

诗中的李白就在终南山清幽的景色中和朋友相聚首、到朋友家做客，两人欢谈畅饮，生活的不如意，仕途的不顺遂，都暂时抛诸脑后了。"我醉君复乐，陶然共忘机"，两人忘怀一切得失，诗文就在一派欢乐气氛中结束。诗文的最后一句俨然有陶渊明之风格，而陶渊明确实也写过类似的句子，如《时运》诗其二中的"挥兹一觞，陶然自乐"、《还旧居》诗中的"拨置且莫念，一觞聊可挥"，但从整体来看，渊明写景叙事，虽然有情，却显得平淡恬静，"采菊东篱下，悠然见南山"，口气是温和舒缓的。而李诗中"却顾"二句以及"绿竹"一段，不仅色彩鲜明，更是精神飞扬；在饮酒的态度上，陶渊明是"或有数斗酒，闲饮自欢然"，随口而道，随兴而饮，有一种无可无不可的意味在。而李诗从"欢言"一句至最后，即使以"陶然忘机"作结，始终还是让人隐约感觉到一股昂扬的英气。

从这首诗中，我们看到了诗人对于自然美以及人与人、人与自然和谐的追求，也了解到他不同凡响的人格特质，而这正是李白的魅力所在。

历久弥新说名句

"我醉君复乐，陶然共忘机"，"陶然"本有快乐的意思，清朝的江藻曾建"陶然亭"，即取此亭供士大夫游宴之意。东坡曾有《杨绘知徐州敕》，里头有"坐废十年，陶然自得"这样的句子，称赞的是杨绘以公忘私的高超情怀。然而将"陶"字放到另一个词语中，"郁（郁）陶"却有几近相反的意思了。

"郁陶"一词，最早出自于《孟子·万章上》，里头记载舜的故事及和象的对话：象是舜的弟弟，但是象及他的双亲却无时无刻都想着要如何害死舜，以得到舜的一切。舜的父母叫舜去修理谷仓，等舜上了仓顶，就把梯子抽走，舜的父亲瞽瞍还放火烧仓，幸好舜设法逃下来了；又叫舜去挖水井，当舜下井后，他们却用泥土填塞下去，象以为舜已死，于是对父母说："这几次谋害舜，都是我的功劳。现在把他的牛羊及谷仓归给父母，他的干戈、五弦琴及雕弓则归我，再叫他的两个太太给我整理床铺，服侍我。"象分配定了，便到舜的房里去，却看到舜已经安全逃出来，并正坐在床上弹琴。象很虚伪地对舜说："郁陶，思君尔。"意思是说："好烦闷呀，我真想念你。"脸上并露出羞惭的表情。舜回答说："我正想着天下的臣民，不如你来帮我治理好了。"话说得很诚恳，好像完全不知道自己的亲弟弟多么想置自己于死地。

在这个故事里，我们既得知"郁陶"一词的意涵，亦了解到舜难得的孝友之情与人格的高洁，以及象与其父母之为人。回想起方才名句中，诗人与友人交游，徜徉自在、忘怀一切名利得失的情形；再想想故事中象及其父母的心胸狭窄、城府深密，不禁要发出长声叹息了。

举杯邀明月，对影成三人

花间一壶酒，独酌无相亲；举杯邀明月，对影成三人[1]。月既不解饮[2]，影徒随我身；暂伴月将影，行乐须及春。我歌月徘徊，我舞影凌乱，醒时同交饮，醉后各分散。永结无情游，相期邈云汉[3]。

——李白·月下独酌

完全读懂名句

1. 对影成三人：指独酌的我（李白）、天上的月，以及月下自己的影子，映成三人。2. 不解饮：不解喝酒的乐趣。3. 云汉：天河。

我在花间置一壶酒，独自酌饮。没有人陪伴，我只好举杯邀明月，对着月下自己的身影，合起来就算是三个人。但月儿不解喝酒的乐趣，身影徒自跟随着我。我便暂时以月影做伴，因为人生行乐，当趁美好的时辰。听到我的歌声，月儿徘徊流连，身影也随着我的舞姿亦步亦趋。即使如此，我仍愿和看似无情的同伴携手共游，也相约将来在银河仙境相会。

◎ 名句的故事 ◎

在朝廷待了一年多的李白，因为才高气傲而屡遭朝中宵小的排挤和迫害，玄宗对他更是毫不了解。满怀经世济民理想的李白难过极了，好友贺知章又在这时被迫去朝，思量至此，李白感到无限苦闷与寂寞，他去意已决，这首诗便是在这样的情绪下写成的。

诗的内容抒发的是作者的孤独，但诗的情境却写得十分热闹：诗人上场，背景是花间，道具是一壶酒，动作是"独酌"，虽然"无相亲"，但诗人突发奇想，把天边的明月和月下自己的影子都拉了进来，连自己一共三个人，原本冷清的画面于是热闹起来。全诗就是以这"三人"为主角，其中的"两人"陪伴着李白喝酒、及时行乐，他们是李白最忠实的朋友，永远伴随着李白。但仔细思量，其实还是只有作者一人"独酌"，在这"精神上"的热闹中，便愈显出作者的寂寞了。

"举杯邀明月，对影成三人"就是这样的一句诗，它构成了一幅十分巧妙的意境，或许是诗人的独具匠心，也或许是诗人将自己与天地万物合而为一；李白是深受道家思想影响的。于是在文章的取材上，甚至是自己的想象中，在大自然里俯拾即是，便

是有如此胸怀、如此境界之人，才能成就如此诗篇。

历久弥新说名句

"举杯邀明月"二句，既道出了李白当时孤寂的愁感，也表现出李白用心去观察、体贴天地万物的情怀。文学家的心思总是细腻的。"好鸟枝头亦朋友，落花水面皆文章"、"万物静观皆自得"说的不也是同样的关怀吗？"好鸟枝头"二句出自于元朝翁森的《四时读书乐·春》。《四时读书乐》里头描写的，没有为求功名而苦读的烦闷，只有置身书堆的快乐。"读书之乐乐无穷"，还有什么事比读书更快乐的？

翁森是宋、元时代著名的学者，宋朝灭亡后，他便隐居不仕，创办安州乡学，拿南宋大儒朱熹在白鹿洞书院讲学揭示的来教导学生，跟着他学习的前后达八百人之多。元朝入主中原，对读书人极为仇视，有"八倡九儒十丐"的说法，意思即读书人只比丐者高一级，若和娼妓相比，还差那么一点。读书人的地位是很低的，尤其是汉人的读书人；许多富贵人家多不读书，遑论平常百姓了。翁森有鉴于此，便以儒术教化乡人，在当时造成一股读书风气。

《四时读书乐》就是一篇文情并茂的劝学文，里头描写四时风景之佳处、读书的乐趣，更隐隐约约道出读书的目的、读书人的责任所在。"好鸟枝头亦朋友"，可见得作者于读书之余，对于天地万物，都能投以关照与爱护；"落花水面皆文章"，天地间一切事物，都有着存在的奥妙，都值得我们细细观察体会。对于万事万物都能予以适切的关怀与照顾，这不正是读书人的责任吗？儒家所谓"道"的精神意涵，也都在里头了。

至于"万物"一句，其实是出自宋朝理学家及文学家程颢《秋日偶成》诗："万物静观皆自得，四时佳兴与人同。"意思是说，只要一个人能静下心来体察万物，便能看出万物的天性，是那样的善良，那样的自然。而人间春夏秋冬四季，也都各有巧妙，只要心思清静，便能心领神会，怡然自得。

再回头看看名句及李白。他一生积极入朝为官，甚至加入行伍，无不是为了国家民族而努力，期望自己经世济民的理想得以成就。而从名句中，便能深刻体会他歌颂自然、热爱人生的情怀，正因有如此的志向及目标，再加上他的才情以及对自然、人生的积极态度，始能完成如此佳句。

天生我材必有用，千金散尽还复来

名句的诞生

君不见，黄河之水天上来，奔流到海不复还？君不见，高堂明镜悲白发，朝如青丝暮成雪？人生得意须尽欢，莫使金樽空对月。天生我材必有用，千金散尽还复来。烹牛宰羊且为乐，会须一饮三百杯。

岑夫子[1]，丹丘生[2]，将进酒，君莫停。与君歌一曲，请君为我侧耳听：钟鼓馔玉[3]不足贵，但愿长醉不长醒。古来圣贤皆寂寞，唯有饮者留其名。陈王昔时宴平乐，斗酒十千恣欢谑。主人何为言少钱？径须沽取对君酌。五花马，千金裘，呼儿将出[4]换美酒，与尔同销万古愁。

——李白·将进酒

完全读懂名句

1. 岑夫子：指岑征君。夫子是尊称。2. 丹丘生：即元丹丘，李白的平辈朋友，故称他为生。3. 钟鼓馔玉：钟鼓，古时大宴会时奏的音乐。馔玉，珍贵的菜肴。4. 将出：拿出来。

你没看见，黄河从高远天边流过，奔流到海后，就不再回头吗？你没看见，上一辈的人因从镜中看到白发而悲伤，早上还是满头青丝，到了晚上便成雪白吗？人生得意时就应该尽情欢乐，别让酒杯空对着月夜美景。天生下我如此材质，一定有其作用，即使把所有的钱花光了，最后还不是可以赚回来。

　　岑夫子、丹丘生，尽量喝，别让杯子停下来。我为你们唱首歌，请诸位侧耳倾听：那种盛大宴会的音乐佳肴没什么了不起，只但愿长醉不要醒。自古以来，伟大的人物死后都不被人记得，只有饮酒的人才能千载留名。像陈思王，他在平乐寺宴客，虽然一杯酒值得上十千钱，但他们都任意欢笑戏谑。我身为主人又何必说没有钱呢？也是毫不迟疑地打了酒来跟你们对喝。五花马儿、千金狐裘，叫人拿去换取美酒，和你们一起消除这无穷尽的忧愁。

🌤 名句的故事 🌤

　　这是一首脍炙人口的旷世佳作。当时李白与友人岑勋在嵩山另一好友元丹丘的颍阳山居作客，三人登高宴饮，人生快事莫过于置酒会友，李白又正值"抱用世之才而不遇合"（萧士赟语）之际，怀着满腔的不合时宜借酒兴诗情，做了一次淋漓尽致的抒发。

　　然而写酒兴、写怀才不遇、写及时行乐，这些都是历代文人常有的感慨，亦是历代文学作品常见的题材，且看李白如何从众多佳作中脱颖而出：诗文一开头，他先感叹光阴流逝之迅速，河水的奔流不复还，其中化用了《论语》中孔子的喟叹："逝者如斯，不舍昼夜。"

而下句更奇了，他写长辈的头发由黑转白，只是朝夕间的转变。从汹涌的黄河到人类生理夸张的骤变，这样惊心动魄的力量，千百年来，也只有李白一人写得出。

至于"人生得意"两句，这是李白诗中经常出现的"及时行乐"的主题思想，既然要尽欢，怎么可以无酒？谈到"酒"，在李诗中亦是十分普遍的，时而独酌，时而众饮；时而伤饮于月下，时而欢饮于筵前。李白常强调，他饮酒是为了消愁，又说他的愁是万古愁，饮酒也是为了麻醉他过分清醒的头脑。然而诗的情调还是意气飞昂、奋发向上的，他旋而表达出自己的自信："天生我材必有用，千金散尽还复来。"积极的人生态度，正是诗人乐观而开朗的性格写照。

对于此诗，前人这么评论："一往豪情，使人不能句字赏摘。盖他人作诗用笔想，太白但用胸口一喷即是。此其所长。"清代诗评家沈德潜亦曾说："此种格调，太白从心化出。"大多强调李诗的自然化成，或许这正是诗人历来总是令人大为折服的重要原因吧。

历久弥新说名句

"天生我材必有用"，除了表现出诗人的自信，亦给了后学一股自我肯定的坚毅力量。然而进一步思考，如果能将此天赋资材发挥到极致，岂不是更能显出天生我材之"用"了？有"交响乐之父"美誉的奥地利作曲家海登就是一个很好的典范。

海登于 1732 年出生在奥地利东部的小村庄罗劳，在家里十二个孩子中排行第二。海登从小就显露出音乐天分，他有位亲戚法朗克是合唱团指挥，所以海登的父亲就在他六岁时把他交给法朗克抚养并教导音乐。两年之后，海登到维也纳加入圣史蒂芬教堂的合唱团，一边接受音乐教育，一边在教堂献唱，一直到他十七岁变声后才被迫离开。

离开合唱团，海登以教授私人学生及为人拉奏小提琴勉强维生，同时也利用闲暇努力钻研作曲。有一次，海登所写的一首弥撒曲受到音乐界的注意，他开始得到一些作曲的邀约，也从此展开他作曲的生涯。海登是在前人的基础上，为交响乐确立规范的人。所以后人称他为"交响乐之父"。著名作曲家柴可夫斯基曾说："海登是交响乐创作的锁链中一个不可或缺的、牢固的环节。没有他，也就没有莫扎特、贝多芬。"

海登晚年的时候，他的学生曾这么问他："老师您年纪已长，也获得了崇高的名誉，为什么不好好享受众人的掌声，还要那么拼命地创作呢？"海登回答他："上帝既然生下我如此资材，我当要尽量地发挥运用，否则，岂不是辜负了这天生的资材和上帝的一片苦心吗？"也许就是这样的信念，以及对上帝的信仰，促使了海登的成功。

欲取鸣琴弹，恨无知音赏

名句的诞生

山光忽西落，池月渐东上。散发乘夕凉，开轩卧闲敞[1]。荷风送香气，竹露滴清响。欲取鸣琴弹，恨无知音赏。感此怀故人，中宵[2] 劳梦想。

——孟浩然·夏日南亭怀辛大

完全读懂名句

1. 闲敞：闲暇而敞亮。2. 中宵：半夜。

山上的太阳渐渐西落了，池上的月儿也渐渐东升。我披散着头发在夜里乘凉，推开窗户，闲适地躺卧在南亭里。夏夜的清风吹送着荷花的香气，夜深了，露水从竹叶尖滴下，发出声响。我想要拿琴来拨弄，却没有知音的人来欣赏。我有感于此，想到以前的老朋友，甚至到了半夜，也苦苦地想念着他。

诗人背景小常识

　　孟浩然（公元 689—740 年），一说名浩，字浩然，以字行，是盛唐时期与王维齐名的大诗人。他与王维合称"王孟"，是唐代田园诗派的代表人物。孟浩然出生于一个传统的书香门第之家，"家世重儒风"，世代读"诗"遵"礼"，总是以"君子当自强不息"为勉。在四十岁以前，他一直在襄阳砚山附近的涧南园及鹿门山过着隐居生活。

　　四十岁那年，孟浩然进京考试，与一批诗人赋诗作会。他以"微云淡河汉，疏雨滴梧桐"两句诗令满座倾倒，一时诗名远播，当时的丞相张九龄和王维等爱好文学的京官都来和他交朋友；虽然如此，榜单一贴出来，孟浩然却名落孙山。他在落第后，牢骚满腹，于是写下了《岁暮归南山》一诗。据说孟浩然曾被王维邀至内署，恰巧遇到唐玄宗到来，玄宗请孟浩然吟诗，孟浩然就诵读了这首《岁暮归南山》，其中有"不才明主弃，多病故人疏"二句。玄宗听后很生气地说："卿不求仕，而朕未弃卿，奈何诬我？"看来玄宗还是从他那含蕴婉曲的语句中听出了他满腹的牢骚和抱怨，并且认为他在"诬"自己，因而龙颜不悦；一个可能直接得到皇帝赏识与提拔的进仕机会就这样错失掉了。

　　孟浩然晚年还是过着安居家园的日子，有时也和几位知心的好友见见面。有一次，王昌龄从岭南北返，与孟浩然再一次会面，这时孟浩然"疾疹发背"，病刚痊愈，见到老朋友自远方来，

心里十分高兴，于是设宴热情款待，尽情畅饮，结果"食鲜疾动"，因为旧病复发，不久就去世了，享年五十一岁。

名句的故事

对于浩然诗，晚唐文学家皮日休以为"遇景入咏，不拘奇抉异"，虽只就闲情逸致作轻描淡写，却往往能渐入佳境。这首诗便是其代表性的名篇。

诗的内容大致可分成两个部分，前半部分写的是诗人在夏夜里于南亭纳凉的清爽闲适，后半部分则表达对友人的怀念之情。对于诗文前半段的描写，散发乘凉、开窗闲卧的恬适，不难想起田园诗人陶潜在《与子俨等疏》中的一段话："五六月中北窗下卧，遇凉风暂至，自谓是羲皇上人。"羲皇上人是伏羲氏之前的人，即太古时代的人。当时人恬淡无营，心无俗念，生活十分悠闲，所以隐士常以此自喻。如此的闲散潇洒、恬淡自然，可以说是此诗的基调，亦是孟浩然的人格特质。诗文后半部分，诗人因"取鸣琴"弹奏，而恨身边无知音欣赏，亦由此怀想起许久不见的故人。诗人在此以鸣琴兴起对故人的思念，亦可说是对怀念故人的一种新颖而深刻的描写。

对于此诗，清朝诗人沈德潜于《唐诗梗裁》中以为诗的境界"一时叹为清绝"；而宋朝诗评家严羽更从这幽静恬淡中读出它的韵味，听出它的和谐合律，以为"有金石宫商之声"，都是很深入的评论。

❧ 历久弥新说名句 ❧

一谈到"知音"、"至交",那种好友之间的至情,便很难让人不联想到范式与张劭两人的故事。

故事发生在东汉时候。名太守范式（字巨卿）少年时候曾在京师太学里读书,和同学张劭感情十分要好。一次学校放假,两人分别回家,临别的时候,范式对张劭说:"两年之后,我要到你家去,拜访令慈及你的儿子。"约订好日期后,便各自回乡了。

后来约定的日期就快到了,张劭于是跟母亲说明情况,请求母亲预备饭菜、招待范式。张母半信半疑地说:"两年没见了,后此相距千里,他怎么可能还记得这事儿呢？"张劭回答:"巨卿是守信用的人,我俩感情又深,凭我对他的认识,他绝不会爽约的。"到了约定那天,母亲虽然怀疑,但看到儿子兴奋的样子,也配合着准备了丰盛的饭菜。到了中午,范式果然准时赴约。他登堂拜过张母,便受到张劭殷勤的招待,大家欢饮畅谈,尽兴而别。

几年过去了。一天夜晚,范式忽然梦到张劭松戴着官帽,对他说:"我已经死了,当依时埋葬,我也将与你诀别。我知道你依然惦记着我,希望你能来奔丧。"范式醒后,便赶紧飞马往赴,果然正值张劭入葬之时。

或许天地间最真挚的友情,就是这种超越宇宙时空、人鬼之界的友情。

坐看云起时

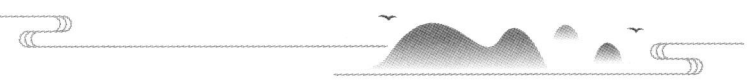

江畔何人初见月？江月何年初照人

名句的诞生

春江潮水连海平，海上明月共潮生。滟滟[1]随波千万里，何处春江无月明。江流宛转绕芳甸[2]，月照花林皆似霰[3]。空里流霜不觉飞，汀上白沙看不见。江天一色无纤尘，皎皎空中孤月轮。江畔何人初见月？江月何年初照人？人生代代无穷已，江月年年只相似。不知江月待何人，但见长江送流水。

——张若虚·春江花月夜（节录）

完全读懂名句

1. 滟滟：波光闪耀的样子。2. 芳甸：花草遍生的平野。
3. 霰：音 xiàn，冰珠。

春天的江水仿佛连延到海平面，海上的明月随着江潮起伏而跃升。波光闪耀千万里，整个春江都笼罩在明月下。江流蜿蜒地绕过花草遍生的平野，月下的花木宛如洒上一层晶莹的冰珠。感

觉不到空气中透明流动的珠霜，水边白色的沙地也被皎洁月光反射得几乎看不见。江水与天际精粹地融成一色，皎洁明亮的孤月挂在天边。究竟是哪个人首先在江畔边观月？江上的月亮又是何时第一次照到人？人的生命要世代交替才得以无穷，江月却岁岁年年都相似。不知道江边的水月究竟等待何人？只见滚滚长江送走一波波流水。

诗人背景小常识

　　张若虚，生卒年不详，约为初唐、盛唐人，曾与贺知章、张旭、包融等人以诗文交友，号为"吴中四士"。然而可惜的是，张若虚的作品多已散佚，于《全唐诗》中仅存诗两首，本篇名句即是撷取其最著名的《春江花月夜》。这首诗让张若虚一举成名，成为中国文人几乎无一不读的名著，张若虚也成为中国历史上以孤篇佳作传名千古的伟大诗人之一。从文学史演进的角度看，《春江花月夜》是初唐声律集大成之作品，不仅语调和谐、描绘精致，且结合自然万物清新永恒的特质，探讨宇宙人生万物之理，扩充诗歌内容的广度与深度，远远超过前人类似的作品，耐人精微探寻。

名句的故事

　　张若虚《春江花月夜》一诗，是历来诗评家激赏之作品，通篇不离春、江、花、月、夜，以此建构出春天月下之美景，诗人仿佛妙手丹青，轻轻挥洒，绚烂染出这首耀眼诗篇。张若虚以"春江潮水连海平"破题，不愧为大家出手、非同凡响，开篇便就题兴发，以浩瀚江水、明月初升来互相对应，勾勒出春江印月空阔无限的情景。下句"海上明月共潮生"，诗眼"生"字，让原本壮丽的图像活络起来，赋予明月、潮水鲜活跃动的生命，"生"也让后面对流水、月色笼罩之平野，江流宛转、花林似霰的景致描述瞬间生动起来，宛若画龙点睛一般，整幅图画"动"了起来。这幅由远及近、由大而小的景物描述，最后归结到"皎皎空中孤月轮"，此后诗风一转，诗人并不止于景物客观之描写，而要更深沉地探索宇宙人生之理，于是问道："江畔何人初见月？江月何年初照人？"这种手笔是在宫体咏物诗之上，细致描物外又能超越，蕴入诗人自我对生命哲理的探寻。

本篇名句仅撷取《春江花月夜》上半首诗，环绕着江水、明月的描述，从对自然景物的描写深入哲理的探寻。整篇《春江花月夜》不论在思想或是艺术上都超越过去文学表现，张若虚从生活常见的传统题材，注入新的含义，融诗情、画意、哲理于一体，汇成情、景、理交融的诗篇，达到深邃、邈远的意境，牵动着古今中外不知凡几读者的心，成就其诗歌上不朽之地位。

❀ 历久弥新说名句 ❀

近代学人闻一多曾经赞誉张若虚《春江花月夜》一诗为："那是更迥绝的宇宙意识！一个更深沉，更寥廓，更宁静的境界……有的是强烈的宇宙意识，被宇宙意识升华过的纯洁的爱情，又由爱情辐射出来的同情心，这是诗中的诗，顶峰上的顶峰。"（《宫体诗的自赎》）本篇名句"江畔何人初见月？江月何年初照人"以柔美诗歌探索人生哲理与宇宙奥妙，寓景于情，此乃继承汉魏以来玄言诗的传统。魏晋南北朝是中国诗歌史上重要的发展阶段，许多诗歌体例、派别、源头，如山水、田园诗，都扎根于此际，当时虽似涓涓流水，但到唐代则汇为浩浩大流。张若虚言："人生代代无穷已，江月年年只相似；不知江月待何人，但见长江送流水。"由景又回到主体自身之观照，从物来体悟人生短暂、聊赖世代交替传承，因此若以大时空背景而言，人也将与永恒的江月同存于宇宙。德国17世纪的浪漫派哲理诗人施勒格尔于《文学史讲演》一文中曾言："从严格的哲学意义上说，永恒不是空无所有，不是时间的徒然否定，而是时间的全部的未分割的整体。在整体中，所有时间的因素并不是被撕得粉碎，而是被亲密地糅合起来，于是就有这么一种情况：过去的爱，在一个永在回溯所形成的永不消失的真实中重新开花，而现在的生命也就挟有未来希望和踔事增华的幼芽了。"这段对过去与生命的体悟、喟叹，与七、八世纪的唐代诗人张若虚，意外地跨时代、跨地域不谋而合。

乱山残雪夜，孤烛异乡人

迢递[1] 三巴[2] 路，羁危[3] 万里身。乱山残雪夜，孤烛异乡人。渐与骨肉远，转于僮仆亲。那堪正漂泊，明日岁华[4] 新。

——崔涂·巴山道中除夜有怀

完全读懂名句

1. 迢递：形容遥远貌。2. 三巴：唐代巴郡、巴东、巴西合称三巴，泛指今四川一带。3. 羁危：形容危险之羁旅。4. 岁华：指时间、节气。

三巴的道路多么遥远，我走在万里艰险的旅途上。群山残留的皑皑白雪，在月夜里仿如孤烛般照亮异乡客。离开家人渐远，反而渐与僮仆亲近起来。人啊，哪堪独自漂泊？尤其在除夕的夜里，明儿个又是崭新的一年了。

诗人背景小常识

崔涂，字礼山，一作礼先，生卒年与籍贯不详，从其作品推测其故乡应在江南。年轻时曾经到京城赴科举考试，不幸落第，此后长期于巴、蜀、湘、鄂等地漂泊作客，因此其诗作多富异乡别离色彩。直到光启四年（公元 888 年），崔涂终于进士登第，但此时已经年岁老大。崔涂工于诗，善苦吟，尤长于律诗，多写羁旅寄送、感事抒怀、咏物怀苦之作，用以抒发漂泊离别之愁苦与功名失意的哀怨，也能对社会动乱同感担忧，故其诗发自内心、文辞凄婉、韵味深长。今存诗一卷，本篇名句《巴山道中除夜有怀》亦是其传世佳作之代表。

名句的故事

崔涂《巴山道中除夜有怀》是写于其客寓四川时期的作品，孤独异乡人在他乡逢年节，却无人相依伴，可想而知其内心是多么悲凄、苦涩。首联言："迢递三巴路，羁危万里身"，诗人先点出所在位置：蜀道，所谓蜀道难、难于上青天，而此刻自己却身处其时刻，望眼看过尽是岐峭高山、落雪纷纷，寂寞的异乡客仅有一盏孤烛聊以为伴。可叹的是"渐与骨肉远，转于僮仆亲"，崔涂此联似乎援引自王维《宿郑州诗》："他乡绝俦侣，孤客亲僮仆。"都述说着由于与亲人日异远殊，转而与同行的仆人日渐亲密。然而每逢佳节倍思亲，即便有僮仆为伴，在除夕这个团圆喜庆时刻，没有亲人在旁，异乡游子很难不感到慨然的。

唐代由于幅员广大，再加上继承汉代以降政府为了避免地方官坐大，且避免包庇自己亲属，于是发展出一套"本籍回避"的制度来，亦即当地人不可任职当地的正职官署，目的在使地方官员得以更公正来治理地方，但是相对的，所有官员都不得回到故乡任职，只能客寓他乡。而且唐政府为了提高中央统帅能力，还规定官员每经一任就须迁转他职，因此这群官员就宛如无根浮萍般，一生难逃宦游羁旅之苦，在他乡过节的凄楚，也就屡屡出现在唐诗当中。在崔涂之前，与其同样有异乡逢除夕之经验，还有著名的中唐诗人戴叔伦，他于《除夕宿石头驿》云："旅馆谁相问？寒灯独可亲。一年将尽夜，万里未归人。寥落悲前事，支离笑此身。伉颜与衰鬓，明日又逢春。"这首诗与崔涂诗十分相似，戴叔伦在前、崔涂在后，同是天涯宦游人，共同吟出逆旅他乡的悲切、凄恻。

历久弥新说名句

对于故乡、亲人的依恋，或许是人天生的孺慕之情，在汉代民歌当中，有一首相当贴切的《古歌》，其云："秋风萧萧愁煞人，出亦愁、入亦愁；座中何人，谁不怀忧，令我白头。胡地多风，树木何修修。离家日趋远，衣带日趋缓。心思不能言，肠中车轮转。"诗中描写异乡游子思念家乡的情景，出亦愁、入亦愁。

坐看云起时

75

"离家日趋远，衣带日趋缓"是其中最生动的一句，随着距离家乡越来越远，人也渐渐消瘦，将游子对故乡思念的情形入木十分地点出，可谓是经典名句。魏晋时候的文士王粲，追随在大刀阔斧的曹操麾下，随着曹军东争西讨，纵然内心满怀着抱负，思乡之情绪却从来不曾消减，在《登楼赋》即云："虽信美而非吾土兮，曾何足以少留……悲旧乡之壅隔兮，涕横坠而弗禁！"即深刻点出他乡再怎么好，却都比不上我的故乡来得令人眷恋，只要想到我距离家乡还那么远，就不禁涕泪横下。

若言中国文化中共同的文学基调，"乡愁"即是其中重要的源流，不分古今、不分你我，融入人、事、物、地，形成历久不衰、紧扣彼此联系之网络。现代诗人席慕蓉，在著名的新诗《乡愁》也曾经以此主题，抒发异乡游子的乡愁思绪，其道："故乡的歌是一支清远的笛/总在有月亮的晚上响起/故乡的面貌却是一种模糊的惆怅/仿佛雾里的挥手别离/离别后/乡愁是一棵没有年轮的树/永不老去。"席慕蓉所言的乡愁，以声音、夜晚为背景，在寂静孤寥的深夜里，最易勾引起游子们对于怀乡愁思，空间上距离之相隔，桑梓之种种仿若遮着一层模糊面纱，是那样地朦胧、那样地令人朝思暮想，却那样地遥远、不能到达。游子对于故乡的眷念、思怀，不会因时间消退而衰减，反而更行更远还生，就仿佛是一棵不会记录时间的树木，没有年轮、静静伫立在时光的长河中。

无边落木萧萧下，不尽长江滚滚来

风急天高猿啸哀，渚清沙白鸟飞回[1]。无边落木萧萧[2]下，不尽长江滚滚来。万里悲秋常作客[3]，百年多病独登台。艰难苦恨繁霜鬓，潦倒新停[4]浊酒杯。

——杜甫·登高

完全读懂名句

1. 鸟飞回：因风急，鸟只能在天空回旋。2. 萧萧：风吹树叶、树叶飘落的声音。3. 常作客：指长久客居异乡。4. 新停：刚刚戒酒。

风急天高，山猿叫声多么哀戚，清澈的小洲沙岸，江鸟在风中回旋。无边无际的落叶枯枝萧萧而下，无穷无尽的长江之水滚滚而来。在万里之外作客，偏偏碰上萧瑟秋日，人生百年却是疾病苦多，趁着人生还在，独自登临高台。时局艰难，我的双鬓已

发白如霜，穷困失意，疾病缠身，刚刚决定戒酒不饮了。

名句的故事

《登高》为七言律诗，作于唐代宗大历二年（公元767年），此年秋天，56岁的杜甫辗转到了夔州（今四川奉节），在九月九日重阳日，因循自古"重阳登高"习俗，抱病登临瞿塘峡口上的高台，望着无际的落木江河，回想自己艰难困苦的一生，如今已是双鬓发白、满身病痛的老人，百感交集地写下这一首诗。

有关重阳登高之俗，起于东汉时期，传说有一名叫费长房的仙人，能够预卜未来，其徒弟名叫桓景，有一日，费长房对桓景说，九月九日他家将会发生灾难，要桓景全家佩戴茱萸，登上高处，饮菊花酒，才得以化解这场灾厄。桓景依其指示，当日登高返家，发现家中鸡犬牛羊全都暴毙，费长房告诉桓景，这些动物是代他们一家受劫而死。此事传开，每年九九重阳，人们纷纷离家躲避不祥，登高以近天神，希望借此得到神的庇佑。

此年杜甫已抱病在身，不能如往常般痛快地饮酒，但他还是未能免俗地在重阳日登高望远，其中"无边落木萧萧下，不尽长江滚滚来"，描写一望无垠的落木，排山倒海地倾泻而下，绵延不止的长江，源远浩荡地奔流，诗人涌上悲秋情愁，回想自己早年远离家乡，如今年老多病，孤独登台，更感晚景凄凉。全诗炼字缜密，景物雄浑，情感苍凉，充分展现杜甫晚年"沉郁顿挫"的诗风特色。

明代诗论家胡应麟，在《诗薮》中评论《登高》诗"自当为古今七律第一"，清人杨伦在《杜诗镜铨》则言"高浑一气，古今独步，当为杜集七言律诗第一"，前者激赏《登高》乃古今七律之冠，后者认为此诗堪称杜甫所有七律中最为出色的佳作。

历久弥新说名句

北宋词人柳永，其一生浪迹漂泊，仕途也不甚顺绥，其词作《八声甘州》写道："惟有长江水，无语东流。不忍登高临远，望故乡渺邈，归思难收。叹年来踪迹，何事苦淹留？"作者在秋日登高临远，望着长江波澜起伏，激起思乡情愁，感叹自己在外一事无成，却不知为何还要苦苦恋留？无法立即返回那朝思暮想的故乡，词意表达游子羁旅的离愁别恨，有家难归的沉痛郁结。自《八声甘州》始出，向来不喜柳永俚俗词风的苏轼，都忍不住称许此词"不减唐人高处"，给予极高评价。

北宋文人陈师道，与苏轼交情甚笃，作诗风格力学前人杜甫，为当时著名"江西诗派"的成员之一，其七言律诗《次韵李节推九日登南山》末联云："落木无边江不尽，此身此日更须忙。"此乃诗人在宋哲宗元祐四年（公元 1089 年）的重阳节临高抒怀之作，最后他从无边无际的落木江河里，参透人应趁在世的有限时间，努力理想的实践，才不致浪费人生存在的价值。前句显然源出杜甫《登高》，后句则是赋予惜时的新意，这也算是钟情杜诗者的一种表现手法。

清代才子词人纳兰性德，其《河渎神》上片云："风紧雁行高，无边落木萧萧。楚天魂梦与香消，青山暮暮朝朝。"意思是说，风吹雁飞，树木落叶在秋风中不止地摇落。香烟已燃尽，与心爱女子相会的梦，好像香一样的消散，只有青山不分朝暮，永远屹立不变。词人在清冷秋夜，听着落木萧萧飘落的声音，回忆过去两人的恩爱缱绻，如今想起，宛若梦境一场，不由得感慨人世情感的骤变无常，欣羡青山不动，永葆常存。

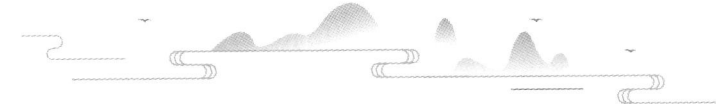

吴楚东南坼，乾坤日夜浮

名句的诞生

昔闻洞庭水，今上岳阳楼。吴楚东南坼[1]，乾坤[2]日夜浮。亲朋无一字，老病有孤舟。戎马关山北，凭轩涕泗[3]流。

——杜甫·登岳阳楼

完全读懂名句

1. 坼：音 chè，分裂。2. 乾坤：天地。3. 涕泗：鼻涕眼泪。

从前听人家说洞庭湖风景很美，今天终于登上了岳阳楼。广阔无边的洞庭湖水，分裂吴国和楚国的疆界，仿佛整个天地，日夜都在这座湖面上漂浮着。近来不曾收到亲人朋友的书信，年纪日渐苍老且身体多病，只有一艘小船与我相伴。想到关山北方，至今仍兵荒马乱，倚窗北望，不禁涕泪直流。

坐看云起时

名句的故事

《登岳阳楼》为五言律诗，作于唐代宗大历三年（公元768年），杜甫携带家眷离开夔州（今四川奉节），出峡后先到湖北江陵一带，暮冬之后，进入湖南岳阳，登上人称"江南三大名楼"之一的岳阳楼。

三国时期，吴将鲁肃率兵驻守湖南岳阳，相传"岳阳楼"即是当时鲁肃在洞庭湖训练水师的阅兵台，后来岳阳改地名为巴陵，"岳阳楼"也改称"巴陵城楼"；到了唐玄宗开元年间，中书令张说驻守岳州，他将此楼大幅整修，先名为"南楼"，后又易名"岳阳楼"。

晚年的杜甫，不但耳朵渐聋，且饱受肺病、风痹等病痛折磨，还过着水陆漂泊、居无定所的生活，当他来到湖南岳阳，登上岳阳楼远眺那浩瀚湖水，更显其一身孑然孤寂，抚今追昔，写下"吴楚东南坼，乾坤日夜浮"之句，遥想远古的东周春秋，这里曾是分割吴、楚两大诸侯国土的重要标的，又据北魏郦道元《水经注·湘水》所记："湖水广圆五百余里，日月若出没于其中。"正可说明洞庭湖的雄奇辽阔，仿佛能容纳整个天地日月，尽收浮于水面之上。

向来感时忧国的杜甫，望着神往已久的壮丽景色，心中焦虑的仍是大唐接连战事，好不容易才平息动乱八年的"安史之乱"，如今又遇上西南吐蕃的大举入侵，个人身世之悲苦，国家存亡之忧患，诗人倚楼念远，忍不住老泪纵横、涕如雨下，写下此一千古绝唱，从此岳阳楼不仅是骚人墨客流连之所，更成为文学史上的一处瑰宝圣地。

✿历久弥新说名句✿

自唐以来，位于洞庭湖畔的岳阳楼，已为文人墨客登临胜地，年纪稍长于杜甫的诗人孟浩然，在唐玄宗开元二十一年（公元733年）作五言律诗《望洞庭湖赠张丞相》，其颔联写道："气蒸云梦泽，波撼岳阳城。"这是孟浩然寄赠在长安担任丞相的张九龄，原是希望得到丞相引荐，以入仕途，但因诗中生动描绘洞庭湖云雾蒸腾以及岳阳古城的雄伟景观，遂成为后来能与杜甫《登岳阳楼》相互竞美之句，传说后来人们登上岳阳楼，见到墙上镌有孟浩然和杜甫的诗作，多不敢再往壁上题诗。

其后，岳阳楼在战乱中遭到破坏，到了北宋仁宗庆历四年（公元1044年），当时巴陵郡守滕宗谅重修岳阳楼，他与名将范仲淹不但是同年进士，两人也是好友，滕宗谅在岳阳楼筑成之后，附上新楼草图，修书一封，请当时在河南邓州任知州的范仲淹作记，也就是脍炙人口的《岳阳楼记》，文中写道："衔远山，吞长江，浩浩荡荡，横无际涯，朝晖夕阴，气象万千。"范仲淹将岳阳楼四周宏伟景色，刻画淋漓，篇末又抒言"先天下之忧而忧，后天下之乐而乐"，展现其以天下百姓为先的崇高胸怀，至今更为后人朗朗诵读。

　　南宋爱国文人辛弃疾，其词作《满江红》下片云："吴楚地，东南坼。英雄事，曹刘敌。被西风吹尽，了无尘迹。楼观才成人已去，旌旗未卷头先白。叹人间、哀乐转相寻，今犹昔。"意思是说，东周春秋吴、楚占据长江中下游一带，三国曹魏和蜀汉为敌，当年这些英雄人物，已为西风吹尽、了无痕迹；想到自己仕途失意、调动频繁，国家战事还不能休止，头上却已生出白发，感叹人间哀乐荣辱，循环往复、今昔相同。其中"吴楚地，东南坼"，即出自杜甫《登岳阳楼》，作者援引古来英雄，成败转眼成空以为戒，领悟对世事不必太过执著。

　　明代文学家李东阳，十六岁考取进士，时有神童之誉，他在《麓堂诗话》提到自己曾题《岳阳楼》诗联："吴楚乾坤天下句，江湖廊庙古人情。"由于作者为湖南人，又是当时的文坛领袖，后来此一诗联也被镌于岳阳楼上，上联"吴楚乾坤天下句"，正是赞美杜甫《登岳阳楼》之"吴楚东南坼，乾坤日夜浮"两句，堪称天下旷世诗句。

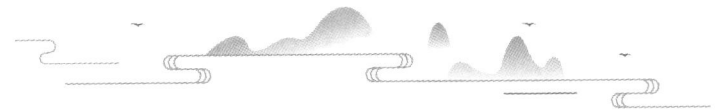

空山新雨后，天气晚来秋

名句的诞生

空山新雨[1]后，天气晚来秋。明月松间照，清泉石上流。竹喧归浣女，莲动下渔舟。随意春芳[2]歇，王孙自可留。

——王维·山居秋暝

完全读懂名句

1. 新雨：刚下的雨。2. 春芳：青草。

空旷的山林中刚下了一场雨，到傍晚时，天气清凉，增添了几许秋意。明朗皎洁的月光映照在松林之间，而清澈的泉水潺潺地流过溪石。洗衣服的女孩子归来，穿过林子发出一些声响，渔舟擦过莲叶，花叶摇动。春草到了秋天很快就凋零了，在外旅游的王孙们自然可以留在这里。

诗人背景小常识

　　王维（公元699—759年），字摩诘，太原祁（今山西祁县）人。世称"王右丞"的王维，属于中国文人中少见的官场生涯与文学造诣俱佳的代表。他在二十岁中进士后，历任右拾遗、监察御史、左补阙、库部郎中、给事中、太子中允、中庶子、尚书右丞等职。在安史之乱中，他曾因才华为安禄山仰慕而被软禁，强迫他担任官职；乱事平定后，原本任伪职的官员都须定罪，然而由于王维在软禁期间写诗表达国家逢乱的沉痛之情，加以他的弟弟愿削自己官职替他赎罪，王维因此获得赦免，更被授命为得有相当才学才可担任的太子中允。王维的文学创作则随着他的政治生涯在风格与内容上迭有变化，堪称盛唐时期的代表：从早年积极进取、充满豪情，至中期国家局势产生变化后，转而朝向山水田园的隐逸诗；后期作品更是富于禅意，也让王维此后拥有"诗佛"的称号。

　　作为一个艺术家，王维不仅在诗文创作上获得世人称誉。他精通音乐，诗作经过自己谱曲后，成为流行不衰的传唱名曲；书法方面兼长草、隶各体，绘画更是才能特出，甚至有人推崇他为南宗画派之祖。而他也善于将各领域所长彼此糅合，从他的诗中可以看出他对构图和色彩的敏锐，往往赋予诗作饱满的视觉意象。他的画作则在写意中流露诗情，苏轼赞叹王维"诗中有画，画中有诗"，恰恰为我们指出，王维在艺术上的成就不仅跨越了类别，也带来更丰富多元的美感体会。

名句的故事

"诗画双绝"的王维擅长自然诗和文人画，这两种创作都需要对外界环境敏锐的感受力，以及掌握"意在言外"的氛围与境界。在《山居秋暝》，王维再度做了一次"摹景、写意"的绝佳示范。

秋暝，就是秋天傍晚的意思。王维先以他最爱用的"空山"二字引起读者对画面的想象；空旷的山林在早秋黄昏时刻下起绵绵细雨，微凉的空气正提示着萧瑟的秋天已然降临。先从较大的角度描写山景，接着便是细腻的贴近观照：明月在松树林间掩映，清澈的泉水则窣窣自石中缝隙流过。后两句为了协韵，以倒装句表示，却更显独特清新，而动词"照"、"流"置于句末，也为这幅安静的山景带来生动的感觉。透过文字巧妙地融合动、静美感于画面之中，这等写景如画、随意挥洒的功夫，若非已至艺术上炉火纯青的地步，是不可能达到如此自然而匠心独具的写作风貌。

王维的山居时期不仅赋诗，也绘作多幅辋川图，其中山峰盘回缭绕，竹林疏阔有致，后人称为神品，他自己也感到十分得意，并曾作诗传意："当世谬词客，前身为画师。不能舍余习，偶被时人知。"我们常以当代文人能"左手写诗，右手写散文"为极有才情的表现，则王维"左手能诗，右手能画，兼以能乐能

书"，更可以说是历代少见的艺术奇葩了。

历久弥新说名句

　　长久以来，人们进行艺术品评时，鉴别一位创作者的作品是否出色，端看他是否能"传神"。所谓传神，最早源于晋朝的画家顾恺之"传神写照"的说法，也就是将被绘者的神态尽可能生动地表现出来。古代关于画家绘制人或物传神的故事相当多，例如南北朝著名画家张僧繇，曾在金陵安乐寺绘了四条未点眼睛的龙，人问何故，他说因为点睛后龙便会飞去；众人不信，他便为其中两条龙画上眼睛，瞬间天空雷电交加，已画眼睛的两条龙破墙直冲天际而去；这就是成语"画龙点睛"的由来。

　　清末年间，台湾交趾陶陶艺大师叶王也有类似传奇。传说叶王为庙宇塑造马匹，正当大功告成时，广场上忽然一阵马蹄声响起，接着风沙飞舞，叶王塑造的马儿扬长而去。由于叶王的技法惟妙惟肖，后世尊称他为"王师"。

　　开后世文人画之宗的诗人王维自然也有类似的传说。根据《琅环记》，王维和唐玄宗的弟弟歧王交好，由于歧王喜欢收集书画珍品，而王维的画那时已颇有名声，便画了一方大石赠给歧王搜藏。据说王维当时"信笔涂抹，自有天然之致"，歧王也相当珍爱，常常独坐画前观想赏玩。有一天风雨乍起，雷电并发，画中的石头竟不知哪里去了。几年后，有人在朝鲜的山上发现一块巨石，几番查证，发现正是当时从王维画中飞走的石头。

这些说法固然穿凿附会，不过王维的画作承袭顾恺之的传神论，他的山水画不仅形似，也留意神似，此外对于"意在笔先"的创作观点更开作者注重"意境"之先河，《山居秋暝》中自然的书写风格便可作为印证。

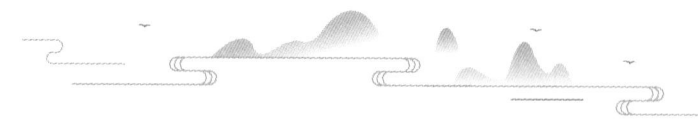

深林人不知，明月来相照

名句的诞生

独坐幽篁¹里，弹琴复长啸²。深林人不知，明月来相照。

——王维·竹里馆

完全读懂名句

1. 幽篁：篁，竹林。意指幽静的竹林。2. 长啸：蹙口发出清而长的声音。

屋子被幽静的竹林所围绕，我独坐其中，一面弹琴一面自在地啸歌。在这个深阔的林子里，无人知晓我如此怡然快活，只有明朗的月光在林间闪耀，陪伴我享受这孤寂中的乐趣。

名句的故事

王维歌咏辋川风景的作品有许多，这首《竹里馆》寓独居之乐于月色竹林的景观中，也是历来最为人熟悉的王维作品之一。竹里馆即王维在竹林中的别馆，在中国文学中，竹向来代表隐逸高绝的形象，恰好吻合王维独居此地的心境。在这里，王维得以尽情享受孤独的乐趣，写诗、游玩、弹琴、歌唱，刻画出一幅独乐乐的自在隐士图。

王维年轻的时候，除了诗文创作，在绘画和音乐方面的造诣同样为时人称道。传说他曾经因为高超的演奏技巧和谱曲才华，获得达官贵人的注意，进而得到状元及第的机会，在另一则传说中，王维更展现惊人的音乐鉴赏能力。《旧唐书》本传里提到，有人得到奏乐图一幅，但不知题名，拿去请王维鉴赏。王维看了一看就说："这图画的是演奏《霓裳羽衣曲》第三迭第一拍的样子。"后来有人按照画上的动作试奏，果然无一差异。

这个故事显示王维精通音律的才华，因此让他在朝中担任的第一个官职就是掌管音乐歌舞的大乐丞。他自己也常在诗中谈到弹琴："松风吹解带，山月照弹琴。"（《酬张少府》）"酌酒会临泉水，抱琴好倚长松。"（《田园乐》）因此在《竹里馆》中，王维抚琴高歌，邀请明媚的月色同享此乐，可是一点也不令人意外。

历久弥新说名句

在浪漫文人的眼中，月亮从来不是科学理论中那个反射太阳光的球体，也不是充满坑洞、被阿姆斯特朗一脚踩出历史的所在；她是可望不可即的，总是用周身清冷的光辉提醒你她的光洁、她的婉约。

打从《诗经》以来，月亮就注定了她阴柔的角色特质——谁叫她恰好朦朦胧胧地映照出美女窈窕的身影？且看《月出》："月出皎兮，佼人僚兮，劳心悄兮。"意思正是：月亮出来了，皎洁明亮。那美人儿多么娇丽。她是何等安详，体态苗条。

到了李白三百多首的月亮之作，更让她拥有身为主角的机会："小时不识月，呼作白玉盘"（《古朗月行》）；"举杯邀明月，对影成三人"（《月下独酌》）；"今人不见古时月，今月曾经照古人。古人今人若流水，共看明月皆如此"（《把酒问月》）。李白确实是热爱着月，不知他摘取水中之月后，是否永远得到月色的陪伴，赋出更多美丽的月之篇章？

苏轼也爱月，却理智多了，他问："明月几时有？把酒问青天。"（《水调歌头》）得不到响应也无所谓，他效法李白请月共饮："对酒卷帘邀明月，风露透窗纱。"（《少年游》）遗憾的是风儿吹散清爽的月色，一地寂寥袭来。

朱自清是消受得了凄清孤寂的，也因此有余裕观赏那曾照耀古人的月光："这是独处的妙处；我且受用这无边的荷香月色好了。"（《荷塘月色》）

纵然那么多前人名篇，要我们仔细谛听月亮捎来的关于她自身的讯息，我们却仍常常忽略，大声歌唱"月亮代表我的心"，忘却自有阴晴圆缺的月，她注定不为任何人保持不变，月亮只能代表她自己的心。王维是懂的。他沉溺在独处的欢娱之中，猛然发现月在天际窥视着、好奇着。他大方接受月的探照，因为亘古以来，始终独自高悬的月，绝对懂得他在孤独中追求的是什么。

行到水穷处，坐看云起时

名句的诞生

中岁颇好道，晚家南山陲。兴来每独往，胜事¹空自知。行到水穷²处，坐看云起时。偶然值临叟，谈笑无还期。

——王维·终南别业

完全读懂名句

1. 胜事：人生快意之事。2. 水穷处：溪水的尽头。

我自中年后便对禅佛之道颇有兴趣，到了晚年就定居于南山山麓的辋川附近。往往兴致一来就独自漫游各处，像这等快意之事徒然只有自己知晓。走着走着直到溪水穷尽之处，便坐下来悠然观看云雾缓缓升起飘移。有时恰巧碰到同样山行的老翁，与他们笑谈之间，也就忘了返回居所。

❀名句的故事❀

综观王维一生的经历，年轻时以早慧天赋受人瞩目，政治上虽不算大展长才，却也可说是一路平顺。正因前半生已看尽仕途多变、人事艰险，到了中年以后，王维的心境逐渐转趋淡泊；平素吃斋济人，妻子逝世之后寡居三十多年不曾再娶，四十多岁起对佛老产生浓厚的兴趣。在辋川隐居的时日，他常常独自野游，在游山玩水之余深刻体会世事离合难料，不如寄情于山水，在万物造化间参得禅机道趣。

《终南别业》正是在闲游中领略物外之趣的代表作，通篇旨在描述"偶然有所得"的逸趣。从偶然兴起独自游玩、随意而行至流水穷尽，就地观赏眼前云彩冉冉飞升的情状。最后，又是偶然遇见邻近老叟，笑谈间就此忘却归程也无所谓。若非出于悠闲自在的心情，和放下一切的轻松态度，是不可能察觉偶然与巧合的诸多乐趣。也唯有如此，"行到水穷处"才不至于感到窘迫无处可去，而能以安稳的姿态仰望空中，寻觅不同境地的风景。

王维的别业，在母亲过世之后，就捐赠兴建佛寺，他并不眷恋这片曾给予他隐逸情趣的居地，这种豁达的态度，正可和《终南别业》里"无入而不自得"的快意相互辉映。

❧ 历久弥新说名句 ❧

王维对隐逸生活的热爱或许从他景仰前朝诗人陶渊明可以略窥一二。早在十几岁时王维就曾改写陶渊明的《桃花源记》，陶渊明恬静不好世事的个性，想必也透过桃花源美好自足的小世界，传递给同样眷恋单纯生活的王维。

陶渊明是中国田园山水诗的开山祖师，也是隐逸诗人之宗。他向往自然，一意追求不为俗世所拘的生活方式，著名的作品《饮酒·五》："结庐在人境，而无车马喧。问君何能尔？心远地自偏。采菊东篱下，悠然见南山。山气日夕佳，飞鸟相与还。此中有真意，欲辨已忘言。"具体表现"大隐隐于市"的精神；而诗中与自然和谐共处的景象，以及安适怡然的心态，更与王维的《终南别业》不谋而合。

同样被视为西方文学界"隐居诗人"的艾米莉·狄金森也以一颗小石子比拟"享受宇宙万物与我同在"的人："在路上独自漫游的小石头/是多么快乐/既不忧事业/也无惧急务——/素朴的棕色外衣上/随意披着路过的宇宙/自主若太阳——/结友或自愉/顺应天理/以俭朴之道。"（《艾米莉·狄金森诗选》董恒秀与赖杰威译）

看来，在离群索居的状态中追寻更终极的和谐，达到物我两忘的境界，似乎超越时空和文化差异，成为中外诗人同样一心向往的目标。

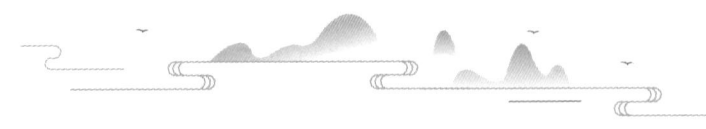

空山不见人，但闻人语响

名句的诞生

空山不见人，但闻[1]人语响。返景[2]入深林，复照青苔上。

——王维·鹿柴

完全读懂名句

1. 但闻：只听到。2. 返景："景"同"影"，回返映照的阳光。

空寂幽深的山林里看不见人影，只听到有人说话的声音；阳光透入深密的树林之间，又返照在树下翠绿的青苔上。

名句的故事

王维在四十二岁这年，获得初唐诗人宋之问在陕西蓝田的别墅，位居辋川谷口附近。此后大约八九年的时间，他多半在此过着闲居隐逸的生活。辋川别业邻近终南山，周围环境重峦叠嶂，又有辋川环绕，僻静清幽，景色极美，既适合王维在此侍奉年事已高的母亲，对中年以后笃信佛教、淡泊名利的他来说，更是可远离凡俗的人间仙境。这段辋川闲居时期，也为王维带来不少创作灵感，其中王维和好友裴迪一同游历辋川山谷多处景点所作的二十首五言绝句，正记录王维怡然闲游的心情和辋川丰富奇绝的美景。

在二十首诗作中，《鹿柴》、《竹里馆》、《辛夷坞》、《鸟鸣》等四首最受后人推崇，诗题则是游历之处的地名。我们在此欣赏的《鹿柴》（柴，音 zhài），指的是围栅栏饲养鹿群的地方，坐落于森林深处，平常鲜少人迹，因而起首王维便以"空山"点出山林的空寂，其实是环境安静使然。但在这静默之中，却又隐约听见疏疏落落的人声，或许是饲鹿者，或许是樵夫野老，不过诗人并未追究，只是偶尔传来的声响，更反映了林间之静，也更吸引人深入寻幽。后两句诗人走进山林深处，幽暗隐晦中，只见一抹斜晖穿过深邃的树林，狭长的倒影照射在石头青苔上，为寂静的深林带来一丝暖意。全诗写山林的静谧，在结尾予人视觉的温馨感受，也凸显原先的清冷之感，是王维融合视听感受于风景中的佳作。

历久弥新说名句

高山与流水，两种世界上最为普遍的自然景观，各自以其独特

的姿态攫取人们的目光，更吸引人们运用全副感官与心灵竭力地亲近它们背后自然的魅力与神秘。在《鹿柴》中，王维以动写静，赋予诗篇以听觉和视觉的双重印象，正含蓄而传神地表现出他所向往的"空山"魅力，诗人与自然造化达成了物我交会的深刻体验。

在静谧中感受造物无可言说的奥秘，以及自然与己身的默默交流，也许正是每个入山者都渴望拥有的经验，而诗人善于将感官诉诸文字的天分，便默默见证不少这样物我之间的默契；且让我们欣赏当代女诗人蓉子的作品《阿里山有鸟鸣》片段，看看相隔千年之久的诗人们是否感受到同样的自然之秘？"阿里山有鸟鸣 鸟鸣深山里/飞来从乳红色的晨雾里/飞进那片浓密似永恒的苍翠 鸟引颈长鸣 歌嘹亮清冽/划破林子迷人的雾霭/就像一道闪电原始的森林弥漫着不可触知的神秘/叶荫如深水绵密 我们置身其间/如从湖底仰看那难以企及的翠宇……樱花凋落于楚楚的瞬息/鸟在有限的空间飞鸣 唯松柏傲立/一切声音都在林间寂默 形成那不能触知的奥秘"。

初因避地去人间，及至成仙遂不还

初因避地去人间，及至成仙遂不还。峡里谁知有人事，世中遥望空云山。不疑灵境难闻见，尘心未尽思乡县。山洞无论隔山水，辞家终拟长游衍[1]。自谓经过旧不迷，安知峰壑今来变。当时只知入山深，青溪几曲到云林。春来遍是桃花水，不辨仙源何处寻。

——王维·桃源行（节录）

完全读懂名句

1. 游衍：恣意游乐。

起初为了避开战祸而逃到此处远离凡尘，随着定居已久，子孙们享有如同仙境一般的生活，便再也不想回俗世之中。在这片幽静的峡谷中，无人知道外面的人事变化；而外面的世人也远眺此处景观，不了解此中生活。渔人不相信仙境是难得一见的，由

于尘心未定，又想起自己的家乡了。他说无论这山洞相隔多少山水，只要跟家人辞别后，他就打算长期到此游乐。自认为上回走过的路一定不会迷失，怎晓得第二趟再来的时候，一切山峰谿壑全都变了样。当时只记得入山很深，然后沿着青溪要转几个弯才会来到云树簇拥的仙境？没想到四处皆是桃花春水，根本分辨不出仙境究竟在哪里。

名句的故事

这是王维在十九岁时根据晋代诗人陶渊明所作的散文《桃花源并序》改编而成的古诗。桃花源代表淳朴自然的生活，也是一般人心中向往的世外仙境。

根据陶渊明所言，这片人间净土由一位晋朝的渔夫所发现。在这一方天地间，土地平旷，屋舍俨然，居住于此的男女老幼，身上所穿的，以及他们对世界的认识，都停留在数百年的秦朝之时。原来，他们的先祖为了避乱至此，再也没有离开过，而他们一直在这里过着自给自足的生活，与外地再无牵涉。渔夫被当地人招待数天之后，带着他们不可与外人道的告诫回家，还是忍不住透露了这个奇遇。但是，无论后来感兴趣的人再怎么寻找，桃花源就像消失在空气中，再也寻不着了。

当然桃花源及其中居民都非真有其事。陶渊明创造这个桃花源，出自对现实世界不满的动机；晋代并非治世，而是汉代终结后一连串动乱的开始。在非常之世，陶渊明怀抱着离俗隐遁的理想，描绘心目中美好居所的图像，那里没有混乱的政局，没有复杂的人事，而这返璞归真的世界，理所当然地成为无分时代、地域，所有人心中"化外之境"的最佳代表。

王维在这首七言古诗中表现改编中寓新意的技巧，也就是为人称道的"诗中有画，画中有诗"的描摹风格，在平缓的描写中具现人间仙境的清新淡远，也使他被称为早慧诗人。

历久弥新说名句

自从陶渊明创造桃花源后，这个藏身于桃树林间的所在便成为中文世界人间天堂的代表。在西方文化中，"乌托邦"（Utopia）也具有类似的意义。

"乌托邦"是十六世纪时由英国人托马斯·摩尔所创造的幻想国度，从英文"Utopia"的字义看来，其实就是"乌有之地"，没有这个地方的意思。在这个现实中并不存在的岛屿上，人们严格遵守井然有序的社会制度，例如同样年龄阶层的人都穿着相同的衣服；或是不可化妆，因为装饰的美丽是不光彩的象征。摩尔笔下的乌托邦其实脱胎于希腊时代哲学家柏拉图所写的《理想国》。在理想国里，一切都依循理性构思的制度分类，包括人们的阶级，以及他们须负担的社会责任，甚至全国人口数目都经过数学推算。柏拉图完美国家的构想经过摩尔《乌托邦》的实现，虽然有反现实的批判精神，却也流露出对理性过度偏爱而忽略人性，可能带来无穷的问题。

二十世纪后，西方文化开始反省理性的价值，文学界先后出现赫胥黎的《美丽新世界》和乔治·奥威尔的《一九八四》，这些作品中的世界以科技和高度秩序要求极致的"统一"，呈现人类在其中失去自由的恐怖感，可以说是"反乌托邦"的代表作。西方世界对乌托邦的梦想到此已经不再，因为任何以秩序为手段追求完美的行为，都可能造成牺牲人性的后果。

比较起来，陶渊明理想世界里，"黄发垂髫，并怡然自乐"（《桃花源记》）的人们单纯且快乐许多。我们未必要效法他们不问世事、专事务农的生活方式，然而背后传递出对"简单就是美"的向往，也许正是桃花源之所以成为桃花源的原因。

念天地之悠悠，独怆然而涕下

前不见古人，后不见来者。念天地之悠悠[1]，独怆然[2]而涕下。

——陈子昂·登幽州台歌

完全读懂名句

1. 悠悠：无穷无尽。2. 怆然：悲伤。

前面望不见古人，后面看不见将来的人。想到天地的无穷无尽，不觉独自悲伤地掉下泪来。

诗人背景小常识

陈子昂（公元661—702年），字伯玉，梓州射洪（今四川三台）人。据《唐才子传》所记，陈子昂家境富裕，年少不喜读书，后见乡校学子孜孜不倦貌，才激发其向上之心，一举考中进士。由于武后欣赏陈子昂的才华，擢升他为右拾遗，故后世又称其"陈拾遗"。

武后圣历初年（公元698年），陈子昂以父病危，解官归乡，地方县令段简早觊觎其家产，外加陈子昂任官期间刚正不阿、有话直说的个性，开罪不少武氏权臣，所以当他一卸官职，返回家乡，即遭段简和朝廷权臣武三思诬陷入狱，家人虽拿出了二十万缗钱相救，段简犹嫌数目过少，不愿放人；其实这不过是段简与武三思联手对付陈子昂的手段。最后，陈子昂愤死狱中，结束其正值青壮的生命。著有《陈伯玉集》。

唐代古文运动的领袖人物也是唐宋八大家之一的韩愈，在举荐孟郊给河南尹郑余庆时，写了一首五言古诗《荐士》，其中两句云："国朝盛文章，子昂始高蹈。"直指陈子昂乃开启大唐质朴文风的重要推手，由于初唐文坛依旧承袭南朝骈靡之风，至陈子昂始出，才又导回古文的雅正传统，故中国文学史上一向视陈子昂为初唐古文运动的先驱。南宋文人兼诗评家刘克庄，其《后村诗话》提到："唐初王、杨、沈、宋擅名，然不脱齐梁之体，独陈拾遗首倡高雅冲澹之音，一扫六代之纤弱，趋于黄初、建安矣。"可谓对陈子昂革新初唐王勃等人的绮丽文风、致力恢复汉魏古诗的一段公评。

名句的故事

《登幽州台歌》为乐府诗，作于武后神功元年（公元697

年），陈子昂随武攸宜将军北征契丹，当时唐军驻守地点即在幽州（今河北北京西南）。东周战国时期，燕昭王曾建黄金台在此，广招天下贤士，唐代称其"蓟北楼"，也就是"幽州台"。

陈子昂自入仕始，对于朝政、军事问题，时陈己见，却屡遭打击。武后万岁通天元年（公元696年），出身亲贵的武攸宜将军奉命北征契丹，陈子昂时任武攸宜幕僚，跟随一同出征，本以为这是自己一展抱负、为国效忠的好时机。次年，唐军先锋部队大败，武攸宜不敢再行进攻，陈子昂遂提议愿自领军队万人，冲入敌营，不过，此举不但不为武攸宜所接受，还遭到降职的处分。

意气消沉的陈子昂，步出蓟门，登上幽州台，遥想过去燕昭王曾在此礼贤下士，得到乐毅、邹衍等名将贤者，争相前来投靠，终使原本弱小燕国打败强齐，威震诸侯，为历史留下一段叱咤风云的过往。仰古俯今，诗人除感叹自己知音不遇、明主难逢，心中更兴起一股无人理解的凉意，独伫幽州台上，放眼望去，早已不见古时明主，转身后看，亦无来者知音踪影，不禁吟唱出"念天地之悠悠，独怆然而涕下"，对着辽阔天地，抒发满腔悲愤，涕泪纵横到无法自已。

历久弥新说名句

陈子昂主张扫除绮靡的六朝余音，力图承继春秋《诗经》的"风雅"传统，认为诗歌须有比兴寄托，融入人心真实情感，从《诗经·王风·黍离》中云："悠悠苍天，此何人哉！"可看出陈子

坐看云起时

105

昂《登幽州台歌》与周代歌谣《黍离》的关联。《黍离》描写东周大夫行经西周都城镐京，看到这座昔日繁华鼎盛国都，如今遍地禾黍荒草，忍不住仰问悠悠苍天，到底是谁引发这场骤变？使泱泱西周大国，东迁定都洛阳之后，沦为不被众诸侯放在眼里的无权君主。东周大夫的心境，正与初唐臣子陈子昂相同，两人在抚今追昔之际，念及天地悠悠，悲从中来而写下引人共鸣的感伤诗篇。

陈子昂的诗歌以写实、质朴的语言风格为主，对唐代文人产生莫大影响，如张九龄、杜甫、白居易等人，无不深受陈子昂思想的启发。其中唐玄宗开元贤相张九龄，在五言古诗《杂诗》写道："运命虽为宰，寒暑自回薄。悠悠天地间，委顺无不乐。"张九龄一生忠耿率直，早已洞察李林甫、安禄山等人日后必会危害社稷江山，但玄宗当时已被李林甫谗言所惑，听不进忠言之辞，甚至不惜罢去张九龄相位，将他出贬荆州；倒是张九龄对个人命运看得淡薄，旋即解官告老，回到故乡韶州曲江（今广东韶关）。《杂诗》充满诗人对世事起落的处之泰然，徜徉悠然天地，顺应自然而行，没有一事让他感到不快乐。如此雍容大度的胸怀，不愧被誉为"曲江风度"的一代名相。

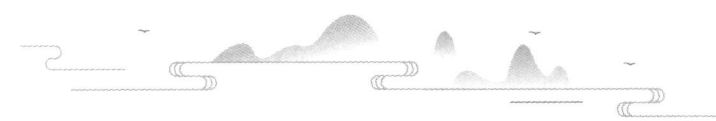

夕阳无限好，只是近黄昏

完全读懂名句

1. 向晚：傍晚。2. 意不适：内心不舒服。3. 古原：此处指乐游原。

傍晚时分我内心抑郁，于是驾着马车登上乐游原。看着夕阳下景物无限美好，可惜已经接近黄昏了。

诗人背景小常识

李商隐（公元813—858年），字义山，号玉溪生，又号樊南生。李商隐生逢晚唐政治纷乱、社会动乱频传的时代，唐朝盛势

不再，仿若崩溃的乐园一般，充满颓废、腐坏的气息，诗人生存于其中，有着力挽狂潮的志向，却又怀才不遇，因此其诗中充满对过去壮盛的缅怀、感伤。他于晚唐开成二年擢进士第，次年赴泾原节度使王茂元幕下，王茂元爱其才，将女儿许配给李商隐。由于李商隐登第时是由牛党执政，因此被归于牛派，但其岳父则是李党人士，而娶了王茂元的女儿，也就得罪了之前提拔他登第的牛党。终其一生他始终摆脱不了牛李党争的纠葛，政途也因此屡受癫圮，造成其生命中沉重的包袱与伤痛。仕途的曲折与心境上的磨难，在有志难申、妻子又病故之后，诗人更是郁郁寡欢，诗风趋向隐晦难解，而他也在妻子过世后七年跟着离开人世，年仅四十六岁。唐代最后一位诗坛巨星就此陨落。

通贯而言，义山诗充满朦胧晦涩、深微迷离的意象，此与其纤细敏感的个性有关，官宦的不甚顺遂与生活中的种种打击，再加上其深情不悔、执著的人格特质，都让他对人生、情爱有着沉重的负荷，构造出诗中往而不返的生命情调。就诗歌创作形式而言，李商隐继承了诗圣杜甫以来格律严谨的诗歌写作，作品中蕴意缜密、辞约意丰、寓意深切，风格多变，最大的特色在于善用典故，是唐代最善于用典的诗人。而义山诗最脍炙人口的莫过于一连串的《无题》诗，辞采不仅绮丽典雅，语言也相当凝练，善用巧喻来传述其深情绵邈之意，打动历来无数读者的心。

名句的故事

李商隐这首《登乐游原》久享盛名，尤以"夕阳无限好，只是近黄昏"驰骋千古。此诗之创作也迥异于义山诗风，少了许多堆砌的典故与平时深微幽隐之意象，字面质朴无华，内涵却又给人无限遐思，无以言明，也难一览而尽。历来诗评家对这首诗的解释多元，全凭个人的体会与诠释；单纯就字面上的意义来解，可知道李商隐日暮时分，因为心情忧闷，于是独自驾着车奔上乐游原，看到黄澄澄的斜阳照耀，不禁触景萦怀，抒发自己难以言喻的慨然。义山诗中往往充满世纪末的悲歌，对于大唐盛世那份缅怀与难以割舍的眷恋，构成其诗中深沉的叹惋、迟暮之感，这首《登乐游原》也是如此，既有对国运将尽的忧虑，也有对自身不得志的怨忿，缠缠交杂、涵义隽永。

乐游原是唐代长安人十分喜爱的旅游地点，位于长安城东南隅，是全城最高处，得以鸟瞰城内风景，因此深受唐代风流文士的喜爱。乐游原的源起甚早，建于汉宣帝神爵三年，武则天时期太平公主又置亭于原上，景致更加优美。每年举凡正月晦日、三月三日、九月九日，京城仕女、骚人墨客蜂拥而至，争相登高祈福与赏玩抒怀。因此光在唐代，以乐游原为题的诗歌就有不少，有名的如杜甫《乐游原歌》："乐游古园崒森爽，烟绵碧草萋萋长……此身饮罢无归处，独立苍茫自咏诗。"李白《忆秦娥》："乐游原上清秋节，咸阳古道音尘绝，音尘绝，西风残照，汉家陵阙。"李杜各以词诗之体，描绘他们于节日之际登上乐游原，望景抒发胸臆之情事。到中晚唐，诗人杜牧也曾写下一首与李商隐同诗题的《登乐游原》，其言："长空澹澹孤鸟没，万古消沉向此中。看取汉家何事业？五陵无树起秋风。"西汉皇家五陵位于长安之北，因此唐代诗人善喜以汉家事与唐帝国相对比，李白、杜牧诗词皆是如此。李商隐《登乐游原》情味类于杜牧，但最后结尾却不如杜牧干净利落，清楚告诉读者他的想法，而以"夕阳无限好，只是近黄昏"，百感茫茫、跌宕起伏、余味无穷。

历久弥新说名句

现代励志文学作家刘墉，曾经于《亲爱、恩爱、怜爱》一篇文章中，分析世代不同的人对于另一半所付出的爱究竟为何。刘墉认为人随着年纪增长，对于伴侣会由少壮时期的亲爱转变为中年的恩爱，若有缘维持，到老年则是怜爱。何谓亲爱？他指的是年轻夫妇是由亲而爱，亦即肉体上的吸引力较强，爱得炽热，却也转变得快，经不起考验。中年夫妻则是由于曾经携手走过一段岁月，有了共同奋斗的事业、家庭与小孩，对于婚姻难以割舍放弃，过去刻骨铭心的同甘共苦，惦记着对方给予自己的那份"恩"，许多事情就容易被包容下来。最后作者说道："老年的夫妻，享受的怜爱，是'夕阳无限好，只是近黄昏'的相怜，与'同穴窅冥何所望，他生缘会更难期'的相惜。"怜惜让他们可以在人生将谢幕前，终能恬然相守相望、相知相惜，将夫妻之角色诠释到最完美之阶段。

著名作家朱自清，最为人所知的是其所撰《背影》一文，描述过去父亲厚实坚毅的背影，几经岁月摧折也逐渐老迈龙钟，而终不改的却是对子女的那份慈爱。从这篇文章中我们可以看到旧式环境下的父爱是多么受限制、被束缚，他的温情爱意遮掩在重重纱幔后，总要等到某些时候，儿女再回头看，才知道父爱表现在他腼腆、不善示爱的动作当中。这篇《背影》算是朱自清的成名作，但也由于太过有名，反而让我们对作者本人不甚了解。朱自清原名朱自华，据说为了勉励自己严正自清，才更名为自清。他在大学执教多年，是个非常认真、能包容学生的好老师，治学态度上也非常严谨，其所撰写之论文绝对经过查证，若时间来不及，也会明白注明其来源为何。晚年朱自清曾在书案的玻璃垫下，压着一张纸条，写道："但得夕阳无限好，何须惆怅近黄昏。"此乃对李商隐"夕阳无限好，只是近黄昏"诗句的改写，是对人生的豁达与不悔。要到达这种境界，对生命的态度与修为都需煞费不少苦心，仰不愧于天、俯不怍于人的人，才能吟出这种豪迈不屈的诗句。

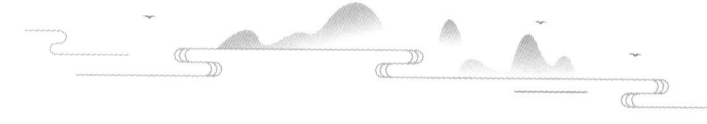

永忆江湖归白发，欲回天地入扁舟

迢递[1] 城高百尺楼，绿杨枝外尽汀洲。贾生[2] 少年虚垂涕，王粲[3] 春来更远游。永忆江湖归白发，欲回天地入扁舟。不知腐鼠成滋味，猜意鹓雏[4] 竟未休。

——李商隐·安定城楼

完全读懂名句

1. 迢递：高貌。2. 贾生：指汉代贾谊。3. 王粲：东汉末年，建安七子之一。4. 鹓雏：凤凰的一种。

登上高耸百尺的安定城楼，望见绿杨树后尽是一片洲渚。贾谊少年不得志垂泪上书，王粲年少时春日游登高楼。永远怀有创出一番回天转地的大事业后，白发苍苍驾着一叶扁舟退隐江湖的初衷。不知道这些低下的人在想什么，竟只会对我的高情远志猜忌不休。

名句的故事

　　李商隐这首《安定城楼》，成诗时间甚早，写于文宗开成三年。开成二年，诗人才刚通过进士考试，来到泾原节度使王茂元的幕府工作，王茂元相当欣赏李商隐的才华，于是将女儿许配给他；但当时正逢晚唐牛李党争之际，李商隐登第那年由牛党主试，就某种意义而言，他理所当然被归为牛党派系，却进入李党成员王茂元的幕下，且成为其女婿，于是牛党人士相当不满，屡屡以此指责他背恩负义，此后李商隐的仕宦生涯癫坷坎坷。也在开成三年的春天，他再次赴京参加制举考试，初审时顺利通过，却因为复审官认为李商隐的人格大有缺陷，一笔刷了下来，诗人也明了此背后权利之复杂运作，有苦不能言地吞下此次落选的挫败。失意返乡之后，他登上泾洲的安定成楼，写下此诗以抒其怀才不遇之悲与被人误会之愤慨。

　　李商隐于撰写《安定城楼》时，年纪尚轻，因此笔力雄健、文气轻峻，诗中叙述着抱负虽不苟于世却也还不想放弃的想法，只道世间人以小人之心度君子之腹，未来他还是期许自己能创立一番功业，再挥挥衣袖、飘然归隐。李商隐这种年少气盛、尚不知人生道路险阻、极欲吐露凌云之志的举止，与晚期悲苦隐晦、沉重迷离的诗风有甚大之歧异，因此这首《安定城楼》更显得特别珍贵。据说北宋大改革家王安石晚年时相当喜欢这首诗，尤其是"永忆江湖归白发，欲回天地入扁舟"，反复吟咏，认为"虽

老杜无以过",可以上比杜甫诗遒劲的风味。王安石之所以欣赏这两句名诗,不仅仅是向往义山诗中的洒脱、淡泊,而且更为切近王安石自己的政治怀抱;在熙宁变法失败后,王安石退居朝野,洗尽铅华,更能咀嚼义山当年"君子出则仕,退则隐"的慨然。然而就实践力而言,王安石更有资格说出"永忆江湖归白发,欲回天地入扁舟"这两句话,因为其政治影响力远远超过一生徘徊于幕府、作为地方小官的李商隐。

历久弥新说名句

《安定城楼》一诗不脱李商隐擅用典故的风格,他不仅爱用,且用得高妙,将典故灵活地蕴于字词当中,脱然而出。这首七言律诗才短短五十八个字,却巧妙镶进四个典故,分别为贾生垂涕、王粲远游、范蠡归隐与庄子秋水篇的故事。贾生垂涕说的是汉代重要思想家贾谊,年少时上《陈政事疏》给汉文帝,开头即曰:"臣窃惟今之事势,可为痛哭者一,可为流涕者二,可以长太息者六。"疏中陈述其个人政治抱负与理想。然而却不得文帝采用,最后贾谊志不得申,被贬到长沙王府担任太傅工作,某日长沙王由于贪玩从马背上摔下来跌死,贾谊自责、痛苦,后来也郁郁寡欢病逝,当时年仅三十三岁。

王粲远游说的是东汉末年董卓乱政,王粲十七岁时因躲避战火,自长安流浪到荆州依附荆州刺史刘表的事情。当时王粲曾于春天登上湖北当阳城楼,写下著名不朽的《登楼赋》,其言:"情眷眷而怀归兮，孰忧思之可任？凭轩槛以遥望兮，向北风而开襟。平原远而极目兮，蔽荆山之高岑。路逶迤而修迥兮，川既漾而济深。悲旧乡之壅隔兮，涕横坠而弗禁。"王粲此赋述说自己客居异乡，不得不浪迹天涯，投靠于强权麾下，与李商隐当时任职于王茂元幕府有类似的处境。

本篇名句"永忆江湖归白发，欲回天地入扁舟"，援引自战国时代范蠡辅佐越王勾践雪耻，成功攻灭吴国，事成之后，范蠡心知肚明越王勾践只能同患难、不能共富贵，"乃乘扁舟，浮于江湖"（《史记·货殖列传》），从此退出政治圈。传说此时退隐的范蠡身边的伴侣正是美女西施，两人携手共度人生。离开越国的范蠡，并非归隐山林，而转以经商成名，富可敌国，其子孙都是当时权贵一时的商贾。

诗中最后两句"不知腐鼠成滋味，猜意鹓雏竟未休"，引自《庄子·秋水篇》，故事是说惠子在梁国担任宰相，有次庄子去拜访他，还没到坊间就传闻说庄子此次前来将接替惠子的宰位，惠子大吃一惊，于是派人在城内搜了三天三夜，还是没有抓到他。最后是庄子自己去见惠子，庄子说：南方有一种鸟，名叫鹓雏，从南海飞到北海，途中"非梧桐不止，非练实不食，非醴泉不饮"（亦即这种鸟标准非常高，不是水平以上的东西它还看不上）。有次鹓雏飞过一只嘴巴咬着腐鼠的鸱鸟，鸱鸟以为它是来抢食物于是发出威吓声。鸱鸟岂知鹓雏根本不屑一顾它赖以维生的食粮？庄子以这个故事来嘲讽惠子杞人忧天，也用以彰显自己清高之远志，他人岂能僭越？

同是天涯沦落人，相逢何必曾相识

名句的诞生

　　我闻琵琶已叹息，又闻此语重唧唧[1]。同是天涯沦落人，相逢何必曾相识。我从去年辞帝京，谪居卧病浔阳城。浔阳地僻无音乐，终岁不闻丝竹声。住近湓江地低湿，黄芦苦竹绕宅生。其间旦暮闻何物？杜鹃啼血猿哀鸣。春江花朝秋月夜，往往取酒还独倾[2]。岂无山歌与村笛？呕哑嘲哳[3]难为听。今夜闻君琵琶语，如听仙乐耳暂明。莫辞更坐弹一曲，为君翻作琵琶行。

——白居易·琵琶行（节录）

完全读懂名句

　　1. 唧唧：叹息声。2. 独倾：独自喝酒。3. 呕哑嘲哳：呕哑：小儿学语声；嘲哳：恶鸟声。均形容嘈杂混乱的声音。

　　我听见琵琶的演奏，已经忍不住叹息；再听到这番话，不由得更加唱叹。同样都是命运多舛而沦落天涯的人，并不需要互相认识才能同情彼此遭遇。我从去年离开京城，贬谪到浔阳城，身体不好，常卧病在床。浔阳很偏僻，没有音乐，一年听不到丝竹声。我的居所近溢江，地势低而潮湿，房子四周长满黄芦和苦竹。在这里，日夜又能听到什么？不过是杜鹃泣血和猿猴哀鸣。在春天江上开花的时节，或是秋日月夜，我经常是一个人坐着喝闷酒。难道附近没有山歌和村笛吗？但嘈杂混乱，实在是很难听。今夜听到你的琵琶声，好像听到仙乐似的，耳朵一时也清亮了。不要推辞，请再弹奏一曲吧，让我为你按谱写下一曲琵琶行。

名句的故事

故事要从浔阳江头的一个萧瑟秋夜说起。

只因要求皇帝行仁政，就从长安被贬到偏僻的九江，白居易满怀委屈地过了两年。好不容易交了朋友，却终须一别，他心中的寥落更是难以形容。他在江畔为朋友摆下送别酒，秋风瑟瑟，河水茫茫，这时更不知是哪里传来凄切的琵琶声，引出白居易深藏心中的愁绪。

静静听完一曲琵琶，白居易邀请弹者相见，原来是位流落九江的京城女儿。当琵琶女诉说自己坎坷的身世，说道"夜深忽梦少年事，梦啼妆泪红栏杆"时，白居易不由得想起了自己的过去和现在，不也和琵琶女一样命途多舛？想到这里，白居易不禁激起"同是天涯沦落人，相逢何必曾相识"的同病相怜之感。他的

诉说也拨动了琵琶女的心弦，当她应白居易之请再弹一曲时，那琵琶声就更加凄苦了。

如果说前一番演奏只是表现她对个人境遇的伤感，那么，此刻的演奏就是触痛了所有人心中最软弱的那根神经，因为她表现的是人生际遇中共同的无奈与酸楚。此刻，江州司马不再是个穿青衫的小官，年老色衰的歌伎也不再是独守空船的商人妇，而是一对彼此心仪的知音，面对一江秋月，倾尽胸中块垒。在这场意外的相逢中，人生失意的怅惘，宦海浮沉的苦愁，得到了尽情的宣泄，音乐与诗歌以真情为纽带紧紧相连，协奏出一曲千古动人的乐章。

在白居易生前，《琵琶行》已经是家喻户晓的名篇，唐宣宗在他去世后以诗吊之曰："童子解吟长恨曲，胡儿能唱琵琶篇。"可见这些诗篇有多么流行。元代戏曲家马致远曾根据《琵琶行》写成《青衫泪》，清代蒋士铨又改编为《四弦秋》；在日本也曾经被改编为舞台剧。

北宋年间，有人在浔阳江畔建了一座"琵琶亭"，以纪念白居易在该地巧遇琵琶女及其所作的著名诗篇。从此，江州琵琶亭成了游览胜地，吸引了无数同样"因才失意"的文人墨客，为寻觅琵琶余韵而来。

历久弥新说名句

在"伴君如伴虎"的年代里，士人从政后的荣辱全不由自主，仕途并不稳定；歌伎年老色衰就更悲惨，两者之间有着命运无常的共同点。而士人与歌伎之间，更存在着奇妙的共生关系。因为古时有才情的女子，多半要沦落到花街柳巷，才会经由一些怀才不遇的文人之笔而为后人所知；诗人与词人也需要歌伎传播他们的诗词，以提高和保持知名度。白居易离开杭州任所几年后，还写下"故妓数人凭问讯，新诗两首倩流传"（《送姚杭州赴任，因思旧游二首其二》）的句子，表示他把新作请旧识的妓女去歌唱传播。由于他的诗普及民间，许多歌伎都知道他，以至于当他在汉南时，只要他一露面参加宴会，诸妓就知道是《秦中吟》、《长恨歌》的作者到了。

在西方，同样也有沦落天涯的文人与聪慧风尘女子的相遇绮闻。公元1844年初秋的傍晚，小仲马结识了巴黎上层社交界赫赫有名的交际花玛丽·杜普蕾丝，他们相识的过程几乎原封不动地移到了世界文学名著《茶花女》中。书中女主人公玛格丽特，正是当年的名妓玛丽·杜普蕾丝，而该书的男主角，便是小仲马本人的影子。

身为文豪大仲马的私生子，小仲马受尽社会的冷眼和歧视，也因此对不幸沦落风尘的玛丽格外倾心。然而过惯了奢侈生活的玛丽，与小仲马相恋的同时，仍然维持着与王公贵族的关系，使小仲马在感情上难以接受。父亲大仲马也出面反对他们交往，担心他与娟妓的韵事会影响名誉，甚至毁掉美好前程。公元1845年夏末，小仲马终于写了一封绝交信给玛丽，并照父亲的指示前往西班牙等国旅行。情人的别去，使玛丽失去生活的希望，变得更加自暴自弃，最后一病不起，悲惨地结束了只有二十三岁的短促一生。

欲穷千里目，更上一层楼

名句的诞生

白日依[1]山尽，黄河入海流。欲穷[2]千里目，更上一层楼。

——王之涣·登鹳雀楼

完全读懂名句

1. 依：顺着。2. 穷：尽。

夕阳依傍着中条山逐渐沉落，黄河向海不断流去。想要看尽千里风光，就要往更高的那层楼上去。

诗人背景小常识

王之涣（公元695—742年），或作王之奂，字季凌。王之涣出身普通仕宦之家，排行第四，自幼聪颖好学，还不到二十岁便能精研文章。他时常和豪侠子弟交往，一边饮酒一边谈论剑术，青史上记载的许多侠客都是他模仿的对象。到了中年，他才悔悟先前的颓废无知，从此立志向学。王之涣未走科举之途，而以门子调补冀州衡水主簿。这时，他的父母均已去世，衡水县令李涤将三女儿许配给他。

王之涣与李氏的婚姻颇耐人寻味。开元十年（公元722年）结婚时，王之涣三十五岁，已婚又有孩子，而李氏年方二九，两人相差十七岁。县令的千金，非但嫁给父亲的部属，而且还是个已有正妻的中年县尉，这样的情况即使在今天还是很引人注目。唐人靳能在墓志铭中称王之涣为人"孝闻于家，义闻于友，慷慨有大略，倜傥有异才"，看来是因为王之涣的个人魅力征服了李家小姐，她才不顾父母反对，执意要嫁给王之涣。而王之涣也不是薄情之人，他们过得很恩爱。

王之涣才高气盛，不久便不甘于衡水主簿这小小官职，加上有人诬陷攻击，他愤然辞官而去，在家过了十五年闲散自由的生活。后来补文安郡文安县尉，仍然只是个不起眼的小官吏。他在职以清白著称，理民以公平闻名，颇受当地百姓爱戴。怎知生活刚有起色，他却染病身亡，李氏不到四十岁便守了寡。王之涣去世后六年，李氏也因病而死。然而因为王之涣有正妻，两人竟不能合葬。但对于这些，李氏恐怕也不会太在乎了，毕竟生前已然同衾恩爱，死后是否同穴又有什么关系？

名句的故事

《登鹳雀楼》是一首妇孺成诵的名诗，在公元1992年曾被香港选为十大最受欢迎的唐诗之一，更列在日本汉语课本精选五首唐诗的首篇。自古至今，多少人受到这首诗的吸引而寻觅鹳雀楼的遗迹，却总是失望而归。鹳雀楼的旧址在山西永济县，沈括《梦溪笔谈》中说："鹳雀楼三层，前瞻中条（山名），下瞰大河。"传说常有鹳雀栖息在楼顶上，故有此名。公元1988年8月，考古学家在蒲州黄河故道上发掘出四尊镇桥铁牛、铁人，而在蒲州蒲津浮桥的另一端，便是临河的鹳雀楼旧址所在。

未毁之前的鹳雀楼，因为地理环境特殊，吸引很多诗人前来登高望远，留下许多与登楼有关的诗篇。宋代沈括《梦溪笔谈》中曾指出，唐人在鹳雀楼所留下的诗中，"惟李益、王之涣、畅当三篇，能状其景"。而比起李益的"鹳雀楼西百尺樯，汀洲云树共茫茫"（《同崔邠登鹳雀楼》）或畅当的"迥临飞鸟上，高出世尘间"（《登鹳雀楼》），还是要以王之涣的《登鹳雀楼》名气最为响亮，流传也最广。

这首诗四句全是对句，但读来浑然一体，全无支离呆板的感觉。就如同沈德潜在《唐诗别裁》中说的一样，正是"四语皆对，读来不觉其排，骨高故也"。就全诗而言，则是日僧空海在《文镜秘府论》中所说的"景入理势"。尤其是"欲穷千里目，更上一层楼"，既写景，又说理，加上简单易记，自然成了人们熟知的格言式诗句。句中激发、鼓励人们向上的深层意旨，正好跟《大学》中的"苟日新，日日新，又日新"，或《易经乾卦》的"天行健，君子以自强不息"等传统儒家思想相合；更与哲学家熊十力常说的"做人不易，为学实难"是一样的道理，都是鼓励人们超越自我、日新又新，不断追求更高的境界。这个人生的永恒课题当然不是像登鹳雀楼一样，只爬三层楼就能达到顶峰，而是一个永远不停地向更高处攀升的无尽历程。

⚭ 历久弥新说名句 ⚭

据《韩诗外传》记载，孔子游景山时，曾对子路和颜渊说："君子登高必赋。"《汉书·艺文志》则说："登高能赋，可为大夫。"刘勰在《文心雕龙·诠赋》中也提到："原夫登高之旨，盖睹物兴情。"后来刘将孙也说："登高望远，兴怀触目，百世之上，千载之下，不啻如自其口出。"(《养吾斋集》)古代文人在登高时，经常会勃然萌发种种情志，与自然物象相融合，从而触景生情、随兴而发，为后人留下许多荡气回肠、传诵千古的华章佳篇。

除此之外，古人还把登高能赋、临流吟诗、遇事能文的本事，当成风流文人、潇洒墨客的某种证明方式。

到了唐宋时期，中国园林建筑已进入鼎盛时期，风景名胜所在之地经常建有高楼，"凭栏"便成了登高吟咏时的常用词。凭栏时，那世事沧桑、风云际会的多种人生感念交织在一起，涌上心头，禁不住就要低斟浅唱，如"凭栏半日独无言"(李煜·《虞美人》)、"尽日凭栏楼上望"(潘阆·《酒泉子》)等。登高远望，周遭开阔的景色容易使人跳出小我而心怀天下古今，当人们无法团聚或无法实现政治上的理想时，"登高而赋"的行为也就不难理解了。

坐看云起时

凤凰台上凤凰游，凤去台空江自流

名句的诞生

凤凰台上凤凰游，凤去台空江自流。吴宫花草埋幽径，晋代衣冠成古丘。三山[1]半落青天外，二水中分白鹭洲[2]。总为浮云能蔽日，长安不见使人愁。

——李白·登金陵凤凰台

完全读懂名句

1. 三山：在南京市西南长江南岸，山有三峰，故名三山。
2. 白鹭洲：原在南京市西大江中，洲上多集白鹭，故名。今洲已与江岸相连。

凤凰台上曾经有凤凰翔集，如今凤凰飞走了，只剩下这座空台，长江兀自东流。吴宫中的花草都已埋没在荒幽的小径里，东晋时的一些显贵达人如今也成了累累荒坟。三座山峰依然耸立在青天外，白鹭洲横在长江中，江水被分割成两道水流，太阳总是容易被浮云所遮蔽，使我看不见长安，真令人发愁。

名句的故事

这首诗大约在天宝六年，一次李白游金陵所作的。对于此诗有个出名的故事：据说在此之前，李白曾游黄鹤楼，见到崔颢黄鹤楼诗，于是搁笔赞叹："眼前有景道不得，崔颢题诗在上头。"及后登凤凰台而题此诗，即欲与崔诗一较高下。这个故事还有些根据，因为李白这首诗确实是模仿崔诗而写成，全诗不论是谋篇布局都很相似。姑且看一看崔诗："昔人已乘黄鹤去，此地空余黄鹤楼，黄鹤一去不复返，白云千载空悠悠。晴川历历汉阳树，芳草萋萋鹦鹉洲，日暮乡关何处是，烟波江上使人愁。"写的虽然是思乡的旧题材，但是前四句熔传说与现实为一炉，不着痕迹，气势浑为一体，又制造出"寂寥"的景象，与后面的思乡之情相互辉映，真是精彩万分，也难怪李白要叹"眼前有景道不得"了。

凤凰台故址在南京市南凤台山上，《景定建康志》有记载："凤凰台……宋元嘉十六年，陵王颛见三异数集于山，状如孔雀，文彩五色，音声谐和，众鸟附翼而群集，时谓之凤，乃置凤凰里，起台于山，因以为名。"如同黄鹤楼传说本有黄鹤，凤凰台亦有凤凰，就凭着这个相应的主题，才流传这个有趣的故事，后人也才有这二首美诗得以欣赏。

然而崔诗写于开元盛世，李诗却作于安史之乱前，当时玄宗

昏庸，小人当政，大唐危机日益显露，太白虽身处江湖，但心悬魏阙，他登台远眺，西望长安，心里所想的不再是自己的怀才不遇，而是更重要的国家民族的未来，他的心情更加沉重了。借着这个机会，他抒发了自己忧国忧民的怀抱，诗末的二句，浮云指的就是当道的小人，受蔽之日正是当朝昏聩的皇帝，小人当道，蒙蔽了皇帝，遮蔽了长安，怎能不令人感到愤恨悲愁？

历久弥新说名句

崔颢诗的佳处，就在于诗文前四句一气呵成，于文字虽多有重复，却一点也不感觉到累赘，反而让人发出巧夺天工、无所改易的赞叹。这样的诗句只能由一人写出，黄鹤楼也就这么一座，凤凰台的传说故事又不如黄鹤楼精彩，所以先写先赢，后来的人也只能望诗兴叹了。

但是李白岂是省油的灯？相对于崔诗来说，他的诗虽然没有浑然一气的优势，却道出了沧海桑田的感慨和小人当道的悲哀。而颈联的部分，考虑到当时四周的景物及种种因素，对仗亦称工稳，是可与崔诗相颉颃的。至于对仗工稳，倒有个故事值得一提。

在初唐时，武则天一度称帝。当时有徐敬业等人计划讨伐，骆宾王也在其列，还写了一篇《讨武曌檄》，文章气势磅礴，一针见血，武则天看完气个半死，但也十分佩服他的文采。不久后，徐敬业的军队被武则天击败，他也被部下杀死，骆宾王逃掉了，下落不明。后来有位名叫宋之问的诗人被贬官到会稽，中途游览灵隐寺时，见到此地建筑宏伟，环境清幽，风景秀丽，不禁诗兴大发，低声吟道："鹫岭郁苕峣，龙宫隐寂寥。"他吟着吟着，却怎么也接不出下句，这时一位老态龙钟的和尚向前亲切地询问："施主深夜不寐，是不是有什么心事？"于是宋之问道出了他的难处，并把头两句诗告诉了和尚。和尚沉思了一会儿，便说："何不续'楼观沧海日，门对浙江潮'？"宋之问听完后，当即拜谢："老方丈的诗造诣真深，晚辈好佩服！"和尚谦虚几句，便蹒跚而去。

　　于是宋之问当场吟完了这首《灵隐寺》诗："鹫岭郁苕峣，龙宫隐寂寥。楼观沧海日，门对浙江潮。桂子月中落，天香云外飘。……待入天台寺，看余渡石桥。"到了第二天，宋之问还在品味老和尚续的句子，不仅对仗工稳完美，楼对门、沧海日对浙江潮，又接得天衣无缝，恰到好处；他遂决定拜那位和尚为师。于是宋之问向僧人询问和尚的下落，僧人却回答他老和尚已经云游四海去了。宋之问进一步问道："他是什么人呢？"僧人回答："他便是当年诗歌妙绝一时的骆宾王。"宋之问听后，惋惜地频频点头叹息。

一夫当关，万夫莫开

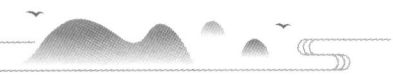

名句的诞生

　　剑阁[1]峥嵘而崔嵬，一夫当关，万夫莫开；所守或匪亲，化为狼与豺。朝避猛虎，夕避长蛇，磨牙吮血，杀人如麻。锦城虽云乐，不如早还家。蜀道之难难于上青天，侧身西望长咨嗟[2]。

　　　　　　　　　　　　　　　　——李白·蜀道难（节录）

完全读懂名句

1. 剑阁：在今四川省剑阁县北。2. 咨嗟：叹息。

　　说到剑阁，更是山势峥嵘而高大，只要一个人把守关口，即使是万人也无法攻破。假使守关的不是心腹，那就像豺狼般为害不浅了。在那里，早晚要提防猛虎和毒蛇，它们磨牙吸血，不知害死了多少人。四川虽然是天府之国，但不如还是及早回家。蜀道是那么难走，甚至比登天还难，我侧身向西望去，不禁发出长长的叹息。

名句的故事

天宝元年，满怀理想抱负的李白终于受诏到了长安。即将上任的李白，内心固然有着期待，但一路走来，仕途的坎坷及当时民生社会的苦难，早已让大诗人感到忧虑不已。一次在长安一带为好友入蜀送行，李白写下这首诗，也借此抒发了他内心的感受。

《蜀道难》是袭用乐府古题，然作者却能摆脱唐以前《蜀道难》作品的简短单薄，展开丰富的想象，着力描绘秦蜀道上奇丽惊险的山川，并从中透露对社会的某些忧虑与关切。这首诗充分凸显出作者对乐府的创新与发展，文字雄浑奔放，惊奇胜绝，又能在恣肆文笔之余表达内心的愤懑不平，可说是李诗典型之作。

而此诗过人之处，又在于作者文学艺术手法的运用。像是成语的改造翻新，一切都像是信手拈来，一经运用便兴味盎然。诗文中有"剑阁峥嵘而崔嵬"三句。剑阁是蜀中的要塞，在大剑山和小剑山之间有一条三十里长的栈道，群峰如剑，连山耸立，峭壁中断如门，形成天然的要塞。因其地势险要，易守难攻，历史上在此割据称王者不乏其人。诗人从剑阁的险要引出对政治形势的描写，他化用西晋张载《剑阁铭》中"一人荷戟，万夫趑趄。形胜之地，匪亲勿居"的语句而有所翻新，劝人引为鉴戒，警惕战乱的发生，并联系当时的社会背景，揭露蜀中豺狼的"磨牙吮血，杀人如麻"，从而表达国事的忧虑与关切。唐天宝初年，太平景象的背后正潜伏危机，后来发生的安史之乱，证明诗人的忧虑是有现实意义的。

对于《蜀道难》一诗，历代皆有好评，同为盛唐的殷璠《河岳英灵集》称此诗"奇之又奇，自骚人以还，鲜有此体调"，认为此诗是从先秦至当代难得的奇作；唐孟棨《本事诗》则有这么一段记载："李太白初自蜀至京师，舍于逆旅，贺监知章闻其名，首访之，既奇其姿，复请所为文，出《蜀道难》以示之，读未竟，称叹者数四，号为谪仙。解金龟换酒，与倾尽醉，期不间日，由是称誉光赫。"更认为贺知章之号李白为谪仙，就是读了他的这篇《蜀道难》。清人李白《诗法易简录》这么说道："蜀道二句凡三见，直以古文章法行之，纵横驰骤，神变无方，而一归于自然，大可为化不可为，此太白绝调也。"正是有李白如此的才情气度，才能作出如此上乘的乐府。

❦ 历久弥新说名句 ❦

"一夫当关，万夫莫开"，除了说明地势的险要，也表现当关之人的英勇。在《三国演义》第八十六回中，罗贯中便引用这么一句话赞许赵云的骁勇善战。

在《三国演义》里，赵云出现得很早，他忠心耿耿，自始至终都和刘备站在同一阵线。而谈到赵云，其中最值得一提的当然就是他辉煌的英雄事迹了；当年当阳长坂坡一役，他只身出入几十万敌军，营救后主阿斗。其后历大小战役，为蜀汉立下无数战功，即使到了六七十岁高龄，他还是坚持披上铠甲，向前迎敌，威势不减当年，敌人常闻风而丧胆。"一将守关，万夫莫开"的赞誉，便是在一次赵云拒曹真于阳平关，罗贯中引以为对他的激赏之词。

而谈到赵云的英勇，便不能不谈到"虽千万人吾往矣"的气概。这句话其实是出自《孟子·公孙丑上》曾子对襄子所讲的一段话："子好勇乎？吾尝闻大勇于夫子矣：自反而不缩，虽褐宽博，吾不惴焉？自反而缩，虽千万人，吾往矣！"孟子讨论的是不动心的方法，也就是养勇。其中举了北宫黝、孟施舍为例，最后则引曾子的话说明何谓大勇，"自我反省而不义不直，理有所屈，对手即使是普通百姓，我难道不害怕吗？自我反省要是理直，虽然面临千万个强敌，我也会从容前往拼到底"。原来，真正的大勇，是要能"反求诸己"，反身而诚，天下事还有什么好畏惧的？至于《三国演义》中的赵云和当年把守在剑阁的勇者，想必都是能反躬自省的人吧。

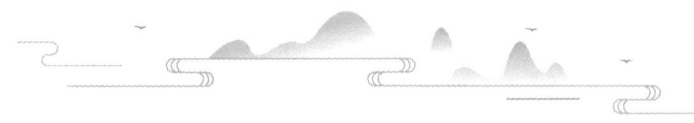

回看天际下中流，岩上无心云相逐

名句的诞生

渔翁夜傍西岩宿，晓汲清湘燃楚竹。烟消日出不见人，欸乃[1]一声山水绿。回看天际下中流，岩上无心云相逐。

——柳宗元·渔翁

完全读懂名句

1. 欸乃：行船橹声。

渔翁夜晚傍着河的西边岩石过夜，清早打着湘江的水，用楚竹来烧。太阳出来，烟雾就消散了，仍然不见人的踪影，听得欸乃一声，从水面上划出一条碧绿山水。回头看去，水流从遥远的天边奔下，岩石上的白云，无心地相互追逐着。

诗人背景小常识

柳宗元（公元773—819年），字子厚，河东解县（今山西运

132

城）人，是唐代思想家兼散文家，也是唐宋八大家之一。二十一岁登进士第，初任集贤殿校书郎，后调蓝田（今属陕西）尉，唐德宗贞元十九年（公元803年）擢升监察御史。唐顺宗永贞元年（公元805年），王叔文等人执政，欲裁抑宦官势力，整顿朝政，史称"永贞革新"，引柳宗元任礼部员外郎，不过数月，顺宗病倒，宪宗即位，政局骤变，所有亲信王叔文者皆受牵连，柳宗元因而被贬永州（今属湖南）司马，宪宗元和九年（公元814年）召回长安，来年调任柳州（今属广西）刺史，四年之后，病死柳州，卒年四十七岁，世称"柳河东"或"柳柳州"，好友刘禹锡整理其遗稿，编成"柳先生文集"。

据《新唐书·柳宗元传》所记，宪宗元和十年（公元815年），柳宗元从长安被调柳州之前，刘禹锡也同时遭贬播州（今贵州遵义），柳宗元一听闻消息，认为播州为"烟瘴之地"，绝非一般人所能承受居住，况且刘禹锡尚有高龄母亲，他决定上奏用自己被派任的柳州和刘禹锡的播州交换，后来其他大臣也为刘禹锡说情，才将刘禹锡改任连州（今广东连县），柳宗元一样赴柳州上任。当时的播州是朝廷用来流放罪犯以及分发失势官员的所在，柳宗元宁可牺牲自己到偏僻、瘴气的播州，也不忍心刘禹锡前去，足见对好友的惜护挚情。

柳宗元去世之后，柳州居民感怀他的德政，还为其立庙纪念，一代文宗韩愈作《柳子厚墓志铭》，后来也成为一传世名篇。

名句的故事

《渔翁》为七言古诗，作于柳宗元贬谪永州时期。政治上的失意，使诗人在精神方面，寻求寄托秀丽山水，永州位在南岭山脉北麓，潇水和湘江的汇合处，依山傍水，正好提供一处排遣忧怀的绝佳环境。

《渔翁》刻画一个徜徉在青山绿水间、独往独来的渔翁，清晨时分，夜宿西岩的他睡醒后，燃起炊烟，做起早餐，所汲的是清澈湘水，烧的是楚地竹子，等到炊烟和江上晨雾散去，只回荡着他离去的橹桨声和放歌声，绿水青山，早已空无一人；最后，诗人拉回渔翁离开后的山水景色作结："回看天际下中流，岩上无心云相逐。"回身转望，水流从天边奔流直下，高山旁的白云，无所用心地追逐嬉动，宛若眼前呈现一幅动中有静的山水图画。

"渔翁"在中国文学上，几乎都被塑造成遗世独立形象，如《楚辞·渔父》记述的虽是战国楚大夫屈原不流于世俗的传说，但其中渔父，却是主张明哲保身、与世推移，其豁然开朗的胸怀，正与屈原刚正不阿的固执形成对比；到了东晋陶渊明《桃花源记》，能够进得了作者笔下世外桃源的也是一个捕鱼人；唐人张志和作词令《渔歌子》，描绘渔夫"青箬笠、绿蓑衣，斜风细雨不须归"，又是何等的自在潇洒。

后出的柳宗元写《渔翁》，也有几分自许渔夫孤清飘逸的意味，大唐经过"安史之乱"的剧烈动荡，国运逐渐日没西山，政治上又有宦官和藩镇各种乱源，使得生长在这一世代的文人，开始怀抱清逸之风，书写其心灵神往的太平乐土。

历久弥新说名句

北宋苏轼晚年贬谪海南岛，他将柳宗元的诗文视为精神支柱，其《评柳子厚诗》言"柳子厚晚年诗，极似陶渊明"，意指柳宗元晚年诗作，与田园诗人陶渊明极为神似。

陶渊明在东晋安帝义熙元年（公元405年）甫辞彭泽令，归返家园后，写下一首《归去来兮辞》："云无心以出岫，鸟倦飞而知返。景翳翳以将入，抚孤松而盘桓。"描写天上云层不经心地冒出山峰，鸟群飞得疲倦，即将归返巢穴，日落西山，阳光渐暗，诗人手抚松木，仍伫留在山里徘徊思考，当他浸淫山水天色，仰望云鸟移动变化，心中充满对家乡景物的钟情热爱，也思索着过去何苦委身去做那些违背己志的事。

元曲四大家之一白朴，其散曲《沉醉东风·渔父》云："黄芦岸白苹渡口，绿杨堤红蓼滩头。虽无刎颈交，却有忘机友。点秋江白鹭沙鸥。傲杀人间万户侯，不识字烟波钓叟。"白朴生长在金末元初，亡国之痛，使他的行为放浪自适，有人荐举他入朝为官，一概被其推拒，曲中的渔父，心情愉悦地在江岸绿堤边钓鱼，根本不把那些当朝大官放在眼里，因为那些所谓的"万户侯"，哪里比得上不识字的渔翁，能够如此悠然地生活。隐逸作家白朴，同样用山水渔人，勾画他心中向往的写意人生。

朱门酒肉臭

大庇天下寒士俱欢颜，
风雨不动安如山

八月秋高风怒号，卷我屋上三重茅。茅飞渡江洒江郊，高者挂罥¹长林梢，下者飘转沉塘坳²。南村群童欺我老无力，忍能对面为盗贼。公然抱茅入竹去，唇焦口燥呼不得，归来倚杖自叹息。俄顷风定云墨色，秋天漠漠向昏黑。布衾多年冷似铁，娇儿恶卧³踏里裂。床头屋漏无干处，雨脚如麻未断绝。自经丧乱少睡眠，长夜沾湿何由彻⁴。安得广厦千万间，大庇天下寒士俱欢颜，风雨不动安如山。呜呼！何时眼前突兀⁵见此屋？吾庐独破受冻死亦足。

——杜甫·茅屋为秋风所破歌

完全读懂名句

1. 罥：音 juàn，缠绕。2. 坳：低洼积水处。3. 恶卧：睡觉不安稳。4. 彻：直到天亮。5. 突兀：高耸的样子。

朱门酒肉臭

139

在八月秋天时分，突然狂风怒号，把我的屋顶的三层茅草都卷走了。茅草随风渡江，洒在江边原野，有些高高挂在树梢上，有些被吹落低洼的池塘里。南村儿童欺负我年老无力气，竟当着我的面当起盗贼，公然把茅草抱入竹林，任凭我呼喊得唇焦口燥，也对我置之不理，回来后只能拄着拐杖独自叹息。一会儿风已停止，天空一片乌云，秋天的天空呈现灰蒙昏黑。家中布被已变得又冷又硬，娇儿睡时不安稳，把被子踢到破裂。屋子漏水、床头漏雨，没有一处是干的，雨滴像乱麻般不断落下。自安史之乱后，我很少安然入眠，今天潮湿的长夜要如何度过？哪里能得到广阔的房子，庇护天下的贫寒百姓，好让他们都能一展欢颜，不再畏惧风雨，过着安稳如山的日子？唉，什么时候眼前能出现这样高耸的房子？即使让我独自一家遭受破坏或冻死，我也心满意足。

名句的故事

《茅屋为秋风所破歌》为七言古诗，作于唐肃宗上元二年（公元 761 年），杜甫之前才辗转入蜀，在朋友的资助下，于成都浣花溪畔盖了一间茅屋，好不容易有了一处栖身之所，谁知八月一阵强劲秋风狂扫，将屋顶上的茅草吹走，原本他还想捡拾那些掉散四处的茅草重新再盖回去，谁知邻村孩童竟不顾主人在后拼命追赶，公然将茅草抢走。

杜甫毕竟年事已高，五十岁的他只能回到自家门前，倚杖叹息，看着连夜滴雨的破漏茅屋，想着那些原应天真纯良的孩子们，为何冒着大风，也要抱回一堆不值钱的茅草？诗中杜甫虽指责孩童"盗贼"，但真正的盗贼怎会要这些破旧茅草？诗人以此反衬家中一贫如洗，连这些毫无价值的茅草，都是他修补破漏屋子的可贵家产。

自唐玄宗天宝十四年（公元755年）十一月发生安史之乱后，杜甫经历各种磨难，操虑国事家事，长期饱受失眠之苦，经过一路流离，来到成都，却又碰上"屋漏偏逢连夜雨"的窘况，正当他彻夜难眠、感慨万千之际，突然心念一转，推开一己之苦，正如诗中"大庇天下寒士俱欢颜，风雨不动安如山"，诗人一想到天下还有千万个和他一样的"寒士"时，他希冀找到千万间不动如山的坚固住宅，得以让所有人免于风雨欺凌，拥有一屋庇护的安定温暖，又言若能达成这样的愿望，就算他一户人家冻死，也都在所不惜。充分展现其推己及人、悲天悯人的博大胸怀。面对困难处境，杜甫不只倾诉个人命运悲苦，同时也为全天下相同际遇的人请命，正是他这种忧国忧民、凡事为人设想的可贵情操，赢得后人对他的尊敬。

🌀 历久弥新说名句 🌀

中唐诗人白居易，其五言古诗《新制布裘》最末写道："安得万里裘，盖里周四垠。稳暖皆如我，天下无寒人。"诗人在新制衣裘时，不忘寻求万里长的皮裘，好覆盖天下的四周边际，希

望人人与他一样衣着温暖，举世全无受寒挨冻之人；又在其七言古诗《新制绫袄成，感而有咏》中云："安得大裘长万丈，与君都盖洛阳城。"诗人身穿新制衣裘，想着如何拥有万丈长的皮裘，铺盖整座洛阳城，使全城百姓的身体都能得到暖和。

从白居易这两首诗作，发现他和杜甫同样关心贫苦苍生，只是杜甫《茅屋为秋风所破歌》是宁愿一己挨冻，死而无憾，也不愿天下再有人受到冻寒之苦，表现其宅心仁厚的舍己精神；白居易则在个人暖饱之余，体恤到穷人的无衣避寒，尔后心生恻隐，希望与他人共享安稳无虞，两人语句结构虽有雷同，但诗的境界仍有高下之别。

北宋文学家苏轼，其词作《浣溪沙》上片写着："万顷风涛不记苏，雪晴江上麦千车，但令人饱我愁无。"此乃宋神宗元丰四年（公元 1081 年）冬天，苏轼在黄州（今湖北黄冈）担任团练副使所作，指出自己位在江苏苏州的田地，遭遇强风吹袭狂扫，但他一点都不以为意，只要想到黄州今年大雪过后，明年将有千车麦子的大丰收，黄州百姓不会挨饿，就足以令他忘记所有忧愁。

此时苏轼被贬谪黄州已有二年，适逢当地降下白雪，自古相传"雪兆丰年"一说，表示若在冬天见雪，来年将会是农作物丰收的一年，苏轼为此感到欣喜若狂，完全不在乎苏州自家田地的毁损，只顾得任职所在的百姓温饱与生计，他和杜甫同样深具关切他人更甚于个人身家财产的广阔胸襟。

朱门酒肉臭，路有冻死骨

岁暮百草零，疾风高冈裂。天衢阴峥嵘，客子中夜发。霜严衣带断，指直不得结。凌晨过骊山，御榻在嵽嵲[1]。蚩尤[2]塞寒空，蹴踏崖谷滑。瑶池气郁律，羽林[3]相摩戛。君臣留欢娱，乐动殷胶葛[4]。赐浴皆长缨，与宴非短褐。彤庭所分帛，本自寒女出。鞭挞其夫家，聚敛贡城阙。圣人筐篚[5]恩，实欲邦国活。多士盈朝廷，仁者宜战栗。况闻内金盘，尽在卫霍室[6]。中堂有神仙，烟雾蒙玉质。暖客貂鼠裘，悲管逐清瑟。劝客驼蹄羹，霜橙压香橘。朱门酒肉臭，路有冻死骨。荣枯咫尺异，惆怅难再述。

——杜甫·自京赴奉先县咏怀五百字（节录）

完全读懂名句

1. 嵽嵲：音 diè niè，此指骊山。2. 蚩尤：相传蚩尤善于作雾，此指雾气。3. 羽林：保护皇帝的左右羽林军。4. 胶葛：原为广大之意，此指乐声远闻。5. 筐篚：装赏赐之皿。6. 卫霍室：

卫、霍本指汉朝内戚，此指杨贵妃与其家人。

岁月进入寒冬，百草凋零，疾劲冷风刮得高岗崩裂。长安街道阴寒严峻，客居游子在半夜上路。严寒中衣带被吹断，手指僵直到不能弯曲。破晓时分经过骊山，皇上就在这座高山里歇息。寒冬充塞浓厚雾气，崖谷太滑，宜步步小心。温泉池热气腾腾，皇帝的羽林军排列得十分拥挤。皇帝与大臣一同欢乐，奏乐声四处远闻。所赐浴的皆是达官贵人，宴会上全无布衣短褐的平民。朝廷分赏臣子绢帛，本出于贫寒妇女所织，但官吏还鞭挞她们夫家，搜刮聚集财物呈献京城皇宫所需。皇帝对臣子的赏赐奖励原是为了让国家更加昌盛，这些朝廷大臣若具有仁心，治理国家就该更加谨慎，何况皇宫所藏的贵重器皿都已送到外戚权贵处。大厅有美丽的乐伎，轻薄衣裳披罩舞者的雪白肌肤。暖客披上珍贵毛皮做成的衣服，管乐声中又伴随高雅弦音。劝进宾客享用的是名贵的驼蹄羹汤，还有堆积如山的鲜橙、香橘。富豪人家的酒肉多到吃不完而发臭，路边却有挨不住天寒的冻死尸骨。世间的荣华和贫困竟只有咫尺之隔，内心的惆怅难以言喻。

ᥞ名句的故事ᥞ

《自京赴奉先县咏怀五百字》为五言古诗，作于唐玄宗天宝十四年（公元 755 年），全诗共有一百句，分作三段，此乃节录其中第二段。全诗描述诗人由长安到奉先（今陕西蒲城）探望家人途中，经过唐玄宗每年必携杨贵妃前往避寒的骊山华清宫，看到极尽奢华的享受欢娱，正与民间百姓三餐不继形成尖锐对比。

同年十一月安禄山叛乱，此诗正好写于乱事一触即发的前夕，诗中不但揭露唐玄宗天宝盛世的虚伪假象，也刻画朝廷如何掠夺百姓的心血付出，全都搜括为皇亲国戚、达官权贵的囊中私物，当时虽尚未发生动乱，但诗人已从民间困顿疾苦嗅出大唐岌岌可危的端倪。

其中"朱门酒肉臭，路有冻死骨"，更成历来一警策名句，华清宫内的豪华排场，不仅有温泉浴暖，还有吃不完而腐坏的酒肉，但宫门之外却躺着冻死尸骨，都是被官吏压榨的贫寒百姓；看在杜甫眼中，不过咫尺一隔，人生的荣华与枯寂怎有如此天壤之别？他将一路所见官场狰狞以及贫民的悲惨下场做出对映呈现，也是诗人对社会的不公不义所发出的振笔控诉。

历久弥新说名句

杜甫《自京赴奉先县咏怀五百字》主在反映玄宗天宝年间，皇帝只顾自行享乐，不顾苍生饥寒受苦；然早在西晋之时，也曾出过一昏庸的晋惠帝，他在听取臣子报告天灾不断，人民没饭可吃以致活活饿死，竟感到大为不解地反问臣子："何不食肉糜？"如此不知民间疾苦、不懂百姓实际生活的皇帝，也让他荣登历史的昏君之列。

清仁宗嘉庆皇帝曾作一首七言律诗，诗云："内外诸臣尽紫袍，何人肯与朕分劳？玉杯饮尽千家血，银烛烧残百姓膏。天泪落时人泪落，歌声高处哭声高。平时慢说君恩重，辜负君恩是尔曹。"全诗表现嘉庆皇帝体恤人民的仁爱思想，也写出他痛责臣子荼毒百姓的恶行，直指当时官员的杯中物尽是千家百姓的鲜血，其通宵达旦的笙歌狂饮，点的并非蜡烛，而是民脂民膏。试想一国之君能体察臣子私下纵欲玩乐，全是来自剥削民间所得，已着实不易，只是不论他如何恭俭自持，也无法力挽父亲乾隆皇帝所遗留的奢靡政风。

清人曹雪芹的《红楼梦》中同样也有描写富贵豪门与贫穷人家的对比，作者刻意安排一乡下老妪刘姥姥进入贾府，出尽洋相，目的就为点出贾府和一般平民的悬殊世界，以突显贾府的奢靡浪费。如第四十回，刘姥姥把名贵的鸽子蛋误认是鸡蛋，嘴里念着"这里的鸡儿也俊，下的这蛋也小巧"，弄得众人笑出泪来，接着凤姐对刘姥姥说："一两银子一个呢。你快尝尝罢，那冷了就不好吃了。"当刘姥姥听到区区一个蛋竟要这般昂贵，忍不住叹道："一两银子，也没听见响声儿就没了。"大家又被刘姥姥这番土里土气的话逗得笑声不断，却始终无人发现，原来府内生活是如此铺张。最后贾府的没落凋零，作者早已透过书中的一号小人物，预先留下了伏笔。

庾信平生最萧瑟，暮年诗赋动江关

名句的诞生

支离东北风尘[1]际，漂泊西南天地间。三峡楼台淹日月，五溪衣服[2]共云山。羯胡[3]事主终无赖[4]，词客哀时且未还。庾信[5]平生最萧瑟，暮年诗赋动江关。

——杜甫·咏怀古迹·其一

完全读懂名句

1. 东北风尘：指安禄山叛乱。2. 五溪衣服：少数民族喜穿着五色衣裳。3. 羯胡：意指安禄山叛唐，犹如侯景之叛南梁，造成南梁的亡国，庾信从此无国可归。4. 无赖：无可聊赖，不可信。5. 庾信：字子山，初仕南梁，侯景作乱，避乱到湖北江陵，梁元帝萧绎定都江陵，派其出使西魏；出使期间，适逢西魏攻破江陵，从此被迫留在北朝，历仕西魏、北周两朝，传世名作为《哀江南赋》。

流离在东北烽火战乱之际，漂泊于西南山川天地之间。久滞在三峡两岸的楼台，在此送走终年日月，穿着五溪蛮夷衣服的人，与我共住云山之间。羯胡归顺我国，终究是不可信的，词客的伤时忧国，至今仍在外漂泊，无法归返家园。南梁庾信的一生，虽说潦倒寂寞，却使他晚年所作诗赋，轰动整座江关。

名句的故事

《咏怀古迹》共有五首，此乃其中第一首，为七言律诗，作于唐代宗大历元年（公元766年），是杜甫客居夔州（今四川奉节）时所写藉古咏怀之作。此诗所咏的主角为南梁骈赋大家庾信，其晚年被迫留在北朝，无法返回南方，故作品一改南梁时期的华丽风格，转为思乡情切的悲痛哀沉。

自发生安史之乱，杜甫本欲前往灵武（今属宁夏）投奔刚即位的肃宗，路上遇到叛军，将他俘回已沦陷的长安，其后他又逃至凤翔，等到长安收复，他上谏触犯肃宗，从左拾遗的中央官职被贬为华州（今陕西华县）司功参军的地方小官，不久华州饥荒，杜甫只好弃官离开陕西，先远走秦州（今甘肃天水），后入蜀地居住；以上即诗中"流离东北"的辗转历程。离开蜀地后的杜甫，始终踪迹不定，前后到过梓州、嘉州、戎州、渝州、忠州、云安、夔州（皆今属四川）等地，并在夔州住了一段时间，此即所言"漂泊西南"的流浪生涯，诗人仅以首联两句，总括自己的十年艰辛。

杜甫自认和南梁庾信的际遇相仿，两人同样面临家国纷乱，一生也多在外漂泊，最末两句"庾信平生最萧瑟，暮年诗赋动江关"，乃诗人一语双关，表面看似代替庾信抒臆悲愤，实是为自身的流离处境感到无限哀怜，回想当年庾信以其绝世之赋《哀江南赋》，惊动了整座江关，如今杜甫也欲以其诗歌，牢牢系住对大唐长安的思念之情。

历久弥新说名句

南北朝时期，擅写骈赋的庾信，其《哀江南赋》中云："将军一去，大树飘零；壮士不还，寒风萧瑟。"道尽作者晚年心境的寂寞凄凉。南朝梁武帝太清二年（公元 548 年）叛臣侯景作乱，首都建康（今江苏南京）失陷，其后，梁元帝萧绎迁都江陵，庾信奉梁元帝之命，出使西魏首都长安，谁知一到西魏，却遇上江陵遭西魏攻破，梁元帝也被杀死；后来西魏权臣宇文泰之子宇文觉篡位，改立北周，自称"周天王"，因惜庾信的盛名文才，留其在北周担任高官。

据《周书·庾信传》记载："信虽位望通显，常有乡关之思。"说明庾信迫于时势所逼，只得屈从北周，虽官高位显，然其心之所系仍是南梁旧主，但自己失节南梁，又成为庾信内心长期煎熬所在，故借由文字抒发其羁留北方的抑郁，也纾解其思念南方之情愁，因而留下了千古名篇《哀江南赋》。

杜甫除在《咏怀古迹·其一》对庾信暮年赋作心有戚戚焉

外，在其另一七言绝句《戏为六绝句·其一》写道："庾信文章老更成，凌云健笔意纵横。"同样表达对庾信的称许，认为其晚年文章，比起过去在南梁，更臻成熟巅峰。

中唐诗人吕温，唐德宗时擢取进士，曾出使吐蕃，官拜户部员外郎，其五言绝句《题梁宣帝陵·其二》云："祀夏功何薄，尊周义不成。凄凉庾信赋，千载共伤情。"大意是说，梁宣帝除自居南朝正统的微薄功劳之外，为了得到王位，不惜背义向北周称臣，如同南梁臣子庾信的处境，留下那千载凄凉诗赋，令后人为其遭遇心生无限伤情。

诗题所指"梁宣帝"，乃后梁（或称西梁）开国之主萧詧（音 chà），是南梁武帝萧衍之孙，他在与其叔梁元帝萧绎争夺王位中战败，逃到西魏，西魏封其梁王，后来萧詧唆使西魏发兵攻打江陵，并于梁元帝承圣三年（公元 554 年）攻陷江陵，杀了梁元帝，改国号后梁，只是即位后的梁宣帝毫无实权，凡事皆须听命西魏、北周，最后郁结而终。

诗人吕温将庾信和梁宣帝并论相比，实欠公允，两人虽同向北周称臣，同样心中忧郁难平，但梁宣帝自始目的，就是为图谋南梁王位，其政权取得，也是全凭北朝扶植而来；至于庾信则是孤身陷于北方，他仅是为了保全一己生命，迫于无奈所做的痛苦抉择。

人生有情泪沾臆，江水江花岂终极

少陵野老吞声哭，春日潜行曲江曲[1]。江头宫殿锁千门，细柳新蒲为谁绿？

忆昔霓旌[2]下南苑，苑中万物生颜色。昭阳殿里第一人，同辇随君侍君侧。辇前才人带弓箭，白马嚼啮黄金勒。翻身向天仰射云，一笑正坠双飞翼。

明眸皓齿今何在？血污游魂归不得。清渭[3]东流剑阁[4]深，去住彼此无消息。人生有情泪沾臆，江水江花岂终极？黄昏胡骑尘满城，欲往城南望城北。

——杜甫·哀江头

完全读懂名句

1. 曲：指曲江边的背人角落。2. 霓旌：彩旗张动，有如霓虹。此指天子外出的盛大仪仗。3. 清渭：清澈的渭水。相传杨贵妃死在陕西兴平的马嵬驿后，被草草埋于渭水之滨。此指杨贵妃

长眠所在。4. 剑阁：地名，今属四川。唐玄宗天宝十五年（公元756年），为避安史之乱，由京城经剑阁逃入四川成都。此指玄宗入成都前的所经路径。

少陵老人春日偷偷来到曲江深处，吞声暗泣。江头宫殿千门皆紧紧锁住，那些杨柳蒲草又为谁绿意盎然？

想当年天子銮驾来到芙蓉苑，苑中景物都因此增添不少光彩。昭阳殿里最受皇上宠爱的美人跟随皇上坐车同行在旁。御前女官背带弓箭，白马嘴里衔着黄金勒。只见她们仰身对天射箭，一箭射下两只比翼双飞的鸟。

那个明眸皓齿的人儿，如今在何方？沾满鲜血的游魂无法再回到宫廷。清澈的渭水依然不停东流，剑阁还是那样深远，两人从此去留相隔，毫无消息。面对人生有情的生离死别，谁不会泪水洒满胸臆？只是奔流不停的江水浪花，又哪里有终止的时候？黄昏时分，尘埃扬起，胡人骑兵四处出现，想往南逃却往北走，慌张到无法分辨方向。

名句的故事

《哀江头》为七言古诗，作于唐肃宗至德二年（公元757年），杜甫在肃宗至德元年（公元756年）秋天，本想投奔刚在灵武（今属宁夏）即位的肃宗，不幸在路上却遇上叛军，把他带到已沦陷的长安。来年春天，诗人沿着长安城东南的曲江行走，这里是长安著名的游览胜地，经过玄宗开元年间的疏凿修建，四周池畔筑有紫云楼、芙蓉苑、杏园、慈恩寺等，年年游客如织，连皇帝都喜欢到此赏景宴饮；在安史之乱前，这里曾何等风光。《哀江头》所写的正是曲江今非昔比之实录。

全诗共分为三段，第一段写长安沦陷后的曲江之景，形容一个不敢哭出声的老人，偷偷地行走曲江暗处，他就是春日"游人"杜甫。当时的曲江已经萧条落寞，到处充塞阴森诡谲的气氛，诗人内心满怀惶恐压抑。第二段追溯安史之乱前曲江的热闹盛况，玄宗的御驾移游，使曲江生辉灿烂；又言杨贵妃乃"昭阳殿里第一人"，描述其"同辇随君侍君侧"。"昭阳殿"原是汉成帝宠幸赵飞燕姐妹的宫殿，而"同辇随君"的典故则出自《汉书·外戚传》，汉成帝游于后宫，曾想与当时宠妃班婕妤同坐一车，却被班婕妤婉拒，她认为古来明君皆是名臣在侧，只有三代末主才有嬖女陪同。诗人借汉代史实，不仅写出杨贵妃的受宠，同时暗批玄宗皇帝绝非明君。

最后诗人一方面感叹唐玄宗和杨贵妃的这段生死悲剧，另一方面也斥责两人荒淫无度的过去，正是造成今日国难当头的祸因；所言"人生有情泪沾臆，江水江花岂终极"，为其抒发胸臆之语，杜甫不解人何以如此重情，大自然却可如此无情，从不随着人世喜悲而有所变化。正当诗人还沉湎在哀恸情绪，胡军骑队突然出现，让他紧张到无法分辨南北方向地逃离，足见局势的风声鹤唳。

历久弥新说名句

据《旧唐书·文宗纪》记载，唐文宗是个好诗之人，当他读到杜甫《哀江头》时，对曲江昔日荣景心存欣羡，有意恢复当年的升平气象，于是在太和九年（公元835年）二月决定重建。由于同年十一月即发生"甘露之变"，原本文宗希望铲除宦官势力，最后却事迹败露，正在进行的修建曲江工程也被宦官勒令停工。唐朝经过安史之乱，早已一蹶不振，自唐玄宗宠信宦官，使其权势日益坐大，其后历任皇帝多属傀儡，甚至发生数次宦官弑帝的乱象，文宗虽有心振兴大唐，终究斗不过宦官，临死之前，一直都是过着被软禁的生活。

北宋文学家亦是唐宋八大家之一的欧阳修，其《玉楼春》上片写道："人生自是有情痴，此恨不关风与月。"他与杜甫同样书写"人生有情"，两人也都深知情字给予人的痛苦，但杜甫面对大自然不解人情之苦，流露其有所怨尤，欧阳修的态度则完全不同，他是斩钉截铁地认为，人情苦恨，实与自然风月无关，而是缘于人心痴情之故。

北宋曾官拜宰相亦为唐宋八大家之一的王安石，其七言绝句《送吴显道》为："忽忆旧乡头已白，牙齿欲落真可惜。临江把臂难再得，江水江花岂终极。"这原是王安石送友怀乡的一首诗作，末句一字未改，全部袭出杜甫《哀江头》；王安石的诗作中时有出现和前人相同之句，或许是其别有用心之举，在俯读前人佳作之余，将不忍释手之好诗好句，嵌入自己作品之中。

感时花溅泪，恨别鸟惊心

国破[1]山河在，城春草木深。感时花溅泪[2]，恨别鸟惊心[3]。烽火连三月，家书抵万金。白头搔更短，浑[4]欲不胜簪。

——杜甫·春望

完全读懂名句

1. 国破：指唐玄宗天宝十五年（公元756年），安史叛军攻陷长安。2. 花溅泪：见到花朵而掉下眼泪。或以拟人法解为，花因感伤时事而掉下泪来。3. 鸟惊心：听到鸟叫而感到心惊不安。或以拟人法解为，鸟因怨恨离别而感到心惊不安。4. 浑：简直。

国家遭战火破坏，但山河依旧存在，暮春的长安城草木丛生。感时伤事，看着满城春花，掉下眼泪；怨恨离别，听见鸟声啼鸣，也感到心惊不已。战火接连三个月还没有停歇，此时一封家书，抵得上万两黄金。头上白发愈抓愈稀疏，简直无法插上束发的发簪。

名句的故事

《春望》为五言律诗，作于唐肃宗至德二年（公元 757 年），是杜甫在暮春三月困于长安所作。当时京城已陷入叛军手中，山河虽然依旧，但早已物是人非，满城荒凉。诗人面对破碎河山，睹物思怀，眼前美好春景，反衬其心中巨大悲苦，想念因战乱阻绝的亲人，却迟迟等不到一封珍贵家书，如今自己年衰发稀，又该如何力挽这样颓势家国。

"长安"不只是唐朝京都，更是杜甫怀抱梦想之所在，从青壮求仕之路开始，他将一生理想寄托于这个曾经繁花似锦、车水马龙、位居全国政治文化的中心。此时正值长安花香鸟语之季，诗人却以"花溅泪"、"鸟惊心"，表现昔日风光城都的春日花鸟，面对频遭战火破坏的山河，竟也和人一样懂得感时落泪、触目惊心，作者运用拟人法，深化景物与人之间的感染力。

北宋官拜宰相的司马光，其《续诗话》不仅称许杜甫乃近世唯一"最得诗人之体"之人，又举杜诗《春望》评论道："山河在，明无余物矣；草木深，明无人矣。花鸟平时可娱之物，见之而泣，闻之而悲，则时可知矣。"指出杜甫以山河俱存，表现长安的空无他物，以草木幽深，表现此地的空无一人，犹如一座废墟，本该怡人耳目的花鸟，也会伤情惊心，表现当时局势之动乱，人心的悲怆与惶恐。司马光认为《春望》可贵之处，正是杜甫"意在言外，使人思而得之"的精湛笔锋。

⚛️ 历久弥新说名句

杜甫《春望》中"感时花溅泪，恨别鸟惊心"，至今让后人心有戚戚焉，尤其作者以柔性的花鸟之物，配上强劲的"溅"、"惊"两字，突显花、鸟的悲凄忧惧。其实早在杜甫之前，已有前人用过相同笔法，此人也并非外人，他正是杜甫的祖父杜审言。

杜审言是初唐"文章四友"之一，其五言律诗《赋得贱薄命》写道："草绿长门掩，苔青永巷幽。宠移新爱夺，泪落故情留。啼鸟惊残梦，飞花搅独愁。自怜春色罢，团扇复迎秋。"全诗描写一被冷落的女子，居住在幽深宫院，但依然对将她抛弃的男子充满无限期待，其中"啼鸟惊残梦，飞花搅独愁"，写出女子在梦中正与男子相会，却被一声鸟啼惊醒，梦醒之后，她望着满院落花，想着自己不幸遭遇，不禁涌上翻乱愁思。诗人以柔和的"啼鸟"、"飞花"，搭配强力的"惊"、"搅"字语，呈现出刚柔并济的诗境，此乃杜审言借女子失宠寄托自己官场遭受贬谪，并通过对女子的心理刻画，表达诗人内心的苦闷彷徨。

清人曹雪芹《红楼梦》第七十回，作者借小说人物林黛玉之手写了一首《桃花行》，诗末写道："若将人泪比桃花，泪自长流花自媚。泪眼观花泪易干，泪干春尽花憔悴。憔悴花遮憔悴人，花飞人倦易黄昏。一声杜宇春归尽，寂寞帘栊空月痕。"林黛玉是小说中的悲剧人物，自幼体弱多病，熟读诗书，能写一手好诗，个性多愁善感，经常感物伤时地落泪。《桃花行》写其春日赏花，眼前桃花娇媚盛开，但林黛玉却已想到此春之后，桃花残败不堪的景象，忍不住自怜自艾地悲花伤春，当她听闻杜鹃叫啼时，表示今年春天已过，桃花不再，只留下寂寞空月的痕迹。此诗与杜甫《春望》同样将人心悲凄，寄寓在花、鸟之中，不同的是杜诗表现国破家亡之沉痛，《红楼梦》中的林黛玉，则是借桃花开谢、杜鹃啼声，抒发少女惜花伤春的哀愁。

出师未捷身先死，长使英雄泪满襟

名句的诞生

丞相祠堂¹何处寻？锦官城外柏森森。映阶碧草自春色，隔叶黄鹂空好音。三顾频烦天下计，两朝开济²老臣心。出师³未捷身先死，长使英雄⁴泪满襟。

——杜甫·蜀相

完全读懂名句

1. 丞相祠堂：即诸葛武侯祠，为晋代李雄在四川成都称王时所建。2. 开济：开创大业，匡济危局。3. 出师：诸葛亮于蜀汉后主建兴十二年（公元234年）春，出兵伐魏，与魏军相峙百余日，同年八月病死军中。4. 英雄：后代有识之士。

到哪里寻找诸葛丞相的祠堂？在锦官城外古柏森森的地方。绿草映着石阶，徒自一番春意，黄莺隔叶声声啼叫，我也无心聆听。蜀汉刘备三顾茅庐，向他咨询天下大计，身为蜀汉开国老

臣，尽心辅佐前后两任君主，全靠其一片忠心。可惜出师尚未告捷即不幸去世，常使后代英雄为他流下满襟泪水。

名句的故事

《蜀相》为七言律诗，作于唐肃宗上元元年（公元760年），当杜甫结束寓居秦州（今甘肃天水）、同谷（今甘肃成县）等地的流离生活，来到四川成都定居，并专程走访蜀汉丞相诸葛亮的"诸葛武侯祠"，瞻望诸葛亮"鞠躬尽瘁，死而后已"的忠心精神。即使两人年代相去有五百余年之久，但杜甫对诸葛亮依然心存仰慕，也对其"出师未捷"而死，寄予无限感慨。

诸葛亮乃三国著名的政治军事家，从他呈疏给蜀汉后主刘禅《前出师表》，写有"先帝不以臣卑鄙，猥自枉屈，三顾臣于草庐之中，咨臣以当世之事"，指出当年刘备不嫌弃其身份低微，亲自前来茅庐拜访三次，向他询问当时政治局势，正是被刘备此番诚意打动，使诸葛亮愿意放弃躬耕隐居，出山为刘备恢复汉室，奔走效命，不但成就刘备建立蜀汉政权，形成与曹魏、孙吴三国鼎立的局面，并在刘备死后全心辅佐其子刘禅，秉承刘备"汉贼不两立，王业不偏安"的遗志，六次出师北伐曹魏，终因身心交瘁、积劳成疾，病死军中。

杜甫《蜀相》不仅写出"三顾茅庐"的史实，也交代诸葛丞相生平功业与心事，以及他对前后两任君主的忠心赤诚；最末两句"出师未捷身先死，长使英雄泪满襟"，除表达对诸葛亮六出祁山、誓师伐魏终究壮志未酬的遗憾外，诗人对于大唐国势危艰，志在效法前人匡国之心，只是仕途屡遭不遂，使他空怀雄心谋略，却苦于无处施展，徒留怅然。

🌥 历久弥新说名句 🌥

"出师"原为将军领兵作战之意，杜甫《蜀相》之"出师未捷"，意指蜀相诸葛亮六度伐魏，尚未告捷而死，这句话后来也被引申为：各方面都做好充分准备，却在最后关键时刻发生不可抗拒的意外，造成无法成功的遗憾。

三国蜀汉诸葛亮的代表作首推《前出师表》与《后出师表》，前篇写于蜀汉后主建兴五年（公元 227 年），后篇写于来年，皆为诸葛亮北伐曹魏前所写，文中除表明对先帝刘备的知遇感激之外，多是对后主刘禅的循循教诲。南梁文学批评家刘勰在其《文心雕龙·章表》中评道："孔明之辞后主，志尽文畅；虽华实异旨，并表之英也。"意谓诸葛亮前后两篇《出师表》，堪称历来臣子向皇帝上疏的佳作，也使"出师"一语，几乎成为诸葛亮文章与功业的代名词。

宋代名将宗泽，抗金屡建战功，金人对其敬畏有加，称呼他为"宗爷爷"；岳飞年轻从军，亦受过宗泽的赏识与提拔。宗泽在与金兵作战时，曾连上二十四次奏章，请求高宗增派兵力，以破金兵退路，救回被掳走的徽宗、钦宗二帝，但此举令高宗心存顾忌，故未派兵前往支持；其后宗泽忧愤成疾，一病不起，临死

之前，犹吟着杜甫《蜀相》中"出师未捷身先死，长使英雄泪满襟"，又连呼三声"渡河"才气绝而终，其念兹在兹的只有渡河杀敌一事。

同样事件，在十余年后再度翻版，曾是宗泽军中子弟岳飞，眼看就要攻破金都，离收复失土只差临门一脚，却被后方十二道金牌强行召回，岳飞回想自己一心为国奋战，高宗皇帝却只顾一己私利，有感蜀汉诸葛亮对国家之忠，不禁热泪疾书诸葛亮《出师表》，以解心中悲愤。

年代稍晚于岳飞的诗人陆游，对诸葛亮《出师表》同样推崇备至，其七言律诗《书愤》最末写道："出师一表真名世，千载谁堪伯仲间。"又其《病起书怀》末联云："出师一表通今古，夜半挑灯更细看。"前者表明自《出师表》面世，近千年来，无人能出其右，后者则是描述自己卧病在床，半夜也要挑灯起来细读《出师表》。对这些爱国志士而言，还有什么比保国卫民更重要？故俯读前人的忠义德行，成为他们矢志坚持的动力来源。

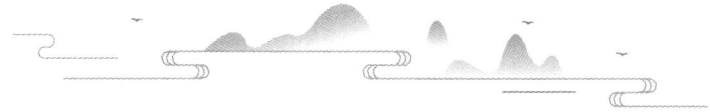

可怜夜半虚前席，不问苍生问鬼神

名句的诞生

宣室[1]求贤访逐臣[2]，贾生才调[3]更无伦[4]。可怜夜半虚前席，不问苍生问鬼神。

——李商隐·贾生

完全读懂名句

1. 宣室：本为西汉未央宫前的正室，此处借指汉朝廷。2. 逐臣：被贬谪的臣僚。3. 才调：才气。4. 无伦：无比。

汉文帝为了访求贤才，于是在未央宫召见贬逐的贾谊。贾谊才气无与伦比，到了半夜与文帝谈论十分投机，皇帝还稍稍挪移身子往前倾听。可惜的是，皇帝并非询问他治国民生的大道，而是问有关鬼神的事情。

❀名句的故事❀

　　李商隐《贾生》整个意象仅撷取自单一典故，他援引《史记·屈原贾生列传》中的一段史事，巧妙融入诗歌，展现不同以往的史籍记载。这个故事发生于西汉汉文帝时，诗中所称的贾生即是贾谊；贾谊年少时就以博学著称于世，精通诸子百家，汉文帝也听说了这项传闻，于是将他召为朝廷博士。贾谊也不负文帝所望，不仅学问丰博，更能切中时要上书《治安策》，主张削弱诸侯的势力，深得汉文帝本心。后来汉文帝想赐予贾谊公卿的高职，却遭到朝中大臣周勃等人的反对，因为贾谊上的《治安策》、《陈政事疏》等文，让许多宗室、大臣蒙受弊害，于是贾谊成为众矢之的，最后被谗言所迫，贬离京师到长沙王府下担任太傅。过了一年多，汉文帝再次将贾谊召回朝廷，贾谊心存感恩与希望，以为这次将受到重用。当他风尘仆仆地赶回未央宫，皇帝早就坐好在榻上等候着他，君臣俩一直聊到半夜，文帝还不断地将席子往前移，可见谈论之热络，最后文帝赞道："吾人不见贾生，自以为过之，今不及也。"汉文帝深深佩服贾谊精湛的论道，只是这次谈话的内容尽环绕在鬼神之事，因为贾谊读遍经典，他只是借其长处询问此事，并无意探问贾谊满腹的淑世经国之抱负。

　　司马迁这段记载实看不出任何贾谊的心声，但李商隐这首咏史诗之所以能与众不同、历古弥新的原因，在于诗人别具慧眼，独独抓住过去人们忽略的"鬼神事"，而翻出一段精辟、发人省思的新意。也因为义山诗中言"可怜夜半虚前席,不问苍生问鬼神",由"可怜"、"虚"词之点缀,让我们顿时领悟,贾谊当下是多么心酸苦楚。千里迢迢赶回京师,怀抱一颗将再展翅高飞的炽热心,却只沦为咨询鬼神的数据库而已。果然这次,贾谊并无得以重返殿堂。贾谊怀才不遇的经历,是中国读书人不得志的写照,也是传统知识分子共同的悲哀,李商隐以贾生为例,正是要抒怀自己也是处于此种不得意的状态。崔珏曾于李商隐过世后,写下一首《哭李商隐》,其云:"虚负凌云万丈才,一生襟抱未尝开。"一语道尽李商隐空有凌云万丈才却终身襟抱未开的窘境。

⚡ 历久弥新说名句

李商隐根据司马迁所载的贾谊夜半与汉文帝的谈话记载,从贾谊的立场发挥想象,产生"不问苍生问鬼神"的慨叹,这种想法也是非常传统的儒家士大夫之关怀。从孔子以来,儒家对于鬼神的态度就是"敬鬼神而远之",《论语·先进》载:"季路问事鬼神。子曰:'未能事人,焉能事鬼?'"有一天子路问孔子对于鬼神该抱持怎样的态度?孔子回答道:"要对待人都很难了,哪还谈什么侍奉鬼神?"子路懵懵懂懂,于是再度询问:"敢问死?"那该如何看待死亡?孔子答道:"未知生,焉知死?"孔子的回答就此奠定了儒家思想在此后中国历史发展中的基调,儒家的终极关怀在于如何经世济民,是相当入世的,希望能在有限的生命之中,对民生社会有所贡献,因此如何在今生今世建立功业十分重要，儒家就讲立功、立德、立言之三不朽，对于现世以外、宇宙幽渊奥秘之处，并无意涉入，"未知生，焉知死"、"敬鬼神而远之"就成为传统中国士大夫对于神秘未知与生死之共同态度。

李商隐《贾生》广义而言，可归于咏史诗类，一方面诗人以此诗自悯怀才不遇，另一方面也借鬼神之事来讽谏当时皇帝崇佛媚道，只知服食求仙，而不知百姓困苦。由于中国政体是以君王为顶点的集权倾向，在下位的臣民不能大逆不道直接指摘皇帝不对，只能用这种曲折委婉的劝谏方法，来陈疏其内心之不满。这种文化传统不仅弥漫在文人士大夫的圈子里，也有关怀民生的女性代表，如处于南北宋交迭之际的女词人李清照。一般我们常将李清照归于婉约词派，她擅长书写女子闺怨、幽思情怀，但偶尔也夹有豪迈之丈夫气，尤其表现在悲慨激昂的咏史、忧国与感怀类诗词当中。李清照所写最著名的咏史诗为《夏日绝句》，其云："生当作人杰，死亦为鬼雄。至今思项羽，不肯过江东。"此诗是写来嘲讽当时南宋偏安的局势，想当初项羽与刘邦争夺天下时，即便输了，项羽仍选择英雄般从容谢幕，不屈膝卑微，也不苟延残喘，就在乌江畔前自刎而死。后世常说是项羽无颜见江东父老，但政治家胜负乃兵家常事，能如此决裂、壮士断腕，是需有多大的勇气？历史上多的是见风转舵的墙头草，项羽之所以为项羽正是在于他特殊的人格气质，也因此李清照在此悲怅道："生当作人杰，死亦为鬼雄。"有志者应如是！

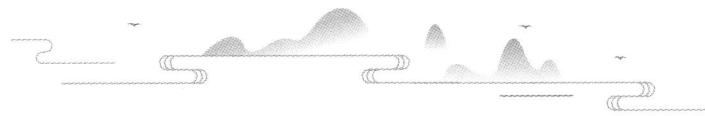

长安一片月，万户捣衣声

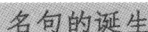

名句的诞生

长安一片月，万户捣衣声；秋风吹不尽，总是玉关情[1]。何日平胡虏？良人罢远征。

——李白·子夜吴歌·秋歌

完全读懂名句

1. 玉关情：玉关，即玉门关的缩写。玉关情，指捣衣女对玉门关外守边丈夫的关切之情。

今夜长安城头一片月色，耳边听得到家家户户的捣衣声；秋风吹不散我心中的愁绪，因为我正思念着身在玉门关的丈夫。不知什么时候才能荡平胡虏？那时他就不必再远征了。

名句的故事

此诗为组诗春夏秋冬四首中的其中之一。这四首诗依四时情

景，各写了四件事，而这里所节录的，是里头的"秋歌"。

"秋歌"一诗，写的是戍人之妇在秋夜时为守边的夫君捣衣之事。寒秋已至，长安征人的家属都在为自己出征的亲人捣洗衣料，以备寒衣。然而她们更渴望的，是希望能早息边事，使阖家团圆。

"长安一片月"，首句即给人一种和谐、宁静、清幽的感受，整个首都笼罩在一片朦胧月光之下，柔和而舒适。这是单纯的视觉摹写。然而接下一句"万户捣衣声"，乍看之下，"万户"同时捣衣，莫非是长安城里家家户户都出来捣衣了？而在如此宁静的夜晚，捣衣发出的声响，会是多么惊人。进一步思考，其实表示着家家户户正忙着准备御寒衣料的情况，以"万"字讲，画面顿时雄壮起来，也更为豪迈有气势，而这正是李白特出之处。所以清代的王夫之在《唐诗评选》中这么说道："前四句是天壤间生成好句，被太白拾得。"

此诗在最末点出了"万户"的心声。或有过分偏爱"含蓄"的读者问难："余窃谓删去末二句作绝句，更觉浑含无尽。"（田同之·《西圃诗说》）其实未必然。末两句虽然比不上首两句的精彩，而"慷慨吐清音，明转出天然"（《大子夜歌》）慷慨天然，原是民歌本色，不必故作吞吐语。又从内容上看，正如清沈德潜指出："本闺情语而忽冀罢征。"（《说诗晬语》）如此一来，不仅使诗歌思想内容大大深化，更具社会意义，表现出古代劳动人民冀求过和平生活的善良愿望。

历久弥新说名句

"长安一片月，万户捣衣声"，其中的"万户"不只写出了当时长安户户备衣的情况，更写出了李白的豪迈。北宋大文豪苏轼有诗《八月十七日复登望海楼自和前篇是日榜出余与试官两人复留诗》五首之四，其中有这样的句子："赖有明朝看潮在，万人空巷斗新妆。"诗的题目很长，可说约略记录了诗作的时间、地点，以及为诗的动机。既然说是"复登望"、"自和前篇"，可见得这是诗人当时接连第二次登上海楼，并且在第一次的登临同样也作了诗。故事其实是这样的：在神宗熙宁五年秋天的八月，苏轼受任主持本州岛的乡试，闱场就设在州廨内、中和堂的望海楼。说实在，苏轼对于这次的考试方式非常不满意，但这个任务推也推不掉，所以他打算借着登上望海楼，尽情饱览钱塘江上的秋潮，以逃避无聊的吏事。

望海楼位居凤凰楼山腰，唐武德七年建置，楼高十八丈，面对钱塘江，当时正值八月秋潮时节，苏轼整日在楼上看着著名胜景，一时兴起，便作《望海楼五绝》，诗里头将潮涌比喻如"雪成堆"，十分的传神；而这便是方才说的第一次诗作。

乡贡进士试例于八月十五发榜，然而这一年的考生特别多，总在千名以上，眼看考卷山积，显然已来不及如期出榜，苏轼赶忙催促考官，纵使已不及中秋前出闱，也不要错过八月十八日观潮。考官于是添点蜡烛，连夜完成评卷的工作，终于在八月十七日顺利发榜。好不容易批完卷子，苏轼也知道这样仓促行事，人才未必能出头，但毕竟赶上了观潮的日子，那是一年当中钱塘潮最壮观的时候，"赖有明朝看潮在，万人空巷斗新妆"。到了明天，想必大家都会刻意打扮，赶到钱塘江上去观潮；"万人空巷"，将会是多么壮观的场面。以万人和空巷对比，更显出"万人"的盛大来。而这样浩大的画面排场，这样高超的艺术手法，想必也只有李白、苏轼这样气魄的豪士才写得出吧。

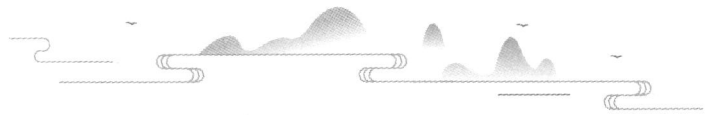

安能摧眉折腰事权贵，使我不得开心颜

名句的诞生

别君去兮何时还？且放白鹿¹青崖间，须行即骑访名山，安能摧眉折腰事权贵，使我不得开心颜？

——李白·梦游天姥²吟留别（节录）

完全读懂名句

1. 白鹿：指仙人的坐骑。2. 天姥：山名。在今浙江新昌县东五十里，东与天台山华顶峰相接，西与沃洲山相连。

如今我辞别诸君，不知什么时候能再回来？暂且把白鹿放到青崖上去吧。假如我要远行，便可骑上它去寻访名山，怎能低头躬身去事奉权贵，使我不得开心欢颜？

名句的故事

此诗一作"别东鲁诸公"。是天宝五载（公元746年）李

朱门酒肉臭

白从东鲁家中南下吴越游历、别东鲁友人（杜甫等人）时所作的。虽然是别离之作，李白与杜甫之友谊亦非比寻常，但从诗题到诗文，却鲜见离别的感伤，大概只有末段"别君去兮何时还"一句提到惜别之情，由此可知，诗人之为此作应别有感怀。

诗文内容大致是在"梦"中进行的。诗中，作者借着对一片梦境的描写，发抒其对名山的向往心情，从而表示其对自由理想境地的热情追求，以及对于所憎恶的现实之坚决否定。或说诗人是借梦境以托言："回首蓬莱宫殿，有若梦游，故托天姥以寄意。"（陈沆·《诗比兴笺》）此说虽然有些牵强，但从诗的结尾"安能摧眉折腰事权贵"二句，便可以明显地看出，诗人向往自由的浪漫情绪，乃是从对于所憎恶的现实——朝中权佞的丑恶之坚决否定中产生的，他所以发抒其浪漫情性，正是为了使自己的精神从现实加予的桎梏中解脱出来。

对于此诗，清朝沈德潜在《唐诗别裁》里这么评说："托言梦游，穷形尽相，以极洞天之奇幻，至醒后顿失烟霞矣。知世间行乐，亦同一梦，安能于梦中屈身权贵乎，吾当别去，遍游名山以终天年也，诗境虽奇，阙理极细。"阙即"脉"，此评既关照了李白浪漫的性格，亦符合诗文之意涵。

历久弥新说名句

"安能摧眉折腰事权贵，使我不得开心颜"，豪爽而直接的两句话，为历代所有不愿屈辱服事权贵小人的仁人志士，继东晋末年田园诗人陶潜的"不愿为五斗米折腰，拳拳事乡里小人"之后，塑造了一个典型而明确的形象。而清朝名医徐灵胎的故事，又是另一个鲜活的例子。

徐灵胎名大椿，字灵胎，晚年自号洄溪老人，他出身书香门第，幼承家学，祖父曾为翰林院官员，参与修撰《明史》。徐灵胎生有异禀，聪明过人，文武双全，凡星经地志、九宫音律，以至于舞刀夺槊之法，一皆擅场，而尤长于医。徐灵胎二十岁便高中秀才，在一次岁考试卷上他题诗道："徐郎不是池中物，肯共凡鳞逐队游。"诗中的"徐郎"为自指，至于"池中物"、"凡鳞"，指的都是蛰居无所作为的庸俗之辈；原来他厌恶科举制度，鄙视八股文，而对于流俗的追求更是深感不满。后来他被考官除名，从此才弃科举，钻研学问，尤其在医学上独树一帜，对于病人更能以义、以诚相待，终于成为康、乾一代的名医。

志存高洁，不为权贵、金钱折腰，守正不阿，应当就是陶渊明、李白、徐灵胎以及历代仁人志士的共同特点吧。

朱门酒肉臭

商女不知亡国恨，隔江犹唱后庭花

名句的诞生

烟笼寒水月笼沙[1]，夜泊秦淮近酒家。商女[2]不知亡国恨，隔江犹唱后庭花[3]。

——杜牧·泊秦淮

完全读懂名句

1. 月笼沙：月色笼罩着河上沙洲。2. 商女：歌女。3. 后庭花：指靡靡之音。《玉树后庭花》为陈后主所作。

夜雾如烟，笼罩着寒冷的河水，月光也笼罩着河中沙洲，夜晚我停船于秦淮河岸，恰是邻近酒家所在的地方。歌伎们不知什么是亡国恨事，隔着遥远的江面，正把《后庭花》声声歌唱。

名句的故事

若是光从杜牧的诗作评断他的性格，恐怕会做出他矛盾悖德的结论；有时他显得极有理想抱负，有时却又流连于风月闲情之中。其实无论对诗人做出何种道德评价，都无碍于我们对其创作精妙的由衷赞叹。

在《泊秦淮》这首诗中或可验证上述说法。杜牧生活的晚唐时期，政治上呈现派系倾轧的乱象，牛李党争持续数十年，文人一旦进入官僚系统，势必有所抉择，若不投向任何集团便成为蝙蝠般"非我族类"，无法在这个斗争场域存活。杜牧当时与牛党"党魁"的牛僧孺私交不错，但他却无意于政治角力，只是希望能作为一个"经济致世"的文人，但被卷进斗争势所难免。党争对杜牧的影响是拥有满腹经纶却只能屈居幕僚之职，年届四十的杜牧逐渐失去"学成文武艺，卖与帝王家"的理想，但是放浪形骸之际，他始终冷眼旁观国家陷入沉疴难愈的局面。

《泊秦淮》的杜牧正扮演这种角色。烟月迷蒙的秦淮河上，人心也仿佛罩在一层白雾之中，目光所见是暧昧不清的，只隐约察觉河畔画舫冶艳极乐的风情。原来歌伎们正酣歌畅舞的，是陈后主亡国前夕所作的乐曲。悠悠乐声浮在昏暗的河面上，诗人只能怅然叹息，这个宛如历史重演，或者预言启示般的场景。

历久弥新说名句

《泊秦淮》中艳曲《玉树后庭花》的作曲者陈后主或许不是创作技艺最高明的一个，他耽于美色，喜好饮酒赋诗。当隋文帝

杨坚指挥大军节节迫近南京，陈后主仍指挥宫廷乐队，演奏刚出炉的新作《后庭花》跟《临春乐》。

同样帝都位于南京的南唐李后主，则是文学史上赫赫有名的词人，他的"春花秋月何时了，往事知多少"（《虞美人》）、"剪不断、理还乱，是离愁，别是一番滋味在心头"（《相见欢》），连国学大师王国维都说，词是到李后主才开启新的创作境界；然而这番境界，却是李后主在国破被俘后才沉痛体会到的。就连唐朝，原本江山浩浩，国势强盛而拥有数个治世，也因为玄宗在政事上逐渐倦怠，心力转往编制乐曲和专宠杨贵妃，才让安史之乱有大伤国本的机会。著名的《霓裳羽衣曲》见证的正是这段国力消退的过程。

或许艺术家的灵魂与一国之君的角色是先天互不相容的；艺术家将浪漫洒脱的灵魂沉浸在私密情绪中，寻找超凡的美；但治理众人之事却需投身群众，需要缜密而强势的判断。当我们欣赏这些出自亡国之君的艺术作品时，也许会指责他们荒疏家国大事，但实在不能不为这些个人追求与社会身份互相矛盾的灵魂叹息。

人生由命非由他，有酒不饮奈明何

昨者州前槌大鼓，嗣皇继圣登夔皋[1]。赦书一日行万里，罪从大辟皆除死[2]。迁者追回流者还，涤瑕荡垢清朝班。州家申名使家抑，坎轲只得移荆蛮。判司卑官不堪说，未免捶楚尘埃间[3]。同时辈流多上道，天路幽险难追攀。君歌且休听我歌，我歌今与君殊科[4]。一年明月今宵多，人生由命非由他，有酒不饮奈明何？

——韩愈·八月十五夜赠张功曹（节录）

完全读懂名句

1. 嗣皇：接着做皇帝的人，指唐宪宗。登：进用。夔、皋（皋陶）：舜时的两位贤臣。2. 大辟：死刑。除死：免去死刑。3. 捶楚尘埃间：趴在地上受鞭打之刑。4. 殊科：不同类。

昨天，州府门前的大鼓响个不停，新皇继位，定要举用贤能的人。大赦的文书一日万里地传送四方，犯了死罪的都改为流

放。追回贬谪的官员，也召还流放的人，改革弊端清理朝班。刺史为我申报了，却被观察使压下，我的命运坎坷，只得移往偏僻的荆蛮。判司的职位卑贱得难以言说，一有过错，难免跪伏在地上挨打。当时一起贬谪的人大多已经启程回京，只有我进身朝廷的路途艰险而难以攀登。请你暂且停一停，听我也来唱一曲。我的歌曲跟你的比起来，情调很不一样。一年中的月色，只有今夜最美，人生的遭遇是命中注定的，与其他原因无关，今夜有酒不喝，就对不起这么好的月光了。

诗人背景小常识

　　韩愈（公元 768—824 年），字退之，河阳（今河南孟县）人，郡望昌黎，世称韩昌黎。他出身小官吏家庭，三岁丧父，由长兄韩会夫妇抚养。七岁起苦读六经及诸子之书，十三岁就会写文章，积极关心时政，志向恢弘。

　　由于受天宝以来的复古思潮和儒学家教的影响，韩愈从青年时期就以儒学继承者自居。在中国文学史上，古文的概念就是由韩愈提出的。他所谓的古文，是指不同于当时流行的骈文，奇句单行，以儒家思想为基本内容，取法先秦两汉的散文。韩愈的文学主张在当时的社会上产生广泛影响，后来经柳宗元推波助澜，到穆宗末年，古文已取得文坛的领袖地位。他是一位杰出的散文家，是历来公认、没有异议的。但是对于韩愈的诗作，自古以来的评价却相当分歧。称赞他的人，如晚唐诗论家司空图所说的"驱驾气势，若掀雷挟电，奋腾于天地之间"（《题柳柳州集后》），认为他的诗具有宏大的气魄。韩愈写诗，喜欢使用奇特新颖的语言和意象，甚至把散文、骈赋的句法引进诗中，使诗句可长可短，变化多端，但这又成了后代文人如苏轼、黄庭坚等批评他其实不懂或不精通诗的理由。

总的来说，韩愈的诗以气势取胜，力求新奇，有独创之功。他以文为诗，增强了诗的表达功能，扩大了诗的领域，但也带来了讲才学、发议论、追求险怪等风气，对宋代以后的诗风产生了一定的影响。

名句的故事

大约在韩愈写出这首诗的两年前，也就是唐德宗贞元十九年（公元 803 年），关中地区的农业遭受严重灾害，人民生活很苦。但是长安的行政长官却对朝廷隐瞒灾情，同时又对人民严加逼催，百姓不堪其苦，只得四处逃亡。当时韩愈和张署都是监察御史，亲眼看见关中惨遭天灾人祸的情形，就如实报告朝廷，并建议减该区一年的徭役赋税，却得罪德宗皇帝，受到贬官的惩罚。

德宗去世后，继位的顺宗例行大赦，以示恩典。韩、张两人也得到赦免，被叫到郴州（今湖南省郴州市）待命。但湖南观察使杨凭和他们两人的政见不合，从中阻挠，宽赦命令迟迟没有下文。一直等到秋天，宪宗即位，他们再次获赦，才得到了新的任命，但仍然没有让他们回长安官复原职，只是派他们到江陵（今湖北省江陵县）分别担任法曹参军和功曹参军。由于连着两次大赦都未能昭雪冤屈，他们心中充满不平和忧虑。接到任命几天之后，便是中秋节了，韩愈便写下《八月十五夜赠张功曹》送给张署。

韩愈没有平铺直叙把他们的遭遇和忧虑写出来，而是巧妙地运用赋的方法，通过记述他们在中秋之夜祝酒唱歌的情景，抒发对政治遭遇的不平和对朝政国事的忧虑复杂心情。他让张署唱一支辛酸悲苦的歌来表现他们的遭遇和忧愤，而由自己唱一支乐天知命的短歌结束，说认命算了，还是喝酒赏月吧，来劝慰张署不要怨天尤人。韩愈用良辰美酒来排遣张署的悲愤不平，其实也只是聊以自慰自勉，是一种伪装的达观而已。正如苏轼于《中秋月》所说的："此生此夜不长好，明月明年何处看。"虽然嘴上说要把握此时的良辰美景，却只是更显得悲凉无奈罢了。

❀历久弥新说名句

在中国历史上那些政治黑暗的时期，文人墨客无法从仕途上得到发挥时，往往借着饮酒来抒发心中的不快。魏晋以来，文人面对无力改变的政治现状，只能以饮酒为途径来超脱现实、消解矛盾。例如"正始文学"的代表作家阮籍，不仅没有施展抱负的机会，连自身的安全都得不到保障，不得不在大醉的掩护下，几次躲过司马氏集团向他伸来时而拉拢、时而加害的手。《世说新语》中说到阮籍母亲过世，他不但坚持下完棋，而且还吃肉喝酒，压抑着心中丧母之痛，以表现出他不为礼法所约束的一面；最后却"因吐血，废顿良久"。晋代郭澄之的《郭子》一书中，一个名叫王大忱的人曾经说过："阮籍胸中垒块，故须酒浇之。"对阮籍来说，尽管很痛苦，饮酒仍是排解忧愁、摆脱政治困境最好的方法。

就连陶渊明归居田园、躬耕自守，也无法抛却对时局的关心和酒的滋味。尽管明知饮酒不好，还是长期酗酒而生下智力低弱的儿子。到了他年老体衰而自作《挽歌》时，还在叹息："千秋万岁后，谁知荣与辱，但恨在世时，饮酒不得足。""在昔无酒饮，今但湛空觞，春醪生浮蚁，何时更能尝？"光看他想象死后虽可见到盈满的酒杯，但却喝不到，若春酒酿成也是不得饮等感叹，就可以知道陶渊明有多么好酒了。

人生既无法掌握在自己手中，只能借酒消愁，也难怪唐代罗隐会写下"今朝有酒今朝醉"（《自遣》）的句子。他写这首诗时，正值仕途坎坷，可说是科举制度下的失败者。尽管表面上放歌纵酒，事实上更有着迟暮的颓丧与凄凉，将人生的不如意、时光的匆匆、命运的多舛、青春的流逝等种种无望渲染到了极致，为历代饱受不得志之苦的文人发出了不平之鸣。

人事有代谢，往来成古今

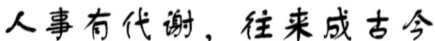

名句的诞生

人事有代谢，往来成古今。江山留胜迹，我辈复登临。水落鱼梁[1]浅，天寒梦泽深。羊公碑[2]字在，读罢泪沾襟。

——孟浩然·与诸子登岘山

完全读懂名句

1. 鱼梁：顺水势设障孔以捕鱼的装置。2. 羊公碑：即羊祜所立之堕泪碑，位于岘山之上。

人事有兴替，过去与现在的时光，构成了古今。而江山尚且留下了一些名胜古迹，让我们有机会再去登临。水退落后，鱼梁都浅现出来了，天气转冷，云梦泽的湖水变得深沉。羊祜碑上的文字依然存在，读罢，真使人泪落沾满了衣襟。

名句的故事

    岘山就坐落在襄阳县南，孟浩然即是襄阳人，或许因为地缘关系，孟浩然曾多次登临岘山，每次陪同的也常常不是同一批人，这首诗便是诗人与同游的几位朋友，在其中一次的登临岘山、睹物兴情、心有所感而写下的。

    开头的两句为总说，诗人仅以十个字，就写透了宇宙无限、人事沧桑的慨叹，如此高亢的发端，正是盛唐律诗的特点——把自己一次普通的登山，说得仿佛如天地大化，笔端的气势自然浑厚不凡。这种笔法，在好友李白的诗中同样有鲜明的呈现。

    在诗末二句，有"羊公碑字"，其中的故事出于《晋书·羊祜传》：西晋大将军羊祜乐游山水，每次想览观风景，一定会到岘山上去。一次，他在岘山上慨然叹息，回头对陪同的邹湛说："自有宇宙以来，便有此山。历来的贤达胜士，登上此山远眺，像我跟你一样，是十分多了，但都湮磨而无闻，真令人感到悲伤。我百年之后，如魂魄有知，应当再登临此山。"等到羊祜过世后，后人便立碑于岘山之上，看到的人都会觉得难过而哭泣，所以称此碑为堕泪碑。故知诗人举出羊祜的典故，并非只是单纯地应合岘山的历史古迹，而是包含了诗人深长的感慨。尽管人事代谢，往者已矣，但真正的志士贤人还是在历史上留下了不朽的声名。羊祜就是这样的典范，而岘山上的堕泪碑，正是志士声名不朽的明证。身怀壮逸之气的孟浩然，当然向往这样的境界，他

重登岘山，就是要去凭吊羊祜留下的胜迹。

对于此诗，《唐律消夏录》里这么评论："结语妙在前半首说得如此旷达，而究竟不免于堕泪，悲夫！"《唐风定》中亦如此认为："风神兴象，空灵淡远，一味神化。中晚涉意，去之千里矣。"认为以风神兴象为其中妙处，对于思辨议论则未有言说，可说是对于此诗、此人有极深刻的了解了。

历久弥新说名句

"人事有代谢，往来成古今"，两句话道尽了历史的苍茫之感。这样的感叹对于历代的词人骚客来说是很常见的，在遭逢贬谪之际、或是小人进谗之时，会有这样的感慨，自不消说，就连在欢谈宴饮之余，也免不了有人生苦短的喟叹，王羲之的名作《兰亭集序》里头描写的主题，不正是这样的情况吗？

当代作家余秋雨对于这种感怀便有很深刻的体会。不过他感叹的不只是个人在大宇宙里的存亡，更扩大到整个中国文化的命运——承续、发展与泯灭。他曾说："我写作的本质，其实都环绕着对于整个中国文明命运的思考，这种思考，无时无刻不在进行，而我必须透过一个文化现场来落实这种抽象思考。"看看他十分畅销的著作《文化苦旅》，里头便常常透过一个充满历史的现场，再以一段段动人的历史故事，来缩合、抒发他的生命情怀，以及对国家民族的热爱。

其中有一篇《柳侯祠》，写的是作者一次客寓柳州，前往凭吊柳侯祠的缅怀与感想。柳侯指的是中唐文学家柳宗元。在文章的前半部，余秋雨以生花妙笔提及了柳宗元的事迹、作品以及命运，更叙说了柳宗元对于柳州的贡献，至今仍有着重大的影响力。他说："正是发配南荒的御批，点化了民族的精灵。"最后又绕回到柳侯祠来说。他在排排的石碑中思索，"中国文人的命运，在这里裸裎"。他揭穿了历代文人心里的秘密——难免会有愤懑的。而是真的旷达，还是故作旷达，作者一句话便道破。

底下又说到石碑上的文字。"几个少年抬起头看了一会石碑，他们读不懂那些文字。石碑固执地怆然肃立，少年们放轻脚步，离它们而去。"对于这样的情况，作者接着并没有多说什么。但他这么作结："明天，或许后天，会有一些游人，一些少年，指指点点，来破读这些碑文。"他充满期待。

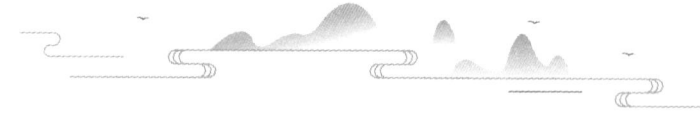

旧时王谢堂前燕，飞入寻常百姓家

朱雀桥[1]边野草花，乌衣巷[2]口夕阳斜。旧时王谢[3]堂前燕，飞入寻常百姓家。

——刘禹锡·乌衣巷

完全读懂名句

1. 朱雀桥：乌衣巷口的桥名，在秦淮河上。2. 乌衣巷：在今南京市东南，秦淮河边。东晋时王、谢两大贵族都居住于此。因为他们的子弟喜穿黑衣，人称"乌衣郎"，而这条巷子便称为"乌衣巷"。3. 王谢：东晋时的两大贵族，以王导和谢安为首，权势非常显赫。

昔日人声鼎沸的朱雀桥，如今被野花杂草所覆满；夕阳西下，落日余晖将最后一道光彩投射在乌衣巷口。当年曾经流连于王谢两大家族厅堂前的燕子，随着时移事往，豪门没落，如今早已飞入一般人家。

诗人背景小常识

　　刘禹锡（公元772—842 年），字梦得，河南洛阳人，他出身书香门第，同时也是匈奴人的后裔。和他同一年出生的另一名诗人白居易，是他的知己之交，两人常赋诗互赠，不吝于称赞对方的佳作，后世将他们并称为"刘、白"。

　　刘禹锡也是生平坎坷的文人代表。他十九岁游学长安，二十一岁就考中进士。但后来由于参加政治改革运动失败，被贬到湖南、四川等地。所幸他并未颓唐丧志，同样怀抱积极的热忱从事创作。在贬谪时，刘禹锡接触到少数民族的生活，颇受当地民歌的影响，并创作多首《竹枝词》、《浪淘沙》等富于民歌风味的诗词，为中唐诗风引进一股开朗流畅的清新气息。他为了应和白居易诗而写的《春词》，曾注明"依《忆江南》曲拍为句"，成为中国文学史上"依曲填词"的最早记录。

　　即使在政治失意后曾转而修行佛法，刘禹锡并未忘却世俗的名禄，始终希望回返朝廷见用。好友白居易有感于两人雷同的遭遇，写了一首《酬乐天扬州初逢席上见赠》："为我引杯添酒饮，与君把箸击盘歌。诗称国手徒为尔，命压人头不奈何。举眼风光常寂寞，满朝官职独蹉跎。亦知合被才名折，二十三年折太多。"表达对刘禹锡际遇的不平之情，以及自己政治生涯波折的感慨。

　　后来几经调动，刘禹锡被派往苏州担任刺史。当时苏州水患

朱门酒肉臭

187

饥荒，他上任以后开仓赈灾，很快使人民从灾害中走出。苏州人民为纪念他，就把曾在苏州担任过刺史的韦应物、白居易和他合称为"三杰"，建立了三贤堂。身后留下爱民官声，刘禹锡应当不再懊恼伤怀了。

名句的故事

历史上咏怀古迹的诗词不少，《乌衣巷》绝对有名列前十大的资格。这首出自"诗豪"刘禹锡的怀古名篇，连他同为大诗人的好友白居易读后，也只能"掉头苦吟，叹赏良久"，连同行都拍案叫绝了，难怪刘禹锡也以此为得意之作。

东晋时期，氏族势力之盛足以左右朝廷，社会地位更比政治或经济地位来得优越。其中王导率领王姓氏族，在西晋末年南下，扶植琅琊王司马睿，让晋朝政权得以在江东持续，时人称为"王与马，共天下"。谢安则是四十岁时东山再起，重新做官，在决定东晋存亡的淝水之战中，内举不避亲地任用侄子谢玄，一举击败前秦，让敌人在逃亡中饱尝风声鹤唳的恐惧。

两个氏族位高权重，不少当时的名人才士都出于门下。书法家王羲之、其子王献之为王氏代表；山水诗人谢灵运、咏絮才女谢道韫（王羲之之子王凝之的妻子）则都是谢家的艺文人才。两家互相竞争也彼此通婚，却同样在江南富庶的生活中逐渐失去忧患意识，最后东晋在内乱外患之下亡灭，而氏族也随着政权转换失去社会力量，终于成为刘禹锡笔下伤怀历史的陈迹了。

🌸 历久弥新说名句

亲临古迹，最易发思古之幽情，古来多少文人在游览之余，不忘创作抒发自己对历史流逝、时移事往的感伤。想起自己多少争荣夸耀之心，也将在时间滔滔不息的前进之下烟消云散，怎不让人无限感慨？

在《乌衣巷》中，刘禹锡巧妙而工整地运用"朱雀桥"、"乌衣巷"等典故，又让象征荒凉落寞的野草和夕阳入镜，勾勒出惨淡的氛围后，出人意料地转向一只飞过天空的燕子，让它充当历史见证者的角色，更点出沧海桑田、人事全非的主题。

同样是见证历史，元稹的《行宫》则选择用"宫女"的角色回忆以往繁华盛极的光荣："寥落古行宫，宫花寂寞红；白头宫女在，闲坐说玄宗。"白头宫女话当年，拥有那一头曾经乌黑秀发的主人，只能絮絮叨叨地诉说天宝旧事，予人强烈视觉印象之际，不知平添多少伤逝情感。

当代知名的小说家白先勇，一本《台北人》写出形形色色活在过去的"遗民"——被过往记忆遗弃的人——已成为伤逝书写的经典之作，评论家欧阳子根据小说家的书写主题，将评论《台北人》的专著名为《王谢堂前的燕子》，意指书中角色同样是时代兴衰的见证人，确实十分切题，也更深化当代作品的古典意涵。

朱门酒肉臭

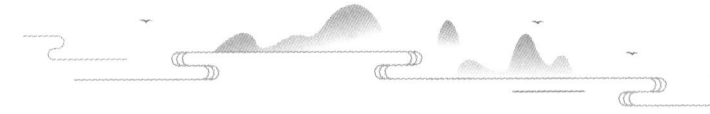

天地英雄气，千秋尚凛然

天地英雄[1]气，千秋尚凛然。势分三足鼎；业复五铢钱[2]。得相[3]能开国，生儿[4]不象贤。凄凉蜀故妓，来舞魏宫前。

——刘禹锡·蜀先主庙

完全读懂名句

1. 英雄：成就大业的杰出人物。2. 五铢钱：汉武帝时铸造发行的一种钱币。3. 得相：获得名相诸葛亮辅佐。4. 生儿：指刘备儿子刘禅，个性愚昧昏庸。

来到蜀先主庙前，充塞于天地之间的英雄之气，经历千百年后仍旧令人兴起肃穆敬畏之情。想当年天下时势造成三国鼎立，蜀先主刘备一心恢复汉朝荣光霸业；虽然获得诸葛亮这位佐国贤相，可惜继位的后主刘禅却昏庸愚昧，不能效法贤能。一想到蜀国灭后，刘禅被拘于魏宫中，竟还带笑欣赏歌伎表演故国歌曲，真是让人感到不胜凄凉。

❧ 名句的故事 ❧

从历史的角度来说，三国是相当特殊的时代：它开启东汉之后长久的割据分裂局面，直到隋唐才终结这长期的"乱世"；对后人来说，这个雄韬大略之士与枭雄并起的年代，更因为《三国演义》的问世造就广大的吸引力，影响所及，即便正史上以曹魏为最终取得统一者，但一般人却广泛认同刘备和诸葛亮代表的蜀国政权，在历史评价向来"胜者为王，败者为寇"的定例上，他们成为少数受后世肯定的失败者。

《三国演义》成书于元代，但早在唐代就有许多文人是"蜀为正统"之说的幕后推手：杜甫、王安石、李商隐、刘禹锡等都创作不少缅怀蜀国旧迹的诗作，其中杜甫更多次以诸葛亮为主角，《咏怀古迹》："伯仲之间见伊吕，指挥若定失萧曹。"《蜀相》："出师未捷身先死，长使英雄泪满襟。"都歌颂他智谋筹策的功绩；或许刘备与诸葛亮之间的知遇之情与共同奋斗，正为落魄不遇的文人提供可资慰藉的形象。

刘禹锡则以刘备为刻画对象，他游历四川成都的蜀先主庙，遥想当年三国尚未底定，刘备与曹操煮酒论英雄的场面，而后刘备偕同桃园结义的关羽、张飞打天下，又获得诸葛亮良相佐国，三国对峙之局在刘备亡故、后主刘禅继位后，终因君主无能，霸业烟消云散。前后对照，不由生出感慨，然而英雄的气魄与胆识

朱门酒肉臭

终究在历史上发出灼人的光彩，刘禹锡的"天下英雄气，千秋尚凛然"，力透纸背，使千百年后的读者依稀可见英雄慷慨轩昂的傲人神采。

历久弥新说名句

刘禹锡的《蜀先主庙》有一项特殊的表现特别引起注意，就是在创作上完全引用典故来说明他的创作意图，可以说"无一字无来历"，下笔却自然浑成，如起首二句看似寻常，其实暗指《三国志》"煮酒论英雄"的著名场景；"五铢钱"则暗指刘备以汉世后裔自居，图举复兴汉业；诸葛亮死而后已的贤明与后主刘禅的昏昧形象，都显示这首诗处处引用历史典故的高难度技巧，更获得相当高的评价。

刘禹锡所使用的典故，一方面出自史实，也有传说的部分，而这些后人对三国时代的虚实想象，便形成《三国演义》的集大成之作。《三国演义》将人物的性格塑造得鲜明而具代表性，例如将曹操描绘成富有野心且奸诈心机重的枭雄、关公则是忠义之士、周瑜俊美却气度狭小、张飞则是率直莽撞的壮汉。这些人物刻画甚至影响后世对曹操的看法，如京剧中曹操角色多半敷以白面，表示他城府深、狡诈多疑，足见虚构的文学作品有时竟能以虚代实，改变人们的评价和观感。其实历史上的曹操劳心戮力于国事，所作《短歌行》有"山不厌高，海不厌深；周公吐哺，天下归心"一句，寄托自己愿效周公延揽贤士的用心；历史上也有记载显示，曹操为人不拘小节，听到笑话常乐呵呵地笑到头带垂进菜肴当中，他俭省治国的个性也出了名；诸如此类的记录，比起那个白面小眼的舞台角色，或许更能具现曹操的立体感和人性的一面，也可作为我们在文学欣赏之余客观品评历史人物的参考。

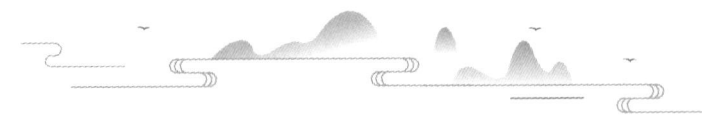

少年十五二十时，步行夺得胡马骑

名句的诞生

少年十五二十时，步行夺得胡马骑。射杀山中白额虎[1]，肯数[2]邺下黄须儿[3]。一身转战三千里，一剑曾当百万师。汉兵奋迅如霹雳，虏骑崩腾畏蒺藜[4]。卫青[5]不败由天幸，李广[6]无功缘数奇。

——王维·老将行（节录）

完全读懂名句

1. 白额虎：凶恶的猛虎。此句引用"周处除三害"的典故：周处凭着力大过人，危害地方，某次听闻地方父老说三害，一为蛟龙、二为白额虎、三就是周处。周处听罢，前往除去龙、虎，后改过自新。2. 肯数：怎么肯轻易赞许。3. 黄须儿：指曹操子曹彰，他曾征伐有功而归功诸将，获得曹操赏识。4. 蒺藜：本为草名，此指刺，喻为障碍。5. 卫青：字仲青，西汉平阳人。姐卫夫人得幸于汉武帝，以青为大中大夫。曾七次出击匈奴，未曾一败。6. 李广：陇西成纪人，多次伐匈奴却无功而返。

老将青少年时便展现过人智勇，年轻时曾单枪匹马获取敌人坐骑；又曾射杀山中凶恶的猛虎；在战场上奋勇破敌、征讨有功，一身胆识可媲美当年的黄须儿曹彰。一人能够转战三千里，一剑可以抵得上百万雄师。汉军如迅雷似奋勇前进，胡骑却好像怕铁蒺藜似的崩溃散去。卫青从没吃过败仗，说来真是幸运，李广勇猛却讨伐无功，只能说命运不佳。

名句的故事

这首原文长达三十句的七言古诗叙述一位沙场老将的经历。开头一句"少年十五二十时，步行夺得胡马骑"，不仅点出将军年轻过人的胆识，也透露"英雄出少年"的气概。紧接着一连串的典故，展现诗人精于用典的能力，也为诗中的将军渲染传奇性。起首描绘将军青壮时期的战绩彪炳，后来却因为统治者蒙昧不清、赏罚失据，将军被弃置后不得不回乡营生，清贫困苦度日。这一段迭变的遭遇，王维也引用汉代两位将军卫青、李广的典故映衬：前者因为身为皇帝亲戚，立功行赏，官位累至大将军；后者与卫青同时为朝中大将，不但未受封赏，还得罪受罚。诗末，边疆烽火再起，老将不计前嫌，主动请缨报国，希望能为国尽忠克敌，刻画出老将高尚无私的爱国热忱，以及未因年岁和遭遇减损的壮志豪情。

成诗于王维创作初期的《老将行》，风格豪迈挥洒而不失情感的细腻，兼具他早年写作边塞诗大开大阖的气势。除了开头潇洒的"少年十五二十时"被后人借指"青春年少"的代称词，同样气势开阔的"一身转战三千里，一剑曾当百万师"，也常常拿来形容战士骁勇威武的沙场英姿。

🌀历久弥新说名句🌀

时间，是人类最大的盟友，也是最大的仇敌。青春之际，我们对未来、对自己总是拥有许多华丽的想象；随着未来不断成为"今天"，然后一刻不停地变成我们身后的"昨天"，关于梦想，我们永远实现得太少，错过得太多。

不只是凡夫俗子的我们这么想，那些在历史上显赫扬名的人，面对在时间之流前年华不再的自己，还有许多未竟之功、未完之事，他们同样感到无措。曹操感于无法成就统一大业，写下"神龟虽寿，犹有竟时。腾蛇乘雾，终为土灰。老骥伏枥，志在千里；烈士暮年，壮心不已"；这算是乐观的了，虽然承认岁月给我无情的限制，我仍有满腔豪情足以支撑。李白《将进酒》狂放高歌："君不见黄河之水天上来，奔流到海不复回。君不见高堂明镜悲白发，朝如青丝暮成雪。人生得意须尽欢，莫使金樽空对月。"为的是"与尔同销万古愁"，正是时间未曾稍歇所致的哀愁。

然而，在某些时刻，我们终究能见识足以和时间抗衡的力量。《老将行》中的老将，凭借未曾逝去的热情，抵挡时间的消磨。身体虽然老去，却无时无刻不在想象中延续过往，拼斗可见的敌人与不可见的时光。如垂垂老矣的堂吉诃德肖像（堂吉诃德，西班牙文学经典的主人翁，年纪老大而向往骑士游侠的精神，一路旅行游荡），或许正塑造了人类以渺小的力量却能战胜无垠时间的典范。

此物最相思

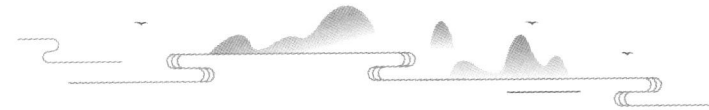

少小离家老大回，乡音无改鬓毛衰

少小离家[1]老大回，乡音无改鬓毛衰[2]。儿童相见不相识，笑问客从何处来。

——贺知章·回乡偶书

完全读懂名句

1. 离家：一作离乡。2. 衰：音 cuī，稀疏的意思。

小小年纪就离开家乡，垂垂老矣才回来。家乡一切尽如记忆，只是我的鬓毛已稀疏掉落。孩童见了也不相识，只能笑着询问客人从哪里来。

名句的故事

古代由于交通不方便，每每出外都不晓得何时能再度平安归

此物最相思

201

来，因此吟咏思乡愁绪的诗词也就特别多，其渊源可以追溯到《诗经》，历久不衰，在唐诗中更是大宗，俯拾即是。这首《回乡偶书》是异乡游子共同的喟叹，贺知章写于刚踏入家乡的那一刻，这时候诗人心里涌起的并非衣锦还乡之快意，而是一股浓浓的想念与失落。想当年诗人风华正茂，怀着壮志昂首离去，历经几十年，白发稀疏的归人才得以再次返回桑梓，却已景物依旧、人事皆非。最难堪的莫过于"儿童相见不相识，笑问客从何处来"的窘境，这原本是自己的故乡呀，如今却被当地的孩童笑问客从何处来。主客颠倒的悲哀，此刻重重敲击着诗人的内心。

贺知章这首《回乡偶书》，一般大家仅熟悉收入《唐诗三百首》之"少小离家老大回"这四句，殊不知其本身也是一首组诗，后面还有续篇，描写诗人返乡一阵子后的感想，其云："离别家乡岁月多，近来人事半消磨。惟有门前镜湖水，春风不改旧时波。"后面四句尽写贺知章归乡之后，访问旧友、观览故园景色的感怀，诗人数十年的离乡背井，山川依旧在，但"近来人事半消磨"，人事已改、亲朋不在，喟然下只能呆然望着春风一阵阵吹拂着门前湖水，激起涟涟细波。贺知章后半篇诗虽不如前篇铿锵，但气氛一转，景物交融，情感益发深邃，朴实中带着深情。

历久弥新说名句

人对于故乡的眷念或许可以说是一种天性，童稚懵懂岁月时尽情地玩耍，与家乡建构了深厚的情感，一草一木都是记忆、想念的归着点，然而随着年纪的增长、外务的羁绊，人在江湖、身不由己，于是依依不舍地背着行囊踏出家门，然而脑海深处的故乡却越来越清晰，不停地呼唤漂泊外地的游子。宋代著名词人姜夔，其实诗也写得很不错，只是由于词名大噪，反而令人忽视其在诗体上的成就。他一生都袭布衣，游食于权贵之间，过着清贫雅士的生活，晚年寓居于湖水边，不改其清淡疏朗的生活态度，写下《湖上寓居杂咏》的思乡之作："荷叶披披一浦凉，青芦奕奕夜吟商。平生最识江湖味，听得秋声忆故乡。"姜夔此诗由景入情，先描述湖边秋天的景象，片片荷叶逐渐枯萎、凋零，取而代之的是秋天盛开的芦苇草，当凉风吹过枝头，发出飒飒的秋风声，让一生"最识江湖味"浪迹天涯的诗人闻之，触动其满怀的乡思愁绪。

现代作家冉云飞在其著作《尖锐的秋天：里尔克》中曾经写道："现代人几乎是没有故乡的，一座大得连街道名字都难以知晓的城市，一座能吞吐无数人群但老死不相往来、能吞吐成千上万吨垃圾却无处倾吐情感的大都市，到底是谁的故乡，只有天知道。"冉云飞的感叹是事实，现代人真的还能感受到故乡的召唤吗？恐怕我们老早就已经遗忘家乡是什么，沉浸在五光十色、光怪陆离的城居生活中，在腐败、冷漠的都市里逐渐丧失感官触觉，渐渐失去与生俱来的天性、敏感，随波逐流、不再深思，也不再追寻身为人的异议与目标。能尽力把持自我的人已属不易，更别说要挖掘自我内心深处的想望、进而去实践的人，恐怕是绝无仅有。这种嘈杂的环境如何使人口最多的城市，成为人们口中所谓的"故乡"呢？不论是实质的故乡，抑或是心灵的故乡，都远远够不上资格吧。

香雾云鬟湿，清辉玉臂寒

名句的诞生

今夜鄜州[1]月，闺中只独看。遥怜小儿女，未解忆长安。香雾云鬟[2]湿，清辉[3]玉臂寒。何时倚虚幌[4]？双照泪痕干。

——杜甫·月夜

完全读懂名句

1. 鄜州：鄜，音 fū，位在今陕西鄜县。2. 云鬟：盘卷如云的秀发。鬟，妇女头发挽成中空环形的一种发髻。3. 清辉：月光。4. 虚幌：透明的窗帷。幌，布帷。

今夜鄜州一轮明月，只有妻子一人独看。可怜在远方的小儿女，还不懂思念流落长安的父亲。她的头发在浓雾中沾湿，双臂在月光下受了露寒，何时夫妻才能靠着窗帷一同望月，让月光将我们的泪痕照干。

❧ 名句的故事 ❧

《月夜》为五言律诗，作于唐玄宗天宝十五年（公元 756 年），此年安史之乱已进入第二年，杜甫将一家人自奉先搬到潼关以北的白水（皆今属陕西）。六月，唐将哥舒翰失守潼关，玄宗奔往蜀地，杜甫又举家迁至鄜州。七月唐肃宗即位灵武（今属宁夏），杜甫听闻此事，立刻从鄜州只身奔赴灵武，准备投靠肃宗，途中为安史叛军所俘，被带到已沦陷的长安；《月夜》即是诗人在长安望着一轮明月、思念在鄜州妻儿所作。

《月夜》的前半段，本是杜甫对月怀人，但他却不从长安月色与自身切入，反以妻儿所在的鄜州之月写起，想象妻子如何思念困在长安的自己，至于妻子身旁的儿女们，由于年纪尚小，根本不解思念之苦。诗人运用侧笔，明写独守空闺的妻子想念自己，实是表现他对妻儿的深切挂记。

诗中颈联“香雾云鬟湿，清辉玉臂寒”，是杜甫悬想妻子正在思念自己的神态，她一夜不寐地倚窗望月，使一头秀发沾满露水湿气，双臂也因而受到风寒，诗人摹绘妻子发湿臂寒的形象，以衬其妻内心的寂寞生寒，进而表达乱世夫妻虽无法聚首，依然伉俪情深。

最后，杜甫跳出想象空间，回到现实人生，寄望国家尽快平定乱事，届时他与妻子携手同望明月，挥别泪流不止的过去，重展欢笑容颜。全诗从深沉的悲情，急转出一番新境，表现诗人对未来的幸福期待。

此物最相思

历久弥新说名句

北宋文学大家苏轼，其七言律诗《与述古自有美堂乘月夜归》颈联为："凄风瑟缩经弦柱，香雾凄迷着髻鬟。"在凄冷的寒风中，女子瑟缩着双手，弹弄琴弦，她那一头秀发的香气，散发在凄迷夜空里。这是苏轼在宋神宗熙宁六年（公元 1073 年）与当时担任杭州知州的好友陈襄（字述古），从城内吴山的最高处"有美堂"伴月归返时所作；月夜下，耳边传来女子弹奏的琴弦乐音，嗅闻到女子头上的扑鼻发香。即使当时被贬谪为杭州通判，苏轼还是能找到摆脱仕途失意的出口，在云月相随下，与好友同享夜归乐趣。

南宋文人韩元吉，其《六州歌头·桃花》下片云："共携手处，香如雾，红随步，怨春迟。消瘦损，凭谁问，只花知，泪空垂。"过去携手同游之处，至今仍笼罩一股香气，红色桃花遍地绽放，可惜春天已尽。如今身体日渐消瘦，又有谁来慰问？满腹心事只有花朵知晓，徒然流下伤心泪水。这是词人回到过去与心爱女子同游地点，此时佳人早已不在，他却还能感觉到女子身上的芳香气息，流露出对昔日旧情的感伤不舍。

近代文人朱自清，在其散文《桨声灯影里的秦淮河》中写道："灯光是浑的，月色是清的。在浑沌的灯光里，渗入了一脉清辉，却真是奇迹！那晚月儿已瘦削了两三分，她晚妆才罢，盈盈的上了柳梢头，天是蓝得可爱，仿佛一汪水似的，月儿便更出落得精神了。岸上原有三株两株的垂杨树，淡淡的影子，在水里摇曳着。它们那柔细的枝条浴着月光，就像一只只美人的臂膊，交互地缠着、挽着。"

　　这是朱自清在 1923 年 8 月与友人夜游江苏南京的秦淮河，欣赏江河月夜之美，作者将清澈明月形容成一位晚妆初罢的盈盈姑娘，又把岸上的垂杨倒影拟化成美人臂膊，透过月色映照，仿佛与人深情地交缠搂挽。同样描写月夜景物，古今文人皆发挥他们无远弗届的想象力，让万物在这亘古如一的月光下，展现其倾倒众生的绰约风采。

死别已吞声，生别长恻恻

名句的诞生

死别已吞声[1]，生别长恻恻[2]。江南瘴疠[3]地，逐客[4]无消息。故人入我梦，明我长相忆。君今在罗网[5]，何以有羽翼？恐非平生魂，路远不可测。魂来枫林青，魂返关山黑。落月满屋梁，犹疑照颜色。水深波浪阔，无使蛟龙得。

——杜甫·梦李白·其一

完全读懂名句

1. 吞声：泣不成声。2. 恻恻：悲痛之意。3. 瘴疠：山林间湿热蒸郁的暑气，人受感染容易生病。4. 逐客：被流放之人，此指李白。5. 罗网：本为捕鸟禽兽的网。此指牢狱。

与亲友的死别，必会让人泣不成声，但与亲友在世的分别，同样也会令人悲痛万分。江南一带多有瘴疠之气，被放逐后的你，一去就毫无消息。你来入我的梦，深知我对你的挂念。只是你身陷牢狱，何以长有翅膀来我这里？梦中所见，应该不会是你的魂魄，我们的距离，相隔是如此遥远。若是你的魂来，要穿越南方青绿枫林，若要返回，还得飞渡关山一片漆黑。看着月亮照满屋梁，我疑心照映的是你的容颜。水深浪阔，希望你一路小心，别让水中蛟龙抓去。

✿名句的故事✿

《梦李白·其一》为五言古诗，作于唐肃宗乾元二年（公元759年）。李白曾于乾元元年（公元758年），因被迫加入永王李璘的幕僚，后遭肃宗流放夜郎（今贵州桐梓），来年春天被释放，返回江陵（今属湖北）。杜甫之前只听闻李白流放一事，不知他人已平安获赦，极度忧心好友的安危，故久而成梦。

杜甫担忧李白是有其原因：一来是李白所流放的贵州，不但地远人稀，相传当地还有瘴疠之气，一旦不幸感染，人就会罹病；二来是李白从浔阳（今江西九江）的牢狱流放贵州夜郎的这段路程，必须乘坐舟楫，始能抵达，然而江水无情，若一不小心翻舟，立刻成为水中蛟龙的腹中物。由于杜甫无法得到李白的消息，经常为此感到忧虑，尤其梦中出现李白，更使他担心李白的安危，有时以为李白已死，忍不住痛哭失声，有时又为两人在世的别离悲戚不已。

到底是李白的魂魄来入杜甫之梦，还是杜甫思念过度，以致频频梦见李白，历史显然已给了后者这个答案。不过，事实

上杜甫自玄宗天宝四年（公元745年）与李白在鲁郡（今山东兖州）东城石门一别，直到肃宗宝应元年（公元762年）李白去世为止，两人此生不曾再见过一面。从杜甫《梦李白·其一》表现对这位长达十多年不见友人的重情，甚至想念到精神恍惚的地步，可见人生无法与亲友相见的"生别"分离之苦，实与"死别"所带来的悲恸无异。

历久弥新说名句

杜甫《梦李白·其一》中，将"死别"与"生别"两相衬托，表达两人在世的分开，宛若是一场生死别离。《楚辞·九歌》是东周战国楚人屈原根据楚地巫觋的祀神乐曲改编而成，其中《少司命》云："悲莫悲兮生别离，乐莫乐兮新相知。"意指人生最可悲的莫过在生的别离，最快乐的莫过新识一位知音。这是祭神典礼上，祭者对自己能够在众美之中被天神"少司命"看上，那种喜悦犹如刚刚认识的一个知己，但马上又要面临与其分开的命运，祭者不禁问道：人间还有什么比和知己分开更悲哀的事？

东汉乐府诗《古诗十九首·行行重行行》写道："行行重行行，与君生别离。各在天一涯，道路阻且长。"诗中的丈夫即将远行，妻子想到两人从此天涯一方，夫妻虽同在人世，却无法恩爱相守，与丈夫的这场道别，让她感到无比哀伤，因为今日此去，不知还得等待多久，才能盼得丈夫的平安归来。

同样是东汉乐府诗，《孔雀东南飞》描述庐江府吏焦仲卿与其妻刘兰芝的爱情故事，刘兰芝不为夫家母亲所喜，焦仲卿被逼将妻子遣返娘家，谁知娘家兄长又急要刘兰芝改嫁太守之子，两人在各自家人的胁迫下，无奈地决定到黄泉路上再相见。诗中"生人作死别，恨恨那可论"，意指在世之人却做出死亡诀别之举，满腔恨怨，已无须多做论述，这也道出人间的"生别"犹如"死别"，都是人所难以承受的巨大悲恸。刘兰芝最后选择投池而死，焦仲卿则自缢门前庭树，表明两人至死不移的坚定情感。

此物最相思

冠盖满京华，斯人独憔悴

名句的诞生

浮云终日行，游子久不至。三夜频梦君，情亲见君意。告归常局促，苦道来不易。江湖多风波，舟楫恐失坠。出门搔白首，若负平生志。冠盖¹满京华，斯人独憔悴。孰云网恢恢²？将老身反累。千秋万岁名，寂寞身后事。

——杜甫·梦李白·其二

完全读懂名句

1. 冠盖：冠服和车盖。此指京城的达官贵人。2. 网恢恢：天理宽广。

浮云总是在天上飘动，游子已很久没有消息。一连三个晚上频频梦见你，足见你对我的真挚情意。每次你都匆匆辞别离去，苦苦道说来此一趟的不容易。江湖一路风波险恶，唯恐你的舟楫翻覆。看你出门搔弄白头的表情，宛若辜负你平生志向。达官显

212

赫的人满遍整座京城，只有你一人憔悴不得志。谁说天理恢宏广大，年老的你反倒还要受到牵累。千秋万载能留下人的功名，但寂寞孤独却是人死后的事。

名句的故事

《梦李白·其二》为五言古诗，作于唐肃宗乾元二年（公元759年），这是诗人一连数夜梦见好友李白，从起初对李白流放蛮荒之地的忧虑，逐渐转为对李白一生坎坷际遇的同情。

梦中的李白，总是在出现后立刻仓促离去，杜甫一想到李白这趟流放之途，湖深路遥，唯恐其遭遇不测，尤其频频梦见李白，使诗人心中更加忐忑。回想梦境中的李白搔弄白头的为难神情，似乎在说今生的壮志未酬，尤令杜甫深感痛心的是，满遍京城充斥富贵显赫之人，为何只有李白一人独自憔悴？若是天理恢恢，怎让李白如此杰出的人才一生不受重用，到了年老还得枉受牢狱牵累。人的盛名固然可以千古流传，但对死去的人而言，那些名声对他们又有什么意义？显然杜甫在乎的是人生在世的有限光阴，至于死后盛名，不过是生者对亡者的追忆，亡者早已无法有所作为，只能任其魂魄在寂寞中飘游。

全诗除表达对李白才华的高度推崇，同时也为李白的不幸遭遇发出愤慨之鸣，所谓"斯人独憔悴"的"斯人"，虽明指友人李白，其实也隐含杜甫自身怀才不遇的黯然心声。

此物最相思

历久弥新说名句

　　杜甫《梦李白·其二》中"冠盖满京华，斯人独憔悴"两句，诗人以对衬之笔，写出截然不同的两种情境，前者写长安京城，到处可见豪门贵族的得意奢华，后者写李白独自一人的憔悴身影，两相映衬，形成强烈对比。

　　《楚辞·渔父》描写战国时期的楚大夫屈原，受到小人离间，不为楚怀王所用，并将他放逐，当屈原"颜色憔悴，形容枯槁"地吟游江畔，被渔父认出他就是"三闾大夫"，忍不住上前询问，为何如此不成人形？屈原回答渔父说："举世皆浊我独清，众人皆醉我独醒，是以见放。"说明自己不愿与小人同流合污，君主又不明其忠，以致流放于此。终日忧心悲痛，导致屈原面容憔悴、形体枯槁，最后他选择宁可葬身江鱼之腹，也不愿再蒙受世俗尘埃。

　　竹林七贤之一的阮籍是曹魏时期的文学家兼音乐家，其《咏怀诗》写道："繁华有憔悴，堂上生荆杞。"意指繁华终有衰落的一天，就算是高大的殿堂，也会因主人的衰败变成杂树丛生之地。诗人通过自然景物从荣盛到零落的过程，昭揭官场政治也是由盛而衰，表现对生命难以保全的戒慎态度，这也是作者身在局势诡谲的魏晋之际明哲保身的避世箴言。

　　清初词家纳兰性德，其《金缕曲》下片写道："情深我自拼憔悴。转丁宁、香怜易爇，玉怜轻碎。羡煞软红尘里客，一味醉生梦死。"词人自认多情，所以不顾痛苦憔悴，也要奋力转告叮咛他人，人间美好事物经不起一点折腾，如同香易焚尽、玉易破碎，有时反倒羡慕那些耽溺喧嚣声色之徒，成天醉生梦死，也就不知沉痛之苦。词中以"软红尘里客"的糜烂，对衬"我自拼憔悴"的孤高，正因作者无法苟同世俗靡风，相对造成其疲惫不堪的憔悴形貌。

人生不相见，动如参与商

人生不相见，动如参与商[1]。今夕是何夕？共此灯烛光。少壮能几时？鬓发各已苍。访旧半为鬼，惊呼热中肠。焉知二十载，重上君子堂。昔别君未婚，儿女忽成行。怡然敬父执，问我来何方？问答未及已，驱儿罗酒浆。夜雨剪春韭，新炊间[2]黄粱。主称会面难，一举累十觞[3]。十觞亦不醉，感子故意[4]长。明日隔山岳，世事两茫茫。

——杜甫·赠卫八处士

完全读懂名句

1. 参与商：两星宿名。参星居西，商星居东，此出而彼没，两星永不会同时出现，后人引申为难得相见之意。2. 间：掺杂。3. 觞：酒杯。4. 故意：深厚交情。

人世的动辄变化，好友不易相见，如同天上此起彼落的参商两星一样。今晚是什么日子，竟能与你在烛光下共叙旧情？人的青春少壮，又能有多长？如今我们的鬓发全已斑白。询问彼此故友的下落，竟多半不在人间，不禁惊呼，且感到一股热流回旋肚肠。怎料我们阔别二十年后，还有机会能再次登门拜访。当年分开时，你仍未成婚娶妻，现在都已儿女成群。他们和顺地问候父亲挚友，问我从哪里来，只是话还没说完，你便叫儿女去张罗酒菜。雨夜中，割来新鲜的春韭，烧好的米饭中还掺杂一些黄粱。你说难得见面，一连饮上十杯酒；喝了十杯也不觉醉，心中感念你对我的深厚情意。等到明日一早，我们将被重重山岳阻隔，未来世事又变得渺茫不可知了。

❧ 名句的故事 ❧

《赠卫八处士》为五言古诗，作于唐肃宗乾元二年（公元759年），杜甫从洛阳回到华州途中，探访青年时期的好友卫八，"处士"乃指隐居不仕的读书人。全诗主在抒发人生离合聚散的无常，描写时代苦难、人世悲凉，也传达乱世之中与好友久别重逢的喜悦，以及温暖的情谊。

杜甫写《赠卫八处士》时，"安史之乱"已延续四年之久，两大京城长安、洛阳虽已收复，但整个社会仍处于动荡不安，他以"人生不相见，动如参与商"道出当时人们的普遍心声，接着"今夕是何夕？共此灯烛光"，描写见到卫八的惊喜之情，诗中营造一层悲喜交错的氛围。当两人谈及昔日老友多半已死于战乱，卫八虽也贫穷，却还能盛情款待杜甫，更显这段患难友情的可贵。只是才刚欣喜于今日相会，又要马上面临离别的痛苦，诗人只能强忍心中悲酸，继续踏上茫茫未知的路程。

参、商本为天上二星宿，参星居西方，商星亦称辰星，居东方，此出彼没，永远不会同时出现，故诗人以参、商比喻相见的困难。据《左传·昭公元年》（公元前541年），郑国大夫子产说了一段远古神话故事，话说帝喾的两个儿子，年长的叫阏伯，年幼的叫实沉，两人情感不睦，一见面就会互起干戈，于是帝喾命令阏伯到商丘（今河南濮阳）主祭辰星，实沉到大夏（今山西太原）主祭参星，每当辰星出现东方，参星已沉没西方，二星永不会同时出现天空，帝喾的目的是希望兄弟以参、商二星为榜样，各守其土，永不相见，以消弭两人纷争。尔后人们遂以"兄弟参商"批评那些兄弟失和、不知珍惜手足之情的人，也有人以"参商不见"表达与亲友久别重逢的感慨。

⚬ 历久弥新说名句 ⚬

魏国曹植其乐府诗《浮萍篇》写道："在昔蒙恩惠，和乐如瑟琴。何意今摧颓，旷若商与参。"意思是说，昔日蒙受你的恩惠，感情融洽如琴瑟和谐，怎料如今恩爱已被摧毁，两人疏远有如商、参两星，永不相见。这是曹植仿弃妇口吻，描写无端遭到丈夫冷落的女子，丈夫不顾昔日旧情，只想和新欢一起，对她视而不见，话虽如此，诗中妇人最终还是想挽回丈夫的心。

曹植一生不受其兄魏文帝重用，魏文帝又向来对这位富有才略的弟弟存有很深的妒忌，曹植欲借由诗中弃妇被丈夫冷落寄寓兄长漠视手足之情，"参商"两字本就隐含兄弟之意。

明末文人程登吉编《幼学琼林》，是传授各类启蒙知识的读物，其中《朋友宾主》写有："彼此不合，谓之参商。"意指双方意见不合，或是感情不睦，都可作为"参商"的解释。

露从今夜白，月是故乡明

名句的诞生

戍鼓[1]断人行，秋边一雁声。露从今夜白[2]，月是故乡明。有弟皆分散，无家问死生。寄书长不达，况乃未休兵。

——杜甫·月夜忆舍弟

完全读懂名句

1. 戍鼓：戍楼上的更鼓。戍，驻防。2. 露从今夜白：为"从今夜白露"的倒装句。意指自今夜起，即进入"白露"之节气。白露，二十四节气之一，大约在阴历九月八日、九日之间，早晚露水较重。

除了远处传来军中的更鼓声，路上已没有行人，边塞的秋夜，只听见一声孤雁的哀鸣。今夜已进入白露时节，露水越发的白，故乡的月光一定最为明亮。我与弟弟们各自分散，如今无家可归，不知向何处打听他们的生或死。寄信回去，也经常无法送达，何况现在还尚未停战休兵。

名句的故事

《月夜忆舍弟》为五言律诗，作于唐肃宗乾元二年（公元759 年），杜甫此年客居秦州（今甘肃天水），叛将安禄山于肃宗至德二年（公元757 年）被其子安庆绪所弑，其部将史思明又于此年杀了安庆绪，也仿效安禄山自称"大燕皇帝"，举兵从范阳（今河北涿州）南下，攻陷洛阳、河阳（皆今属河南）等地。

由于中原仍一片烽火，书信根本无法寄达，诗人忧心在河南、山东等地的弟弟，包括杜颖、杜观和杜丰三人的生死安危，在节气甫入白露的秋夜里，写下这首惦念手足之诗。诗题所言"舍弟"，为一般人谦称自己弟弟的用语，当诗人想着手足各自在战乱中仓皇逃难，原是该欢乐团聚的一个"家"，早已不复存，自己则身在边塞异乡，面对凄清月夜，倍加怀乡思亲。

杜甫时居秦州，隶属边防地域，故传来战士更鼓之声，伴随的是天边孤雁的悲鸣，听在羁旅之人的耳里，更添几许寂寥空虚；颔联所写"露从今夜白，月是故乡明"，既点出客观的时序节令正逢秋季白露，同时道出作者主观的个人情感，明明是普世一样的月亮，他却认定自己家乡的最明亮，强化其不可明喻的浓烈乡愁。全诗在一片感物忧国、望月怀乡里，逐渐拉出诗人挂念手足的焦灼心情。

此物最相思

历久弥新说名句

　　年代稍晚于杜甫的白居易，其五言古诗《八月三日夜作》始两句云："露白月微明，天凉景物清。"这是作者在入秋后的白露节气所作，此时天气转凉，夜晚露水凝重，月光隐微照着大地，更映衬万物一片清冷，诗人看着月夜下的花草虫鸣，了悟人间时序有时，实不必感伤生命的生死荣衰，万物自会无穷无尽地传承下去。

　　南宋爱国文人陆游，其词作《渔家傲·寄仲高》云："东望山阴何处是？往来一万三千里。写得家书空满纸。流清泪，书回已是明年事。寄语红桥桥下水，扁舟何日寻兄弟？行遍天涯真老矣。愁无寐，鬓丝几缕茶烟里。"这是作者在四川寄给远在山阴（今浙江绍兴）家乡堂兄陆升之（字仲高）的家书，当他东望远在万里外的故乡，不自觉流泪写满一纸乡愁，由于山遥路远，想等到堂兄回信，恐怕得再盼上一年，所以只能先寄语红桥下的流水，请其乘舟代转思兄之情。此词与杜甫《月夜忆舍弟》同为怀乡、思念手足之作，不同的是陆游经过漫长等待，其家书终会寄达，但杜甫身处战乱，弟兄各自逃命分散，他的家书根本难以传到弟弟手上。

　　自杜甫"月是故乡明"之句始出，人们遂常以"月是故乡明，水是故乡甜"强调对出生乡土的特殊情怀。现代作家琦君生长在浙江永嘉的旧式家庭，其大学教育也在杭州完成，在她近七十岁高龄出版的散文集《水是故乡甜》中，回忆母亲曾说：
"是那里生长的人，就该喝那里的水。要知道，水是故乡的甜
哟。"接着还说："孩子们多喝点家乡的水，底子厚了，以后出门
在外，才会承受得住异乡的水土。"母亲的温柔叮咛，一直深印
在作者童年记忆里。

后来琦君离开台湾，旅居国外，喝着那些标榜纯天然的矿泉
水时，想起母亲从前说过的话，她在文末写道："饮啜起来，在
感觉上，在心情上比起大陆故乡的水，和安居了三十多年第二故
乡台湾的水，能一样的清冽甘美吗?"可见对异乡游子而言，故
乡的水永远甘甜，故乡的月永远清明，哪里是其他客居之地所能
相比。

近乡情更怯，不敢问来人

名句的诞生

岭外¹音书断，经冬复历²春。近乡情更怯，不敢问来人。

——宋之问·渡汉江

完全读懂名句

1. 岭外：指岭南。2. 复历：表（岁月）又经过了……

迢迢岭南外，家乡书讯断，经过了寒冷的冬天，春天又到了。我将回乡去，越接近故乡，心中越是胆怯，忧喜交集不敢询问往来路人。

诗人背景小常识

宋之问（公元650—712年），一名少连，字延清，高宗朝至玄宗朝人。他于高宗上元二年进士及第，在武后宠幸张易之兄弟时，宋之问也攀权附贵与之交善，甚至为张易之撰写词赋数篇。到武后病重，中宗复辟，首先即诛杀武则天身旁的大佞臣张易之兄弟，宋之问也遭受牵连，坐贬泷州参军，泷州位于岭南，今广东省罗定县。由于地理偏僻遥远，宋之问抵达不久就想尽办法企图回到洛阳，再次攀迎谄媚于太平公主，且得重用，又见安乐公主权位渐盛，复又攀结，使得太平公主气愤不已，不久就使计将宋之问再次贬到南方去。等到睿宗即位之后，再次清算当时攀附张易之兄弟的政客，宋之问于是又被流贬到钦州（今广西），最后赐死于徙所。

在文学造诣上，宋之问早年即享有盛名，擅长五律诗，后世往往将宋之问与同时期的诗人沈佺期并称，两人作品都以近体诗格律严谨齐名，在唐诗发展史上功不可没，可以视为律诗体例之完成者。宋之问与沈佺期除了诗品格式类似外，两人的生平经历也多有相似，沈佺期也善于逢迎巧事，在张易之兄弟受宠时，沈佺期也与宋之问一起附会奉承，后来也因此被远逐于岭南，唯比宋之问好的是他从这次事件之后习得教训，不再攀权于时贵，得以寿终正寝。宋之问的诗作可以分为两期，前期多巧于格律精细，后期被贬谪时则善于抒发个人情志，流露出对人生自我的领悟与慨然。

❧ 名句的故事 ❧

明代唐汝询整理《渡汉江》时，曾于诗名下附注："此逃归时作。"推测是在宋之问第一次遭贬于泷州时所作。由于岭南瘴疾多，诗人又思归中原，于是忍不住弃官遣返洛阳；汉江即是回洛阳途中所经的河流。在唐代当官有几个特色，迁贬即是常事之一，官员们很难逃脱受贬谪的经历，即便是著名的唐代诗人也常受左迁之苦。最著名的例子像韩愈《左迁至蓝关示侄孙湘》诗云："一封朝奏九重天，夕贬潮阳路八千。"这是韩愈劝谏皇帝不要浪费公帑从西域迎来"神秘的佛骨"，早上才上书，傍晚皇帝就下旨将韩愈贬到遥远的潮州（广东）去，血淋淋地印证"伴君如伴虎"的危险。

类似宋之问、韩愈遭谪的例子在唐代比比皆是，杜牧也曾为朋友李甘被贬时仓皇失措的情状做了生动描述。杜牧《李甘诗》言："明日诏书下，谪斥南荒去。夜登青泥板，坠车伤左股。病妻尚在床，稚子初离乳。"当时李甘匆忙慌张的模样仿佛就在我们眼前上演。唐代对于左迁官规定十分严格，视其情节轻重，决定是否需马上驱逐出京，有时诏书一下连夜也要将官人押解出城，李甘即是这种情形。因此我们看到，当时他手忙脚乱爬上板车，却因心里胆战、挂念着家中生病的妻子与才断奶的幼子，一个不小心就摔下车，跌伤左臀部。

历久弥新说名句

宋之问的名句"近乡情更怯，不敢问来人"，流露出他对于再次回到故乡那种又喜又怕的心情，一方面庆幸自己有命能从素有"鬼门关"之称的岭南返抵中原；另一方面也担心畏惧此番并非衣锦还乡，如何有脸面对邻里熟识指指点点的眼光？在唐代除了这种因贬官无以面对江山父老而近乡情怯之外，尚有从唐代以后相当盛行的另一种惭愧，想回家又怕回家的人，他们是"科举落榜"的潦倒文士。唐代《太平广记·安凤》记载一则野史，述说因为长年科举不第不敢返乡的游子心态。安凤与同乡的友人徐侃皆怀才学，年少时原本约定一同上京赴考，但徐侃由于看到母亲涕泪纵横不止，最后只好放弃与安凤一同去京师。而独自一人来到长安的安凤，由于屡次落榜，在长安一待就是十年，徐侃曾经劝他回去，安凤却泣道："十年之漂荡，大丈夫之气，焉能以面目回见故乡之人也？"安凤此语，道尽此后一千多年中国文人肺腑心声。

近代著名文学家郁达夫，生于清末民初，历经中国千年来未有之大变局。在《茑萝行》中，他记录当时自己有志不能申、不懂卑躬屈膝、不知收敛少爷气息，屡屡无法苟合于现状，过着颠沛流离的生活，却又丝毫不敢跟家人提及。他说："将近故乡县城的时候，我心里同时感着了一种可喜可怕的感觉……我口里虽在微吟'近乡情更怯，不敢问来人'的二句唐诗，我的心里却在这样的默祷：'天帝有灵，当使埠头一个我的认识的人也不在！要不使他们知道才好，要不使他们知道我今天沦落了回来才好……'"郁达夫深刻地描写出落魄的游子，实是怀抱着郁郁累累的乡愁，一旦真正要返家，心中是又喜又忧，渴望能蜕变为隐形人，让别人认不出来才好。

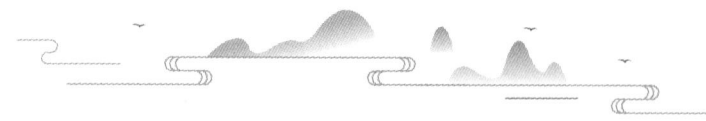

海上生明月，天涯共此时

名句的诞生

海上生明月，天涯共此时。情人怨遥夜[1]，竟夕[2]起相思。灭烛怜光满[3]，披衣觉露滋[4]。不堪盈手赠，还寝梦佳期。

——张九龄·望月怀远

完全读懂名句

1. 遥夜：长夜。2. 竟夕：整晚。3. 光满：月光盈入满屋。4. 露滋：夜深露水寒润。

一轮明月升起于海上，你我虽天各一方却望着同一个月亮。有情人怨恨长夜，整晚相思情更深。灭掉灯烛后，满屋月色令人爱赏，披衣出房赏月，露水沾湿我的衣裳。不能捧一把清光赠送给你，不如回房再去睡，梦中或许还能与你共聚一堂。

诗人背景小常识

张九龄（公元 673—740 年），一名博物，字子寿，韶州曲江人，于玄宗朝进士及第、制策高第，补为右拾遗，由于才高八斗，其后官职皆属高位。开元十年，张九龄任职司勋员外郎，当时由张说担任宰相中书令，由于两人同姓，注意到张九龄这个人，进而欣赏他的才华予以提拔。张说过世之后，玄宗召其大将张九龄为中书侍郎、中书令，委任国政大事，可以说是接续贤相张说之后的重要宰辅。张九龄也可说是开元之治的最后一任贤相，因为在其任内，李林甫的势力逐渐兴起，李林甫是个擅用权谋之人，懂得奉迎上位者，于是玄宗后期多听任李林甫用事，国事一蹶不振，张九龄也因此受到排挤，贬官到荆州。六十岁的张九龄一路仍忧心国政，却也深感挫折、忧谗畏讥，写下著名的《感遇诗》共十二首阐述心志，却不为玄宗所知，溘然长逝。

张九龄对唐代文学的影响也很大，从初唐陈子昂力倡复古之风后，首先得到张九龄的共鸣，且起而效尤，清代诗评家施补华《岘佣说诗》即云："唐初五言古，犹沿六朝绮靡之习，唯陈子昂、张九龄直接汉魏，骨峻神竦，思深力遒，复古之功大矣。"足见张九龄对唐初文坛的贡献。

名句的故事

张九龄《望月怀远》是首描写月夜思怀远人的诗，由于诗中自言"情人怨遥夜，竟夕起相思"，因此后世也多将此诗视为一首情诗。若仅就字词上来看，这首《望月怀远》描述一位思念远方情人的人，夜里辗转反侧，披衣而起、出门望月，希望借由"海上生明月，天涯共此时"，来抚慰一心处两端的相思情，然而不论如何地望月，对方仍是无法归来，沉吟思量、哀叹不得之后，诗人终于放弃了，既然"不堪盈手赠"，还不如"还寝梦佳期"，梦中或许还有相见的欢愉。

其实对于月夜怀人的文学基调，早在古诗十九首中已经出现，张九龄在此也只是沿用着这个文学素材予以发挥、撰写，内容不脱古体之意境。汉代的《明月何皎皎》云："明月何皎皎，照我罗床帏。忧愁不能寐，揽衣起徘徊。客行虽云乐，不如早旋归。出户独彷徨，愁思当告谁？引领还入房，泪下沾裳衣。"大家是否发现，这首古诗的内容和情景与张九龄《望月怀远》十分相近？同是晚上宿寐难安、揽衣徘徊，思念着未归的远人。西晋的陆机也曾经摹拟这个诗题，写出《拟明月何皎皎》："安寝北堂上，明月入我牖。照之有余辉，揽之不盈手。凉风绕曲房，寒蝉鸣高柳。踟蹰感节物，我行永已久。游宦会无成，离思难常守。"陆机所言"照之有余辉，揽之不盈手"一词，正为张九龄继承、转化改写为"不堪盈手赠"，可见张九龄书写《望月怀远》时，完完全全是懂得前人的作品，且加以运用，维系这个传统基调。

历久弥新说名句

中国文学史上有许多著名的写月诗文，若从文体来区分，大致可以谢庄的《月赋》、张九龄《望月怀远》、苏轼的《水调歌头》为例，这三篇分别隶属赋、诗、词三个体例。南朝宋谢庄《月赋》云："美人迈兮音尘阙，隔千里兮共明月；临风叹兮将焉歇？川路长兮不可越。"谢庄以美人来比拟明月，虽隔千里却共一轮明月。张九龄《望月怀远》也接继"隔千里兮共明月"的意象，转以"海上生明月，天涯共此时"破题，乍看似无奇特，却意境雄浑广大，别具浑融色彩，因此成为千古咏月之名句。苏轼《水调歌头》开头即铿锵有力问道："明月几时有？把酒问青天……人有悲欢离合，月有阴晴圆缺，此事古难全。但愿人长久，千里共婵娟。"这三篇各具其妙，有绮丽、有浑阔、有婉约，不一而同，却团团构成千古中国人对月亮的联想，成为咏月时不可缺乏的元素。

现代新诗作家阿吾，曾经解释为何中国人如此酷爱月亮之特殊文化传统，他说："只能说月亮为东方而存在/月亮黄色的面孔/竟这样接近我们东方人的皮肤/东方人因此也为月亮而存在/为月亮举行盛大的生日礼/东方原本是月亮的国度/读东方史就像步进月夜中/东方有两个月亮节/在元宵节灯会中走散/等到

此物最相思

中秋之夜团圆/可是/岁月常常不饶人啊/走散了也许就不再相逢。"是不是如此？作家的观察力都相当敏锐，传统文化中对于月亮的歌咏、赞颂，甚至以月来代拟故乡、美人等之诗文不胜枚举，至今还有不少民俗歌谣都喜从月光、月亮着笔，月亮的确是中国人另一个文化故乡，东方人也因此为月亮而存在。

长相思，摧心肝

名句的诞生

长相思，在长安。络纬[1]秋啼金井阑，微霜凄凄簟色寒。孤灯不明思欲绝，卷帷望月空长叹。美人如花隔云端。上有青冥之高天，下有渌水[2]之波澜。天长路远魂飞苦，梦魂不到关山难[3]。长相思，摧心肝。

——李白·长相思·其一

完全读懂名句

1. 络纬：蟋蟀。2. 渌水：指清澈透明的水。3. 关山难：关山阻隔，梦魂难度越关山。

我所思念的人，在长安。当秋天的蟋蟀在井边啼叫时，我独自不寐，薄霜初降，连竹席也起了寒意。孤灯黯淡，相思欲绝，我不禁卷起窗帘，对着月儿长叹。美人如花，仿佛就相隔云端。上有青苍高远的长天，下有微波荡漾的清池。如此天长路远，更让人感到魂牵梦萦，但这层层阻隔的关山难以飞度。我永远思念着你，那相思之情真使我肝肠痛断。

名句的故事

这首诗大概是李白遭谗辞京、还山后所作的。诗文对于美人的相思之情，描写得极为缠绵悱恻，在后半段中更以"梦境"来表达对美人的思念。由于此诗在一开头就指出思念的是长安，所以也有人认为李白对于在朝为官的生活并未忘情，而诗中"美人"正隐喻玄宗。

以"美人"隐喻在上位者，其实早自战国时代的屈原在《离骚》中便是这么用的。表面上说是思念美人，想一亲芳泽，其实是想着楚怀王，想着回朝为官；然而若过度解释，以此认为屈原是同性恋者，便有失原意了。这样的用法，一直是广受被国君冷落的贤人志士所青睐，后来宋朝大文豪苏轼在《前赤壁赋》中高声吟道："桂棹兮兰桨，击空明兮泝流光；袅袅兮予怀，望美人兮天一方。"其中的美人指的便是宋神宗。

"美人如花隔云端"，诗文后段一开头，便隐约道出诗人对美人的爱慕之情，开始了这场梦游式的追求。仔细推敲，此句却不像实际生活的写照，而显有托兴的意味。接下来的两句，诗人则驰骋其想象，上有幽远难极的高天，下有波澜动荡的渌水，还有重重关山，尽管追求不已，还是"两处茫茫皆不见"。"天长路远"两句写的是诗人的感叹，其中"梦魂"一句其实是化用了蔡琰《胡笳十八拍》中的句子：“关山阻隔修兮行路难。”彼此相隔遥远，即使在梦中，又能飞度至关山？于是诗以沉重的一叹作结：“长相思，摧心肝。”“长相思”三字回应了篇首，而“摧心肝”则是全诗在情绪上进一步的发展。结句短促有力，给人一种十分强烈而震撼之感，而诗情虽然悲恸，但绝无萎靡颓丧之态。

对于此诗，王夫之曾这么评说：“题中偏不欲显，象外偏令有余，一以为风度，一以为淋漓，呜呼，观止矣！”明白地道出此诗的写作特征，然而光是如此，就以“观止”这样盛大的词比喻了，再加上诗的背后寄寓的君国之思，便更凸显诗作的价值。

历久弥新说名句

诗里头谈及美人的难以追求，但对于美人却又“长相思，摧心肝”，内心挣扎的痛苦，其实颇类战国时屈原《离骚》中“求女”一段。

《离骚》是屈原的代表作。在楚怀王二十八年之前，虽然楚国政治日趋败坏，但情况还算稳定；然而至二十八年后，秦、齐、韩、魏四国三面夹攻，楚国屡次兵败割地，完全陷于孤立无援的处境。此时屈原正当思想成熟、生命力旺盛的阶段，身为中国第一位爱国诗人代表，和楚国的关系又是如此深厚，见到国家糜烂至此，自是痛心泣血，悲愤无极，于是便写下了这首篇幅长达三百七十多句、两千四百多字、堪称中国古代最长的抒情诗。

在诗里，屈原依据自己在政治斗争中的深切感受，以理想与

现实的矛盾冲突为主轴，揭露并批判楚国的黑暗与现实，表现诗人进步的政治理想与忠于国家、热爱这块土地的情操与情感。而其中屈原将自己对楚怀王深切的感情，及追求这感情所受到的疏离与挫折，描写得最为细腻的，就在于"求女"一段。

一开头，屈原就写自己欲追求爱情的渴望。首先他乘龙驾凤、驱云使月，历经种种困难来到天庭门前，却受到帝阍的阻挠，无由得进。既已求不得天上、高丘之神女，于是屈原转求人间之女。他首求宓妃，并请謇修当他的提婚人，但因为宓妃"信美而无礼"，所以便中途违弃了。于是遍观四极，又欲觅求简狄，却因为鸩媒"告余以不好"，又"恐高辛之先我"，抢先一步和简狄交好；后来再求二姚，则恐理弱媒拙、导言不固，根本就没有进行。

到了全段尾声，诗人于是感叹世溷浊而嫉贤，好蔽美而称恶，又说"闺中既以邃远兮，哲王又不寤。怀朕情而不发兮，余焉能忍与此终古"。我们终于知道，前面的求女，都只是自己对爱国情感的一种抒发，仔细分析屈原求女的经过，从天庭到人间，诗人求女之心情是十分急切，但同时要求又很高：他不仅追求美丽的容貌，更追求高尚的道德质量，还坚持有正规的媒介。而求女遇到的挫折，其实就是感叹君主之不听自己的劝言。

同样是抒发对国君、国政的思念与关心，甚至把国君当作欲"追求"的对象，或许，这就是历代仁人志士所不能释怀的情感的寄托吧。

春风不相识，何事入罗帏

名句的诞生

燕草如碧丝，秦桑低绿枝[1]。当君怀归日，是妾断肠时。春风不相识，何事入罗帏？

——李白·春思

完全读懂名句

1. "燕草如碧丝"两句：燕北地寒，草生最迟；而秦南地暖，桑柔早绿。故言。

燕地的草，像碧绿柔丝，秦地的桑，已低垂青枝；当你方想着要回家的日子，也正是我因思念你而肝肠寸断的时候。我和春风本来不相识，为何要吹到我的罗帐里来？

名句的故事

诗大概作于天宝二年的春天。李白有相当数量的诗作刻画思妇的心理，《春思》是其中著名的一首。在中国古典诗歌中，"春"字往往语带双关。它既指自然界的春天，又可以用来比喻青年男女之间的爱情。诗题"春思"之"春"字，就包含着这样两层意思。

此诗主要写思妇思边之苦及对爱情的坚贞，诗中运用了诸多写作手法，如首句化用《楚辞·招隐士》语："王孙游兮不归，春草生兮萋萋。"王孙是对他人的尊称，萋萋是草茂盛的样子，原句就是以春草的孳茂暗喻王孙已经离去很久了。李诗则更进一步以燕草及桑枝生长的情况，来比喻思妇思念之深，浑成自然，不着痕迹。

诗里头又用了谐音双关。"丝"谐"思"，"枝"谐"知"，这恰和下文写"思归"及"断肠"相契合，增强了诗句的音乐美与含蓄美。尤其最后两句，诗人捕捉了思妇在春风吹入闺房、掀动罗帐的一刹那的心理活动，从艺术上来说，这两句让多情的思妇对着春风发话，仿佛是无理的，但用来表现独守春闺的思妇的情态，又令人感到真实可信。春风撩人，春思缠绵，申斥春风，正所以明志自警。以此作结，完美而具体地，表现了她忠于所爱、坚贞不二的高尚情操。

对于此诗，前人多有好评。清代刘辰翁曾评道："平易近人，自有天趣。"至于末二句，清吴乔《围炉诗话》中这么说道："春风不相识，何事入罗帏。思无邪而词清丽，妙绝可法。"同朝的萧士赟也说："末句则兴此心贞洁，非外物所能动也。"在在都说明了诗中女主人公的"阔别而情愈深，怂疏而心不移"的贞洁及李白写作手法的高明。

历久弥新说名句

"春风不相识"，这里的"春风"，除了指撩人舒爽的春风，里头也隐约有"春情"的暗示。"春风"即是东风，关于东风的记载，最早应出现于《礼记·月令》："东风解冻，蛰虫始振，鱼上冰，獭祭鱼，鸿雁来。"《礼记·月令》中记载的是一年之时，日月之交共十二次，其中每次日月的情形、当时的气候以及万物生长的情况，甚至是与音律相配合。此处的引言，所指的正是正月时候，当时温暖的东风开始吹拂着大地，蛰虫也开始活动，鱼儿长得肥美，破冰而出，正好成为獭的食物。南飞的鸿雁，这时也从南方飞了回来。这是春风的原意。

然而在文学作品中，"春风"的意涵是多方面的。其意涵的比喻及引申，最早应该是出自《刘向·说苑·贵德》，里头有这样一个故事：孟简子这个人曾相梁、卫二国，因为有罪而逃至齐国，管仲接迎而询问他："你以往相梁、卫的时候，门下使者有几人？"孟简子回答说："门下使者有三千余人。"管仲又问："那你现在和几个人一起来？"孟简子回答："我仅和另外三人一起来。"管仲问："是怎样的情况？"孟简子回答："其中一人死了父亲，无以为葬，我出钱出力替他办丧事；其中一人死了母亲亦无以为葬，我也同样出钱出力替他办丧事；又有一人，他的哥哥有狱讼之事，是我保他出来的。"于是管仲便说："吾不能以春风风

此物最相思

239

人，吾不能以夏雨雨人，吾穷必矣！"也就是说，如果现在身为宰相的我，不能像春风一样和煦地吹拂人们，给人们感化，带来恩泽，不能如夏雨般给人们带来凉意，实时加惠于人民，那么我管仲必定会招致困穷。

春风带给人们的感觉是暖和的、温和的，如果在上位者能妥善地辅育人民，人民必定也能感受到"如沐春风"般的温暖。于是后世加以延用，"春风化雨"、"如沐春风"这样的成语便由是而生了。

至于春季群花盛开、一片花团锦簇景象，端赖春风的吹拂、雨水的滋润以及暖阳的普照才得以生长。雨水和阳光，对于亚洲的气候来说，是四季常有的，于是春风便突显出它的特色来，也因此春风和"花"便脱离不了关系了。而"以花喻人"可说是中国的传统，由此推衍，春风便渐渐地和"春情"联想在一块儿了。像是宋朝词人有《瑞鹤仙》，题为"春风无检束词"，里头有这样的词句："春风无检束，放倡条冶叶，恣情丹绿。"便有意无意地写出春风撩人的意思来。而名句中的"春风入罗帏"，亦是用了"春风"的引申意涵。

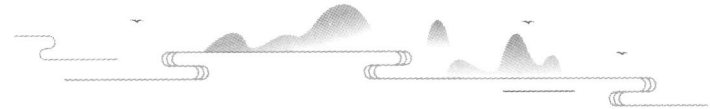

君自故乡来，应知故乡事

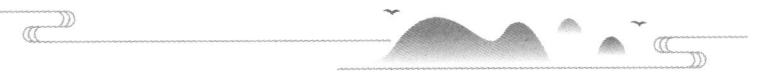

名句的诞生

君自故乡来，应知故乡事；来日[1]绮窗前，寒梅着花[2]未？

——王维·杂诗

完全读懂名句

1. 来日：从故乡来的时候。2. 着花：开花。

你从我的故乡来，应该知道故乡所发生的事；不知你动身前来的那日，我家窗前的那株梅树是否已开花了？

名句的故事

在人们动辄引用"君自故乡来，应知故乡事"的今天，重新阅读王维这首原作，我们不禁赞叹王维对题材与文字相应的高度技巧，乡愁是人们所普遍共有的情绪，而王维以近乎白话的词语

此物最相思

241

构句成篇，使这首浅显易懂的作品得以为人传诵不休。

起首一语道破对话者和故乡的关系，表现出对话的"我"对于故乡的热切，然而热切的心情一时之间不知该从故乡何事问起，千头万绪间，就从"我家窗前的梅树"问起吧，也让提问的"我"能得知故乡事的喜悦之情跃然纸上。

唐诗作品不乏回忆故乡之作，例如李白的《静夜思》："床前明月光，疑是地上霜。举头望明月，低头思故乡。"贺知章《回乡偶书》："少小离家老大回，乡音无改鬓毛衰。儿童相见不相识，笑问客从何处来。"白居易的《邯郸冬至夜思家》："邯郸驿里逢冬至，抱膝灯前影伴身。想得家中夜深坐，还应说着远行人。"思念故乡的场景或是深夜见月，或是老大回乡、冬夜灯下，相较之下，这首《杂诗》表现出异乡客对故乡的热情与急切，让读者别有一番思念的悲喜交加，以及感同身受的心情。

历久弥新说名句

故乡，是古今中外文艺创作的母题之一，如果从心理学的角度审视这些创作者勾勒、回顾故乡的动机，则往往反映他们对"回返心灵原乡"的渴望。

在乡愁中回忆过往，有时出于对生活现状的不满，有时来自深刻的情感让不再复返的时空显得绝对美好，总之，乡愁是一种心灵回溯的执著，因而所有与过去有关的，都成为我们在精神上归乡的线索，例如《杂诗》中来自故乡的人，或是那株记忆中默默默吐露芬芳的梅树。

写故乡、说乡愁的近代文学作品很多，林海音的《城南旧事》在离开故乡三十余年后写成，描述童年在北京大城的点滴回忆；琦君在桂花气味中回到童年采收桂花的场景，《故乡的桂花雨》既有童趣，也是遥远怀念故乡中父母的话语形貌；沈从文的小说《边城》虽是虚构的故事，却真实记录他所热爱的湘西风情。国外创作者笔下的乡愁作品也不遑多让：荷马所作的希腊史诗《奥德赛》中，奥德赛费尽千辛万苦，经过漫长的十年漂流，才得以回到朝思暮想的故乡伊塔卡；诺贝尔文学奖得主赫曼赫塞的小说直接以《乡愁》为名，诉说经过青年期的彷徨后，寻找心灵故乡的历程；另一名诺贝尔文学奖得主马奎斯则直接写了十余篇流浪异乡的拉丁美洲人的故事，叙述人在异地与自己故乡对话的种种可能。

正如前面所说，作家书写乡愁的同时也在书写自己对起源或似水年华的想望，而最为忧伤的一种，也许是在书写之际悲哀地体会了人地两隔的现实吧。

此物最相思

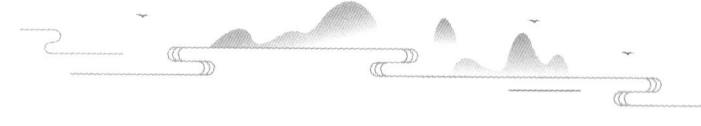

遥知兄弟登高处，遍插茱萸少一人

独在异乡为异客，每逢佳节倍思亲。遥知兄弟登高处，遍插茱萸[1]少一人。

——王维·九月九日忆山东兄弟

完全读懂名句

1. 茱萸：有浓烈香味的植物，古代在重阳节时佩戴茱萸有避邪作用。

我独自在遥远的长安城当异乡过客，每到节庆之日就特别思念亲人。今日正逢重阳节，想象兄弟们在登高处，身上都别着茱萸，却只少了我一人。

名句的故事

这首思念分隔两地的亲人之作是王维在十七岁所写的，充分展现早慧诗人的才气与过人的写作技巧，但在阅读这首脍炙人口、千古传诵的名作同时，也让我们了解一下王维的成长背景，以及他和手足间融洽亲密的情谊。

王维出生官家，祖父和父亲都担任官职，母亲则笃信佛教，王维的幼年就在书香及虔敬信仰中度过。他身为家中长子，下有四个弟弟：王缙、王繟（chǎn）、王纮、王紞（dǎn）和数名妹妹。兄弟间的感情十分深厚，王维身为长兄，对弟弟们更是勉力爱护提携，其中小他一岁的王缙与他最为投契，两人朝夕相处，共同诵读诗文，十几岁的时候就作得一手好文章，也获得同门兄弟皆博学多才的名声。

虽然出身官吏之家，然而家境并不富裕，加上父亲早逝、弟妹人口众多，王维既是长兄，必须负担庞大的经济重担，难怪他曾说："小妹日成长，兄弟未有娶。家贫禄既薄，储蓄非有素。"也因此十五岁时王维就奔波洛阳长安之间，努力求取功名。一路上，王维见识许多达官贵人的阔绰、豪门贵族的奢靡，朴实的他大受刺激，而紧张的生活更让他常常兴起怀念过往家庭和睦的日子，因此每当众人欢度节日，他却饱尝思念亲人之苦，《九月九日忆山东兄弟》就是在这般心境下挥洒而成。

所幸后来王氏兄弟个个都在兄长身为表率的督促下功成名就；安史之乱后，王维因曾被挟持担任伪职，遭到朝廷究责论罪，王缙甚至上书请求削免自己官位以赦免哥哥罪名，更令人赞誉他们兄弟真挚不移的感情。以上种种，也难怪王维在佳节时特别怀念的不是别的，正是兄弟童年共处的幸福时光了。

此物最相思

❧ 历久弥新说名句 ❧

　　只要听到电视广告中传来"每逢佳节倍思亲"的吟咏，你就知道一定是重要节庆即将到来。这首原先由王维在重阳节写成的思亲之作，如今已成为中秋月饼、端午粽子、新年贺礼等应景产品最爱引用的古语，其历久弥新的程度真可说是比商品本身还畅销。

　　二十一世纪是个交通快捷便利的时代，只要想念亲人，别说是外县市，就算人在异国也能搭喷射机火速返乡，一旦节日过完，回程同样迅速，也不怕耽误上班上课。不过，对于因交通不便而相隔两地的古人来说，这未尝不是一件好事。不得相见，所以思念；思念无可解，写诗略抒怀，我们也就拥有许多历久不衰的好诗可看。比如宋代词人柳永在《八声甘州》写道："想佳人、妆楼凝望，误几回、天际识归舟。争知我、倚栏杆处，正恁凝愁。"本是自己怀念故乡佳人，却从对面写佳人期盼自己回去。佳人思念自己是出于词人想象，却写得仿佛实有其事。正如王维想起自己不在场的节日景象，反而更加表现出诗人的思乡病。

愿君多采撷，此物最相思

红豆生南国，春来发几枝。愿君多采撷[1]，此物最相思。

——王维·相思

完全读懂名句

1. 采撷：采、撷为同义复词，都有收取之意。

红豆生于南方，春天来临正是它们生长的时节。希望您到时多多采取，因为它们正代表着绵密的相思之情。

名句的故事

《相思》在"五言宗匠"王维的作品中或许不是最具代表性的，却是最为脍炙人口的一首，原因在于王维运用日常生活般明朗浅白的语言，传达了最普遍的一种情感——思念。

相传王维写成此作并将之谱曲后，《相思》便成为宫廷乐师经常传唱的歌谣；起初仅是一首单纯表现男女互诉思念的情歌，然而，安史之乱后，唐玄宗仓皇逃往四川，宫中乐人自然也饱受流离之苦。唐朝有名的乐师李龟年就在这波战乱中流落到湖南，在某次筵席上重新演唱《相思》，唱罢，席上众人莫不遥望皇上逃难的方向感伤不已；《相思》已从原先的男女之情，转变为对国君和遭难都城的思念。

由于中唐时期，红豆相思转变为故国之思，王维的《相思》便成为明朝遗民在清朝统治下最爱引用的典故之一，而当中的字词诗句也挟带更深一层的含义，例如"南国"意味当时仍与清廷对峙的南明政权，红豆则背负"反清复明"的喻旨；当时著名的学者、文人钱谦益更将书斋名为"红豆山庄"。

小小一颗豆仁，背负着人类最普遍的情感，人们从它身上投射出的思念对象，或是征战远方的良人、守候鹄望的女子，或是已遭乱变的国家故土，这些身影都随着《相思》每一次吟咏，不断被重新提取、复习着。这般充满悠长而深厚的思念，是无论历史递嬗变更也不会消逝的。

历久弥新说名句

红豆在中国民间向来是"相思"的具体象征物，鲜艳浓厚的红加上坚实不易软化的形貌，又被称做"相思豆"。在早期的传说中，相思树本指北方梓树，东汉以后专指南国红豆树，红豆树是因为爱情故事而得名相思树。

将红豆和它所代表的相思情意引入诗文的，除了王维之外，最为人所知的应该是《红楼梦》里的多情公子贾宝玉了。《红楼梦》第二十八回《蒋玉菡情赠茜香罗 薛宝钗羞笼红麝串》中，贾宝玉在筵席上唱了一支《红豆词》："滴不尽相思血泪抛红豆；开不完春柳春花满画楼。睡不稳，纱窗风雨黄昏后；忘不了，新愁与旧愁。咽不下，玉粒金莼噎满喉；照不尽，菱花镜里形容瘦。展不开的眉头，捱不明的更漏。啊，恰便似遮不住的青山隐隐，流不断的绿水悠悠。"曲中无一句不是因相思而生的种种情愁，也恰好对照了小说中贾宝玉和林黛玉两人对彼此深藏心底、只能互相试探却不愿说破的情愫。

时至今日，红豆仍然在爱情中扮演相当重要的角色，歌手王菲也曾唱一首名为《红豆》的情歌："还没为你把红豆/熬成缠绵的伤口/然后一起分享/会更明白/相思的哀愁。"作词人林夕将红豆需要耗时熬煮才能熟软的特性，比喻成恋人长时间相思的甜蜜与折磨，又是另一种新颖的巧思。

慈母手中线，游子身上衣

名句的诞生

慈母手中线，游子¹身上衣。临行密密缝，意恐迟迟归。谁言寸草心²，报得三春晖³。

——孟郊·游子吟

完全读懂名句

1. 游子：离家在外或久居外地的人。2. 寸草心：草木基干称"心"。此作双关语，以寸草心象征子女。3. 三春晖：指三月春天温暖的阳光。

慈祥的母亲手里握着针线，为准备出远门的孩子缝身上的衣裳。上路之前，母亲一针一线密密缝着，担心孩子一去要很久才能回来。谁说子女像寸径小草一样的心，报答得了慈母如春天阳光般的恩情？

诗人背景小常识

孟郊（公元751—814年），字孟野，湖州武康（今浙江吴兴）人。出身寒微，家境穷困，年轻时隐居嵩山，四十一岁在湖州考取乡贡进士，其后到长安参加科举，屡试不第，直到唐德宗贞元十二年（公元796年）始中进士，游长安城时写下一首七言绝句《登科后》："昔日龌龊不足夸，今朝放荡思无涯。春风得意马蹄疾，一日看尽长安花。"诗中道尽自己鱼跃龙门终可扬眉吐气的好心情。

只是，孟郊中第的开怀并未维持多久，年已半百才当上溧阳（今属江苏）县尉的地方小官，当时朝政相当混乱，官场文化多逢上鞭下，让怀满理想抱负、好不容易跻身仕途的孟郊心中大感失落，孝顺的他奉母命辞去官职，返回湖州家乡。直到唐宪宗元和元年（公元806年），经友人韩愈、李翱等人举荐，孟郊再度为官，进入河南尹郑余庆的幕下，此时他已五十六岁。其后一直跟随郑氏左右，卒年六十四岁。著有《孟东野集》。

孟郊可说是唐代"苦吟诗人"的代表，与年代稍晚的诗人贾岛齐名，韩愈《赠贾岛》诗云："孟郊死葬北邙山，日月风云顿觉闲。天恐文章浑断绝，再生贾岛在人间。"北宋苏轼更语出"郊寒岛瘦"一说，让性格狷怪、一生贫苦落魄、坚持用尽生命心力苦心炼诗的两人，从此结下不解之缘。

名句的故事

《游子吟》为五言乐府，作于唐德宗贞元十六年（公元800年），诗题注有"迎母溧上作"五字，当年孟郊从常州抵达洛阳，参加洛阳诠选，任溧阳（今属江苏）县尉，等他一到溧阳，准备迎接母亲前来，回顾母亲养育情深，有感而发地写下这首颂扬母爱的千古名作。

《游子吟》描写母亲为即将出远门的儿子缝制衣裳的动作与神态，慈母虽不发一语，也无一泪，却已蕴涵母子间的骨肉至情，最后，作者寄托"寸草"与"春晖"，以渺小如寸草的子女心，对上有如三月温煦春日的母爱，两者悬殊对比，示意子女根本无以回报浩瀚母恩。全诗文字虽平实素淡，但千余年下来，一直深深拨动人子心弦，引起无数在外游子的共鸣。

相传孟郊的母亲临溪洗涤时，不小心跌入水中，当时孟郊正在外地游学，一听到消息，连忙赶回家中，直接在家中庭院凿井，以方便母亲日后取水，避免意外再度发生。据清代《武康县志》所记："东野古井，即孟井，在县西一里。唐孟郊宅于此，井亦郊所穿，旧有亭。"由其故乡的县志实录，可知孟郊为母凿井、侍亲至孝一说，绝非后人讹传之言。

北宋苏轼作五言古诗《读孟郊诗》，评论孟郊"诗从肺腑出，出辄愁肺腑"，透过《游子吟》的声声吟唱，句句流露慈母对子女的担忧关爱，诗人果真肺腑尽掏、情动于中，全为表达人间最光辉无私的母爱。

历久弥新说名句

北宋文人梅尧臣，其五言古诗《思远寄师厚》中写道："马蹄践霜雪，不畏道路寒。游子重衣裘，慈母悬心肝，悬心几千里，冉冉岁已残。"这是作者写给妻兄之子谢景初（字师厚）的诗，希望宦旅在外的内侄谢景初，明白家中老母（即梅尧臣妻之兄嫂）对其挂念，尤其天寒地冻，谢母更加烦恼儿子身上衣裘够不够阻挡风寒，心中悬记的也只有儿子平安与否，完全忽略自己逐渐衰老病残。

王安石在《海堤记》一文中，称许余姚（今属浙江）县令谢景初"能亲以身当风霜氛雾之毒"，又余姚百姓为纪念谢景初兴修水利之功，将其所建海堤命名"谢公堤"，可见谢景初是一位爱护人民的地方官，也难怪其母日夜忧心他忙于公务，忘记添加衣物御寒。

清代文人蒋士铨，作有《鸣机夜课图记》，主在描述其母钟氏从小对他的启蒙教育，以及生活无微不至的照顾。由于蒋士铨的父亲喜欢云游四海，把他和母亲寄放到外祖父家，外祖父的家境也不好，钟氏为了补贴家用，就在织布机旁一边织布，一边教育孩子读书，蒋士铨回忆起这段情景，写道："记母教铨时，组紃绩纺之具，毕置左右；膝置书，令铨坐膝下读之。母手任操作，口授句读，咿唔之声，与轧轧相间。"文中钟氏膝上放着书，叫儿子坐在膝下的小板凳上读书，她则两手操作织布机，嘴里教着儿子跟着一句句念，就在咿咿唔唔的读书声中，夹杂着吱吱哑哑的织布声，交织成一幕蒋士铨毕生难忘的"鸣机夜课图"。等到他长大娶妻，决定请画师摹拟画出，留做母子之间的永恒纪念。

身无彩凤双飞翼，心有灵犀一点通

昨夜星辰昨夜风，画楼西畔桂堂东。身无彩凤双飞翼，心有灵犀[1]一点通。隔座送钩[2]春酒暖，分曹射覆[3]蜡灯红。嗟余听鼓应官去，走马兰台[4]类转蓬。

——李商隐·无题

完全读懂名句

1. 灵犀：犀牛角，古人以犀牛为灵物，故诗中借犀角喻指两心相通。2. 送钩：古代游戏，分为两组，将钩藏于手中，暗相传递，猜最后由谁握钩，不中者罚酒。3. 射覆：古代游戏，将东西藏于器物之下，让对方猜。4. 兰台：原为宫中藏书的地方，此处借指秘书省。

回想起昨夜灿烂的星光与醉人的春风，我们就在那画楼西边的桂堂东侧。尽管我的身上没有彩凤般的翅膀可以翱翔到你身

边，但我们两颗心却仿若灵犀息息相通。昨夜我俩隔着座位传送弯钩，春酒格外地温暖，我们在灯火通明的蜡灯下分组玩起猜物游戏。可叹的是清晨鼓声响起，催促着我该回去官府，驱马来到兰台，就好像随风飘转的飞蓬一般。

名句的故事

李商隐这首《无题》写成的时间较早，一般系于开成四年，诗人才二十七岁，已娶了王氏为妻，此时诗人从岳父王茂元的幕下回到京城秘书省任官。过去解诗者常自行推衍诠释，认为此诗是李商隐在宴会上爱慕女子的作品，这位女子可能是李商隐年少时与女道士交往的一段情缘，甚至有议论认为是宴会主人的姬妾，这些说法似乎都过分揣度了。由于作者并没有给予读者更进一步的信息，我们从字面上的理解，与诗人婚后对妻子的钟情来看，很大的可能，这首诗中所思慕的女子应指其发妻王氏。若真想重建"案发地点"，其实我们可以设想此诗是写作者与家人共度欢愉的一场缤宴，他与妻子以一些小动作表现柔情蜜意，但无情的清晨鼓声却催促诗人换上朝服，急忙赴公务。当诗人来到秘书省工作后，再度回想起"昨夜星辰昨夜风，画楼西畔桂堂东"的那场热闹筵席，和挚爱妻子"隔座送钩春酒暖，分曹射覆蜡灯红"的缠绵依依，虽感慨"身无彩凤双飞翼"，但想必妻子一定可以"心有灵犀一点通"。

李商隐这首诗意外地"轻松"，含情脉脉，或许跟其写作年龄有关，此时的诗人虽遭遇些许挫折，但毕竟年轻，还是满腔的抱负，欢欣愉悦的气息尚盈满诗中，迥异于后期《无题》诗的感伤、沉重。李商隐还将当时民间流行的游戏融入其中，如"隔座送钩"、"分曹射覆"这些猜谜的小戏法，好玩的地方在于输的人必须罚酒，也是广义的"酒令"玩法。酒令在中国传统上有许多变化，如吟诗、对句，甚至像李商隐诗中的猜物，都是时常出现的宴饮游戏，甚至到清朝也还可于坊间看到。曹雪芹所写的《红楼梦》中也曾记载相同的戏法，在一场贾府女眷与宝玉聚会的场合，大家起哄玩起酒令，但酒令玩法多种，究竟要玩哪种？最后抽签，抽出了"射覆"。薛宝钗笑道："把个酒令的祖宗拈出来……比一切的令都难。"（第六十二回）可见此游戏到清初依然可见。

历久弥新说名句

"心有灵犀一点通"是现今社会大家努力追寻的想望，不止于情人间的默契，更在于人与人之间藩篱的消除，语言行为毕竟不能百分百地表达我们真正的想法，若能真有这份灵犀通晓，生活中或许就可以省下不少白工。作家吴淡如曾在一篇文章《女人总要男人浪漫》中，有感而发地叙述男与女之间的大不同，对"浪漫"的定义更是迥异，"女人希望浪漫是天长地久的，男人则觉得浪漫相当耗力气，到手之后怎么可能不喊停，让他休息一下"？这不仅牵涉认知不同，其实还有虚荣心作祟，女人要的浪漫过于表面、人云亦云居多，男人"不懂为什么情人节送花得送到办公室，而不是送到没人看见的家里；更不懂女人为什么把一起看电影叫做浪漫，而看录像带则不是。还有，为什么花大钱买华而不实的东西如钻石珠宝送给她们叫浪漫，吃不饱的法国菜叫浪漫……"吴淡如既实际又深入地指出"女人最大的浪漫'病'，就是过分期待'心有灵犀一点通'，以为男人一定要变成她肚子里的蛔虫，知道她的愿望、她的需要"。这些话虽不中听，但的确指出社会流行的盲从，痛定思痛才能更了解自己。

吴淡如于文中引了李商隐"心有灵犀一点通"一句虽巧妙结合论述，但总觉得似乎有点可惜了原文"身无彩凤双飞翼，心有灵犀一点通"那种缠绵低回的依恋之情。这种"不甚贴切"的用典常常出现在今日，有时也许是像吴淡如般撷取字面上的含义，有时则是"故意"误用，但更多的恐怕是根本连典故来自哪里也分不清楚，滥用成风。当我们常说"心有灵犀一点通"时，是否知晓诗人是多么感叹自己"身无彩凤双飞翼"，因而只能企盼灵犀来相通，这两句其实应该结合起来看，才能感受到李商隐所想表现的良宵易逝、相思绵绵。新诗作家莫名有一首作品《我把相思串成一首歌》："我把祝福串成一首歌/若息息相通/你会在那头低低吟唱/我把爱恋写成一首诗/若心心相印/你会在那头痴痴吟诵/我把思念编成一张网/若心有灵犀/你会在那头悄悄撷收。"情人间涓涓细水般的柔情、相知相惜的默契，在在令人称羡与感动。

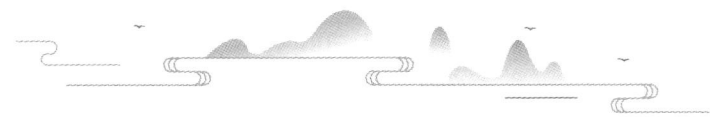

直道相思了无益，未妨惆怅是轻狂

重帏深下莫愁[1]堂，卧后清宵细细长。神女[2]生涯原是梦，小姑[3]居处本无郎。风波不信菱枝弱，月露谁教桂叶香。直道相思了无益，未妨惆怅是轻狂。

——李商隐·无题·其二

完全读懂名句

1. 莫愁：唐俗有以莫愁代称少女。2. 神女：取巫山神女与楚王相会的典故。3. 小姑：指未嫁女性。

少女幽居于帏幕长垂的深闺里，清夜愁卧难以眠。巫山神女原为空想幻梦，未嫁女儿依然独处无情郎。强劲的风力吹折着细弱的菱枝，飘香的桂叶却缺乏月下露水来滋润。明知道这相思无益，然又何妨抱着这愁丝满怀来度日？

此物最相思

259

名句的故事

　　本篇《无题》是首组诗，一共有两首，此处撷取其中第二首，主要抒写闺中女子对于爱情的渴望与惘然，更明确地讲也就是种"单恋"心情。第一首李商隐描述女主角曾于街上巧遇心上人，由于"扇裁月魄羞难掩"，太过羞赧，她只敢从团扇后偷偷瞄，对方的车却一下子就疾驰而过，独留女子感叹"车走雷声语未通"。这次意外相遇后，两人仿佛咫尺天涯般不曾再逢遇，主人翁只能怅然地思念情人。

　　本篇名句则是《无题二首》的第二部分，接续前首对于情人的愁思怅然，李商隐先描绘深闺女子此刻的情状，"重帏深下莫愁堂，卧后清宵细细长"，她正独自咀嚼着无限相思、辗转难眠。传说那些故事的美好结局，为何在现实生活中并非如此？自己至今还是"小姑居处本无郎"。她多么希望强风别再来摧残柔弱的菱枝，多么盼望月露能来滋润秋桂的清香，却苦候不到。最后主人翁只能轻轻叹道："直道相思了无益，未妨惆怅是轻狂。"即便相思了无益处，她也甘愿承受这份相思苦，在几近幻灭不明的情况下，坚持不渝地守候、企盼，就算是沾得一身惆怅又有何妨？总的来看，第二首更凸显女子深情执著的爱恋，仿如浴火重生的蛾萤般，奋力在最后终点前，尽情地宣泄满腔的情思，让爱情升华到永恒、晶莹的境界。这首《无题》清楚地显现李商隐对于"情"的深隽不悔，尤其末句"直道相思了无益，未妨惆怅是轻狂"，宛若义无反顾地勇往直前，追求人世间最值得等候的真爱。

❧ 历久弥新说名句 ❧

　　古来对于男女间的相思情怀，总是不断地抒咏着，最早可以溯及《诗经》，产生了距今流传最久的情诗，此后相思之风绵延不绝于文学诗坛，在这冗长发展的漫漫长路中，李商隐是其中重要的奠基人物，为普天之下的饮食男女提供最纯粹、最剔透且最高层的爱情指标。义山诗的特殊性，在于他的义无反顾、倾竭其力、不求回馈的深情付出，这种飞蛾扑火般的爱情，是世间最坚贞的部分，吸引此后数千年来有情人的心。李商隐之前，飘逸潇洒似仙人降生的李白也曾经写过一阕相思名词《秋风词》，其言："相思相见知何日，此时此夜难为情。入我相思门，知我相思苦。长相思兮长相忆，短相思兮无穷极。早知如此绊人心，何如当初莫相识。"不知是哪位姑娘能让大才子李白如此挂念、反复沉吟。世上或许也只有"入我相思门"的人，才真的会了解"知我相思苦"的心情吧。

　　民国初年时代的胡适，虽然接受新式教育、留学国外，但其家庭仍是非常传统，当他离开故乡，去到生活习惯迥异的海外求学，看见西方社会所谓的自由恋爱，便十分向往他们大胆追求异性的风气。当时他也幸运地逢遇一生中最能懂得他内心世界的一位外国女子——韦莲司，他们不仅兴趣相近、心灵契合，更能以知性、文艺交友，不久两人就逐渐衍出淡淡的爱恋情怀。然而，

此物最相思

261

留在中国的胡母，恐儿子在国外耽误姻缘，于是在家乡为他指定了婚配，而对寡母至孝的胡适，由于知道未来新娘在他出国后常去陪伴胡母，照料她的生活起居，想了想还是决定顺从母亲的意愿，娶了这位中国女子江冬秀。婚后，胡适再度返回西方世界，韦莲司也知道这个消息，两人此后都收起当初尚在萌芽的情愫，了解以后只能到知心朋友这个阶段，剩下的就不能逾越礼分了。

幸运的是，胡适也是有担当的男性，他也能专心一致对待妻子，早先刚新婚时，他偶尔还会抱怨妻子根本没法写信给他，而自己就算写信给妻子，对方也看不懂。然而渐渐地，胡适也懂得去欣赏传统中国妇女，他对于妻子温顺善于持家、照料家内大小事，能让他专心在外发展，感到十分满足。还曾有一次对着韦莲司说道："原来结婚也不错。"可见他对于这个传统婚姻是意外地满意，而夫妻俩也携手共度白头。不过好玩的是，胡适曾写过一阕《生查子》的词，"也想不相思，可免相思苦，几次细思量，情愿相思苦"，内容颇令人玩味，不过无论如何那段年少轻狂，都已经是逝去的痕迹了。类似的情况也发生在民初才子徐志摩的身上，不过如众皆晓，徐志摩非常抗拒家中指配的妻子，所以后来衍生了一连串的问题。情感的问题，本就因人而异，对于相思的处理方式也各有异趣，不过最好的方式，或许还是"直道相思了无益，未妨惆怅是轻狂"，只要曾经拥有，其实不用太在乎是否天长地久；有此洒脱才能更体悟人生的意义。

此情可待成追忆，只是当时已惘然

名句的诞生

锦瑟[1]无端五十弦，一弦一柱思华年。庄生[2]晓梦迷蝴蝶，望帝[3]春心托杜鹃。沧海月明珠有泪，蓝田[4]日暖玉生烟。此情可待成追忆，只是当时已惘然。

——李商隐·锦瑟

完全读懂名句

1. 锦瑟：绘饰华丽的琴瑟。2. 庄生：庄子。3. 望帝：代指刘宇，相传死后化为杜鹃，年年不减望春之心，鸣声凄哀。4. 蓝田：即玉山，位于今陕西长安县东南三十里，善产美玉。

锦瑟无端地有着五十根弦，一弦一柱都让我想起过往美好的岁月。过去庄周在拂晓时曾经梦见自己化身蝴蝶，古蜀帝思乡的心意，也幻化为啼声归去的杜鹃鸟。明月之夜，大海仙人的眼泪落成珠宝，蓝田美玉在天气好时更加剔透，仿佛将燃炽生烟。这

般情景如今还能追忆吗？当时却只是一片惘然。

名句的故事

历来诗评家抑或是爱好诗词者，无不着迷于李商隐的《锦瑟》，然而吊诡的是这首诗也是李商隐诗中最难诠解的一篇，素有"一篇《锦瑟》解人难"之慨叹，甚至连苏轼、黄庭坚、元好问、王士禛等人也解不清其真意。这篇《锦瑟》之所以如此隐晦迷离，原因在于它算是李商隐晚年的压卷之作，是诗人对其一生的总论，再结合他愈来愈精粹的写诗技巧，的确令读者难以触摸到诗人的心灵。李商隐于晚年编辑自己的著作时，将这首《锦瑟》归于集子之首，似有以诗代序的意味，因此诗意虽模糊难以索知，但确实是有诗人想以此诗代言个人身世的用意。对于《锦瑟》，一般多认为系年于大中十二年，亦即是李商隐人生最后的阶段，就在这年的寒冬岁末，年仅四十六岁的李商隐就此辞世。

首句"锦瑟无端五十弦，一弦一柱思华年"，由无端一词，添增诗中无奈的悲感与怅然，而这锦瑟凄怨的音调，又勾起诗人对过往美好岁月的记忆。"庄生晓梦迷蝴蝶，望帝春心托杜鹃。沧海月明珠有泪，蓝田日暖玉生烟"四句，连用了四个典故。前两句分别有庄周梦蝶的浮生若梦之喟叹，与杜鹃伤春的悲凄哀怨，都是述说诗人痛苦地回顾过去，长久以来难以排遣、无人能知的悠悠宿怨，诗人以望帝春心的故事代言自己对于人世虽多悲情，却又是如此的难以割舍、永恒不绝。后两句分别采用传说故事，一是古代相传南海有鲛人，其眼泪能幻变为珠，诗人即取其凄寒孤寂又感伤的情境，表达自己内心复杂难言的怅惘情怀。而蓝田日暖，则是诗人取美玉之冉冉烟霭，述说过去生命中那炽热的情爱，如今只剩下烟雾迷蒙，只能想象。

最后两句"此情可待成追忆，只是当时已惘然"，是李商隐对于自身生命的总结，与开端的"思华年"可相呼应，述说自己这般情深、感慨，岂是现在回忆才出现？它早在过往当下就令人不胜欷歔。最后两句最为经典，李商隐用短短两句话，表达出人生层层曲折，苦痛与惘然郁结其中，往复回返、感人至深。整首《锦瑟》实含李商隐一生身世、理想、爱情、境遇之种种遗恨而成，且不脱其擅用典故的手法，用典甚多，正因典故堆砌，让其诗境混沌暧昧，令人低回沉吟不已。

历久弥新说名句

近代女作家张爱玲，本名张煐，1920 年生于上海，当时的中国正处于新旧交替的时候，西方的物质享受与传统中国的保守观念互相杂糅，她的家庭也是旧式传统文人家庭，属于一妻多妾的复杂环境，因此她从小就特别同情旧式家族中苦苦挣扎的饮食男女，也让她的小说多笼罩一股凄凉的风味。张爱玲二十岁时就已经因几本小说震动文坛，成为四十年代上海最红的女作家，然而其人生最大的爱恋与不幸也约莫发生于此际，她认识了第一任丈夫胡兰成。胡兰成生性风流，与张爱玲结婚前已经离婚过一次。

胡兰成第一次见到张爱玲时，就惊为天人，展开追求，张爱玲也颇倾心于这位才子，曾经写道："见了他，她变的很低很低，低到尘埃里，但她心里是欢喜的，从尘埃里开出花来。"可见她为了爱情卑微屈膝的模样。

两人结婚后，温情蜜意一阵子，但胡兰成时常因为公务离家，又结识新的女子，他的个性是那种每见一个爱一个，即便之前爱得刻骨铭心，也常常因遇到新人而忘旧人。1946 年之后，张爱玲逐渐看清丈夫本性，最后她决定切断与丈夫的关联，写了一封诀别信，且给予胡兰成她的稿费、电影所得，共三十余万，是数目甚大的金钱。此后张爱玲绝口不提胡兰成，这次的婚姻让她创伤甚深，不仅伤心、伤情，也伤了她写作的灵性，此后张爱玲的作品，风格不再强烈，宛如这段婚姻也让这位才女萎谢了。

晚年当张爱玲整理过往曾经书写的短篇小说，曾经于序中言道："爱就是不问值得不值得。这也就是'此情可待成追忆，只是当时已惘然'了。因此结集时题名《惘然记》。"正因为过往云烟虽已是成回忆，但当时种种的悲苦、怅然至今仍难遗忘，因此她将这本书的书名取为《惘然记》。张爱玲的一生，宛如李商隐生命的再次淬炼，因此在晚年不约而同有"此情可待成追忆，只是当时已惘然"的慨然。

春心莫共花争发，一寸相思一寸灰

飒飒东风细雨来，芙蓉塘外有轻雷。金蟾啮锁¹烧香入，玉
虎牵丝²汲井回。贾氏窥帘韩掾少³，宓妃留枕魏王才⁴。春心莫共
花争发，一寸相思一寸灰。

——李商隐·无题·其二

完全读懂名句

1. 金蟾啮锁：啮，同咬；以金蟾做锁饰，此处指焚香金盒上
的装饰物。2. 玉虎牵丝：玉虎，水井上的辘轳；牵丝，水井上的
绳索，整句皆代指水井。3. 贾氏窥帘韩掾少：采用西晋贾充女从
帘后窥视韩寿的典故。4. 宓妃留枕魏王才：采曹植写《洛神赋》
的典故。

飒飒东风夹杂着蒙蒙细雨，荷花塘外传来一声声轻雷。锁闭
的金蝉香炉飘香冉冉，她手摇玉虎辘轳汲水返回。过去贾女曾经

此物最相思

267

在窗外偷窥韩寿，宓妃的玉枕也留给曹植为念。怀有美梦的心切莫跟春花争相绽放，寸寸相思终将化成渺渺尘灰。

名句的故事

李商隐此篇《无题》也是组诗，一共四首，此处撷取其中第二首，根据冯浩考证，认为此诗写于大中三年，于徐州幕府所作。这首《无题》，诗人刻意以伤春来代言深锁幽闺的女子，描绘爱情令人怅然若失、缠绵悱恻的郁结情怀，语丽而意浓，是李商隐艳体诗的代表作之一。李商隐对于春心、落花总有不舍之情，如同王国维于《蝶恋花》言："最是人间留不住，朱颜辞镜花辞树。"美人迟暮与落花凋零是人世间最难挽回的美好光阴，也因此最令人流连再三。本篇名句"春心莫共花争发，一寸相思一寸灰"，历来论诗者都认为此句与"春蚕到死丝方尽，蜡炬成灰泪始干"，十足代表李商隐一往情深、往而不悔的人格特色，充满悲剧英雄柔韧真情。

这首《无题》李商隐采用大量的比喻与典故，细微曲折地描述情人间相思喷叹，由极度的相思下渐生怨叹，进而寸寸成灰的凄伤。诗人精心构塑结构与意象，首句以古诗"雷隐隐，动妾心"为契机，抒发闺中愁女之思叹，后联表面似言女子生活琐碎的行事，实蕴藏有百无聊赖、度日如年的相思苦恋。颈联诗风一转，李商隐言："贾氏窥帘韩掾少，宓妃留枕魏王才。"连用两个典故，相互环绕与呼应，从对历史上不拘礼法束缚例子的爬梳，暗暗发出主人翁多么想起而效法的冲动。然而这个想望只是徒然，传统礼法拘严而不可破，最后女主角只能将上述的空想付诸流水，戚然无望地叹息"春心莫共花争发，一寸相思一寸灰"。这句话有两层深意，一是如表面所言，仿佛劝着自己莫再如此盼望痴想，再多的相思也只将成灰烬；另一层言外之意，则是坚持己心，淡淡诉说着自己并无意跳脱于此中交织缠绕的厚重情网，甘愿陷溺、为情所困。

历久弥新说名句

本篇名句李商隐援取了两个典故，一是"贾氏窥帘韩掾少"，一是"宓妃留枕魏王才"。贾氏，是贾充的女儿，这个典故出自于《世说新语·惑溺篇》。话说权臣贾充为了扩大自己势力，于是自行辟用许多僚属，其中有个青年才俊韩寿，相貌堂堂，每当贾充举办宴会时，女儿就偷偷躲在窗户边看他。最后，两人还暗自私通，贾充知晓后，只好将女儿嫁给韩寿。贾氏私通韩寿之事，此后多被视为道德败坏的负面例子，但从另一角度言，贾氏在当时的时空下，能主动为爱努力、争取幸福、突破礼法墙篱，是有多大的勇气，敏感的李商隐于是从这个角度切入，述说怀春闺女的突发奇想，当然本诗的女主角最后还是没有付诸行动。

至于"宓妃留枕魏王才"，说的是曹魏大才子曹植与甄妃的一段情事，两人一见钟情、互许终身，但在命运无情的捉弄下，父亲曹操将甄氏许配给兄长曹丕。曹植无力回天，只能眼睁睁看着爱人嫁给自己的哥哥，怀着憾恨远走他乡。而嫁给曹丕的甄氏，在有心人曹丕正室郭后的谗言陷害下，香销玉殒。当曹植事后闻讯，哀凄绝望，写下动人的《洛神赋》悼念甄氏，其中曹植将甄妃比拟为古神话中的宓妃洛神。曹丕也因为愧于甄氏，于是将她曾经枕过的玉枕，赠送给其一生悬念的曹植，于是有"宓妃留枕魏王才"的典故流传下来。

李商隐对于情人怨遥夜的相思之情，总是将爱情那份难分难舍、茶不思饭不想的爱恋，描绘得入骨三分，对"情"时时珍视，但也因此让读者常有快窒息的感觉。中国传统常道发于情，止于礼，即是要人对于心绪情感要适时地掌握，不应过度，佛家要人去色、去欲，四大皆空，也同是这个道理。因此文学作家在书写情的时候，有的偏向劝教式，要人时时谨慎小心，有的则是夹以戏谑，让人稍稍放松一下。作家冰心在一篇写《话说相思》的散文中，写到过去她教书时的一段趣事，当时为了矫正学生发音，她特地挑了一阕词，其云："相离只晓相思死，那识相思未死时。"由于太过拗口，"满堂学生绕不过口，只听见满堂的嘶、嘶、嘶和一片笑声！"这首词本意也相当沉重，但因为课堂同学的趣味，让冰心在回忆自己与爱人分离两地的"相思"时，少了份悲苦、多了些轻快。

春蚕到死丝方尽，蜡炬成灰泪始干

名句的诞生

相见时难别亦难，东风[1]无力百花残。春蚕到死丝方尽，蜡炬成灰泪始干。晓镜但愁云鬓改，夜吟应觉月光寒。蓬山[2]此去无多路，青鸟[3]殷勤为探看。

——李商隐·无题

完全读懂名句

1. 东风：春风，此处所指为暮春时节东风将尽之时。2. 蓬山：指海中仙山"蓬莱山"。3. 青鸟：传说为西王母传递信息的神鸟，此处借指信使。

相见的机会很难得，别离的时候更觉难舍，暮春的东风已经消沉无力，百花也纷纷凋谢。春蚕吐到最后一丝，方才结束生命，红烛也燃烧到灰烬，血红的泪才能拂干。清晨照着妆镜害怕发鬓是否乌黑如旧，夜间吟诗，应也感觉到皎洁月光的寒气。这

此物最相思

271

里距离蓬莱山已经不远，传信的青鸟应该会为我殷勤地探问。

❧ 名句的故事 ❧

李商隐一生写下多首题为《无题》的诗词，或许有人会好奇，无题也是题吗？在文学的认定上，这的确是诗题，宛如佛偈难解的榜题般予人无限遐思的空间。李商隐的诗本属隐晦，这些《无题》的诗更是难解，因为诗人连从题目的些微线索也不留给我们，读者只能纯粹就内文进行揣想，究竟理解的是否能尽量接近作者本意，实难判定，但这也是文学中最有趣的地方。过去诗评家总以为了解作者写诗的背景，或从其一生经历探讨，就能得到作家当下写述的情思，然而这种说法现在已经完全解构了，西方文学理论家罗兰·巴特就主张"作者已死"，即书中画上句点之后，作者就不再重要了，因为作品的解读是由读者与文本的互动，是多元而无一致性。换句话说，罗兰·巴特其实也认为没有人可以完全知道作者的想法与用意，与其只能不断地诠解、迫近作者的想法，还不如单就读者当下的感觉来"合理"诠释。

这首《无题》诗也要在这种背景下理解，若要勉强地结合李商隐一生怀才不遇的境遇，或过去种种经历，则未免过于增字解经，不如单就其字面本身，回归其原本含义，或许更能切近诗人本心。从这个角度来看，本诗很清楚是首爱情诗，通篇典故使用不多，仅采取蓬莱仙山与青鸟的代喻，特别的是李商隐于诗中化用南朝乐府《作蚕丝》："春蚕不应老，昼夜常怀丝，何惜微身尽，缠绵自有时。"李商隐撷取其蕴意，将之改写为"春蚕到死丝方尽"，语言更为凝练、隽永，以"丝"谐音"思"，代言缠绵深密、千回百转的情意。过去有些解诗家将这首诗视为李商隐缅怀亡妻的作品，却忽略了学界多将此诗系于大中三年，此时其夫人尚在人世，因此更好的解释应为描述夫妻俩深情挚爱的一面，可能诗人此刻因公务离家、思念爱妻而写下的爱情诗。

历久弥新说名句

李商隐所写之诗，让人印象最深刻的或许就是本篇名句，"春蚕到死丝方尽，蜡炬成灰泪始干"，让天下有情人几乎都沉吟再三；这两句也可说是李商隐个人性格的特色，往而不复、义无反顾的爱恋，源源不绝燃烧到最后一刻。这种甚为极端的个性，现实生活中若真正遇到，不知是该欢喜或是害怕，但在虚幻的小说世界里却深得读者的心。著名的武侠小说大家金庸对于"春蚕到死丝方尽，蜡炬成灰泪始干"一联诗也颇爱好，在《射雕英雄传》中，东邪西毒各霸一方，人人闻风丧胆，但又有谁能料想得到，作者会将亦邪亦正、不拘礼法的东邪黄药师塑造成痴情种，一生一世只守着他的爱妻，即使妻子过世之后，依然尽力想救治她。在续曲《神雕侠侣》中就曾描写杨过第一次到黄药师居住的桃花岛时，在小斋里曾经看到一副对联，写着"春蚕到死丝方尽，蜡炬成灰泪始干"，当时尚不识人间情爱，直到遇到小龙女，杨过总算能懂得爱情里那份去而不返的钟情。

此物最相思

本篇名句中首句"相见时难别亦难",也是十分常见的名句,早在魏晋时期江淹《别赋》就曾言:"黯然销魂者,唯别而已矣。"世间最令人难过的莫过于"别",它包含生死离别,阴阳两隔固然悲凄,但生而不得相见也是颇扰人、煎熬。二十世纪的诗人郑愁予曾写下一篇《赋别》的诗,其云:"这次我离开你/是风/是雨/是夜晚/你笑了笑/我摆一摆手/一条寂寞的路便展向两头了/念此际你已回到滨河的家居/想你在梳理长发或是整理湿了的外衣/而我风雨的归程还正长/山退得很远/平芜拓得更大/哎/这世界/怕黑暗已真的成形了。"这其实是首分手的诗,虽然描写情人离别,但因一刀两断,这次转身离开,脚步更为沉重。但郑愁予并无耽溺不返,他与李商隐那种"春蚕到死丝方尽,蜡炬成灰泪始干"的深挚痴情不同,郑愁予更能于惆怅外,加以超越,因此后头说道:"当西风走过/仅仅这样走过的/西风/仅吹熄我的蜡烛就这样走过了/徒留一叶未读完的书册在手/却使一室的黝暗/反印了窗外的幽蓝/当落桐飘如远年的回音/恰似指间轻掩的一叶/当晚景的情愁/因烛火的冥灭而凝于眼底/此刻/我是这样油然地记取/那年少的时光/哎/那时光/爱情的走过一如西风的走过。"对郑愁予而言,爱情的逝去虽令人悲伤,但不是就此绝望毫无生机的,种种记忆都值得"风干/老的时候/下酒"。

芳心向春尽，所得是沾衣

名句的诞生

高阁客竟去，小园花乱飞。参差连曲陌[1]，迢递[2]送斜晖。肠断未忍扫，眼穿仍欲稀。芳心向春尽，所得是沾衣。

——李商隐·落花

完全读懂名句

1. 曲陌：蜿蜒的道路。2. 迢递：远远貌。

高耸楼阁里的客人都已经散去，小园子里的落花瓣瓣飞。飞满蜿蜒曲折的道路，远远地送走落日余晖。令我肠断不忍心扫除，久久凝望，春天仍是悄悄流逝。花儿一心一意对着春天绽放芳卉，如今却只得到这些片片落花沾人衣裳。

名句的故事

李商隐《落花》写于唐武宗会昌五年，由于其母于会昌二年

此物最相思

275

过世，此诗即是他辞官回乡丁母忧之际所作，诗人此时 33 岁。古人对于守丧之礼相当重视，特别是父母过世一定要守丧三年（尤其针对官吏而言），若有官宦任职则必须辞职返乡，除非由皇帝或政府单位特殊"夺情"（即朝廷征召，剥夺官员为亲人服丧之情），不然一定要遵礼守丧，若无甚至会受到弹劾。李商隐即从会昌二年到五年间，辞去秘书省工作返家服丧，《落花》即写于此时，在这段守丧时期，诗人写下许多咏物诗篇，此篇名句即是其中佳作之代表。通篇《落花》完全无使用李商隐擅长之典故，直抒胸怀、曲尽情深，尤其表现在"芳心向春尽，所得是沾衣"一联，浓浓地吐露出诗人一往情深、沉溺不返的性格。

这首《落花》诗人从首联就出人意料，其云："高阁客竟去，小园花乱飞。"用对调的方式呈现出春尽落花萧条之气息，若按常理而言，应该是小园落花本就乱飞，而高楼中的客人一一离去，但李商隐不落入俗套，将情景倒装来说，令人更感寂寞怅然之感。清人纪昀即评此："得神在逆折而入。"李商隐融情入景，故得其诗之神韵。颔联诗人继续抒发其对落花情景的描述。到颈联时又一转折，此刻诗人已将自己融入落花当中，表现其对凋零花卉的怜惜与惋惜，因而"肠断不忍扫"。尾联最为精华，也将整首诗的节奏提到最高潮，诗人叹惋花儿"芳心向春尽"，一心一意只为春天绽放光彩，其下场却"所得是沾衣"，仅仅落得残破、沾人衣裙的结果。李商隐在此似也将自己素怀壮志不得展之情感，蕴入其中，语意双关，迂回婉曲，更显其诗法之妙。

历久弥新说名句

"芳心向春尽，所得是沾衣"，描述的是一幅落花纷纷、随行人沾染的情境。然而现实生活中，每年秋天街道两侧的木棉花团团开启，究竟有多少人会驻足抬头欣赏灿烂绽放的花儿？更常见到的却是一朵朵凋零的花卉，被路人、汽车毫不留情地践压过去，甚至还引来行人的抱怨。忙碌匆促的生活步调，让都市人丝毫感受不到李商隐所言之"芳心向春尽，所得是沾衣"的意境。

何时我们才能懂得体会"落红不是无情物，化作春泥更护花"的道理？这句话是出自清末的重要思想家龚自珍，收于其诗集《己亥杂诗》，原诗为："浩荡离愁白日斜，吟鞭东指即天涯，落红不是无情物，化作春泥更护花。"说到龚自珍，就不能不提他对中国现代化的贡献，他是清末首先倡导西化的重要人物，他从器物、科技、思想等等，见识到西方的强大，因此在民风未开的晚清中国，不断致力于翻译、引进西方学术，企望能对中国西化革新尽一份心力。果然几年后，官员意识到改革的重要性，发起了自强运动，当时主要援用的资源，即是龚自珍这群有志之士所累积的成果。

李商隐以诗人的敏感，怜惜一心一意只对着春天粲然绽放的花卉，却畏于落花有意、流水无情，当春天一过，片片凋零的落花，就仿佛是一颗千疮百孔、伤痕累累的心，徒留怅然。从这里我们看到李商隐不变的痴心，对万物感同身受的婉约纤细；不过这种说法事实上也是诗人的联想，现实生活中花开花落各有其时节。宋代文豪苏轼就曾经有一首《月季》的咏物诗，其云："花落花开无间断，春来春去不相关……唯有此花开不厌，一年长占四时春。"月季属蔷薇科，也有人认为是现在的玫瑰花，但其实二者仍有些不同，因为月季花期甚长，花开从不错过任何季节。因此苏东坡称它是花开花落无关于春来春去，一整年都让人体验四时之春，感受春色常在人间。

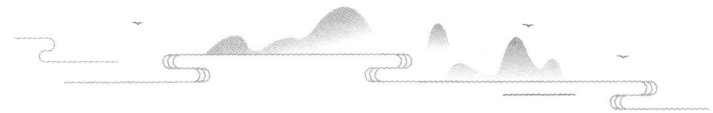

诚知此恨人人有，贫贱夫妻百事哀

昔日戏言身后事[1]，今朝都到眼前来。衣裳已施行看尽[2]，针线犹存未忍开。尚想旧情怜婢仆，也曾因梦送钱财。诚知此恨人人有，贫贱夫妻百事哀。

——元稹·遣悲怀·其二

完全读懂名句

1. 身后事：指死后的事情。2. 行看尽：眼看就快送完。

过去曾经玩笑说着死后的事，不料现在都来到眼前。你的衣服眼看就快要送完了，你常用的针线我至今还不忍打开。只要想着我们旧日的恩情，对照顾你的奴婢也格外怜爱，感慨你生前与我共处贫贱，梦里我忍不住为你送上钱财。明明知道夫妻永诀是常有的事，但像我们这种贫贱夫妻则是万事悲哀。

诗人背景小常识

　　元稹（公元779—831年），字微之，长安万年县人。元稹小的时候，父亲就亡逝，母亲郑氏带着他与弟弟回娘家居住。郑氏乃为氏族之女，略善文词，早年元稹曾经相当殷羡邻里孩童有父亲为其延师授课，郑氏得知后，亲自教授元稹诗书等启蒙教材，略长之后，元稹与表兄弟们一起上家塾念书，由于感于寄人篱下、家境贫困，于是更努力读书。元稹后来即以十五岁少龄明经及第，二十四岁考过吏部试，官授校书郎，此乃唐代官员升迁的重要职位。任职几年之后，元稹相当争气地又考过皇帝颁诏的制举考试，此后官位节节高升。终其一生，元稹的仕途还算顺遂，虽有几次的贬谪、外放，但也都担任地方刺史等高官，中间还一度任职宰相，得以发挥其政治抱负。

　　元稹最为人所知即是与白居易交友这件事，他与白氏情谊深笃，即便分隔两地也都互相酬赠寄诗。有一次元稹收到一封从远方捎来的信，当下高兴得红了眼眶，旁边的妻女吓了一大跳，赶紧询问怎么一回事，原来"应是江州司马书"（《得乐天书》）。当时白居易正担任江州司马，此封信即是他写来的问候。元稹有一次被派到四川瘴疠之地任职，一去到那里就水土不服，生了场大病，还差点一命呜呼，白居易得知这个消息之后，赶紧将收集的防瘴良药寄给元稹。元稹除了在政治上的杰出表现之外，也工于文学，在诗歌上他与白居易力图扫荡过去浮靡之风，转而关心社会民生，因此风格写实易懂，广传于里巷，当时多将"元、白"并称。

名句的故事

元稹《遣悲怀》是一首组诗，前后共三首，依序连贯，回忆妻子生前之种种，充满着怀念与不舍，本篇名句撷取其中第二首，描写元稹于妻子亡逝后睹物伤情的感怀，也是最为感人的一篇名诗。元稹的元配韦丛是当时名门之女，由于父亲韦夏卿赏识元稹的才华，因而将女儿下嫁给当时官位、俸禄仍稀薄的元稹。两人结婚之后，韦氏勤俭持家，从富裕的生活转至贫简也处之泰然，依然默默地支持夫婿，甚至会因为丈夫撒娇要酒喝时，拔下自己头上的首饰拿去换钱，而无一丝怨言。《遣悲怀·其二》首句"昔日戏言身后事，今朝都到眼前来"，过往的玩笑话今日却已成真，独留元稹睹物思人，不忍开针线、不忍睹遗衣，只能慨然叹道："贫贱夫妻百事哀。"《遣悲怀》三首诗可谓中国悼亡诗最经典之作，清代编辑《唐诗三百首》的作者孙洙（号蘅塘退士）即评论此诗云："古今悼亡诗充栋，终无能出此三首范围者。"是对《遣悲怀》三首的最高评价，元稹也当之无愧。

历久弥新说名句

清初第一大词人纳兰性德，字容若，仅活三十一年，却短暂而耀眼。纳兰性德从小天资聪颖，其词中最具特色、让人难以忘怀的莫属他为亡妻卢氏所写之悼亡伤逝词四十余首，其中又以《青衫湿遍》最具代表性："青衫湿遍，凭伊慰我，忍便相忘。半月前头扶病，剪刀声、犹在银钉。忆生来、小胆怯空房。到而今，独伴梨花影，冷冥冥、尽意凄凉。愿指魂兮识路，教寻梦也回廊。咫尺玉钩斜路，一般消受，蔓草残阳。盼把长眠滴醒，和清泪、搅入椒浆。怕幽泉、还为我神伤。道书生、薄命宜将息，再休耽、怨粉愁香。料得重圆密誓，难禁寸裂柔肠。"这阕词相当平朴且实在，既不言心痛，却在在透露着情深，容若既回忆妻子生前之身影，又写担忧妻子怯小之个性如何忍受坟梓凄寂？希望自己能指引妻魂回廊寻梦，然而妻子的坟茔却远在他方，只有蔓草残阳相伴。最后词人言"怕幽泉、还为我神伤"，唯恐香销玉殒的妻子还在阴间担心我，这句话感人肺腑，也点出夫妻情感深厚。元稹于《遣悲怀》中最著名的佳句莫过于"贫贱夫妻百事哀"一词，截至今日仍是朗朗上口的词汇。中国近代著名文学作家郁达夫饱经战火摧残，由于他敏感之政治背景与局势动荡，郁达夫先行将妻子送回娘家，当时妻子怀抱着六个月大的婴孩，隔着火车窗与送行的郁达夫道别。他在后来的《还乡后记》中回忆道："啊啊！贫贱夫妻百事哀！我的女人吓！我累你不少了。"而如今的自己仍是飞蓬漂泊、无以安定，因此当她返抵家门，郁达夫连声招呼也不敢打，就偷偷跑回房间，晚上两人相觑哭泣，共谋自尽的方法。"贫贱夫妻百事哀"，郁达夫于文章中清楚彰显出，他的凄惨程度较元稹有过之而无不及，唯较元稹好的是夫妻俩还可以相聚，而非天人永隔之憾恨。

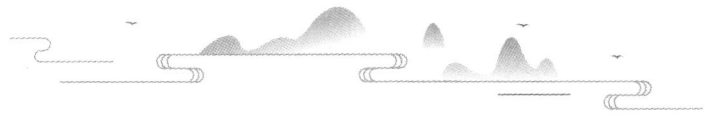

曾经沧海难为水，除却巫山不是云

名句的诞生

曾经沧海难为水，除却巫山不是云。取次[1]花丛懒回顾，半缘修道[2]半缘君。

——元稹·离思·其四

完全读懂名句

1. 取次：信步经过。2. 修道：唐人文士多奉佛尊道。

只要看过沧海之浩大，就很难看得起一般河水。除了高耸巫山，其他地方的云都不足为云。当我信步经过姹紫嫣红的花丛，再也懒得回头顾盼，半是因为修道、半是因为你。

名句的故事

元稹这首《离思》是组诗，共有五首，本篇列于第四首，尽

此物最相思

写对亡妻韦丛的思念，是其中最脍炙人口但也最多争论的一首。历史上对于元稹的评价历来不高，尤其对其风流韵事谴责甚重，其实若能更深一层地了解元稹一生，切勿"人云亦云"，单就文学、政治种种成就与抱负而言，他也还算得上人中之龙。过去大家对于元稹的误解始于其所撰之小说《会真记》，即后来改编的《西厢记》，主人翁是家喻户晓的张生、崔莺莺，后世解读者往往对号入座，将张生比附为元稹，认为他最后在名利的考虑下抛弃崔莺莺，改娶韦丛。这种说法是真是假至今仍无定论，但已流传数百年，价值判断端赖议论者相信与否。但若以唐代当时现象而言，由于科举考试的盛行，士人间流行写小说彰显文采，有时是为了方便干谒，有时则仅是朋友间消遣之游戏，但的确促成了唐人传奇小说之兴盛。元稹或许也是在此脉络下完成《会真记》，且在当时文士圈中流传，若真为自传，那他何必揭自己过去的疮疤？何况元稹所写的诗文在当时都深受欢迎，甚至美称其为"元才子"。

若摒弃似真亦假的崔莺莺不论，元稹遭人唾弃的尚因本篇名句，元稹在这首诗中对亡妻做深情表白，暗示未来将鳏居、不再娶妻。韦丛过世于元和四年，本诗作于来年，这年元稹被贬到江陵，再隔一年由同僚撮合纳了妾室安氏，安氏陪伴元稹四年又过世，隔两年元稹娶了最后一任也是活得最久的一任妻子裴柔。究竟该如何解读这些事？过去舆论一面倒，鞭笞元稹的负心与寡情，然而真是如此吗？从事实来看，以古代一妻多妾的婚姻礼法，元稹算是相当符合现代人一夫一妻制的遵行者，这三任妻妾都无重合时期，皆是亡逝后才又再娶，在当时即便是其好友白居易，也是爱跑酒家、豢养众多妓妾的人，相较而言，元稹确实有其深情之处。

更进一步来看，唐代官员时常需要"宦游"，每次任职的调动，都造成家庭成员很大的困扰，更遑论一个单身父亲要如何兼顾家庭与工作。元稹于《江陵三梦》叹言："悲君所娇女，弃置不我随。"当时元稹由于刚贬到江南，人生地不熟，所以将女儿寄放在亲戚家，因此感叹自己违背亡妻韦丛交付，不能照顾好稚女。平心而论，元稹在对家庭或妻妾的态度上都算是性情中人，虽不如史上其余专心一致、永不续娶的名人伟大，但很多时候，现实总是不如人所预料，不论是其续弦裴柔或是妾室安氏，都是由长官所撮合，元稹也很难说不，何况以他的状况要独立抚养几个小孩确实不易。因此在本首《离思》的"曾经沧海难为水，除却巫山不是云"，元稹当下发出的仍是坚贞不移之深情，即便后来再娶也依然无损于诗人对亡妻之眷恋。

历久弥新说名句

谈到元稹身为鳏夫的深情，不妨再多比比历史上几个鳏夫名人之风流韵事，也许从中更可以知道该如何为元稹定位。首先是素来风评甚佳、一代词才苏东坡，他于元配过世后，曾经写下一阕历古靡新、打动无数读者的《江城子》："十年生死两茫茫，不思量，自难忘。千里孤坟，无处话凄凉。纵使相逢应不识，尘满面，鬓如霜。"苏轼的才情不言自明，他对亡妻的思念更是深情款款、难以倾吐，不否认他对妻子的思怀与喜爱，不过就现实而言，苏轼的多情可是由好几个女人一起瓜分的。苏轼在妻子亡故四年之后，续娶元配的堂妹王闰之，这任妻子共陪伴他二十五年，期间他还纳了姜室朝云，也是晚期苏轼贬谪时随侍左右的佳人。这三个女人都在苏轼的生命中烙下深痕，即便亡故后苏轼也不断缅怀着她们，的确是真性情的流露。简言之，苏轼与元稹的遭遇相当类似，但历史上却无人同以批判元稹之严格角度来鞭笞苏轼。

近代类似的例子也不胜枚举，最著名的莫过于深受舆论批判的"梁实秋公案"。梁实秋与发妻程季淑结褵近五十载，晚年妻子由于受高血压之苦，梁实秋于是举家搬迁赴美，让子女得以协助照顾妻子，不料于1974年夺去妻子性命的并非高血压，而是一场突如其来的意外。发妻过世之后，垂垂老矣的梁实秋将对妻子满满的回忆、哀悼写成《槐园梦忆》，曾说道："希望梦寐之中或可相见，而竟不求入梦！环顾室中，其物犹故，其人不存。元微之悼亡诗有句：'唯将终夜常开眼，报答平生未展眉。'我固不仅是终夜常开眼也。"然而不到半年梁实秋又邂逅歌影双栖的影星韩菁清，由于舆论压力，两人几经波折，才在来年五月完婚。对于这件公案，历来不论赞成或反对、嘲讽的人都不少，但从梁实秋长女写给继母充满感激的信，可见当事人都能释怀，旁观者似乎也不应太薄今人、古人了，只能说"人生自是有情痴，此事不关风与月"。

天长地久有时尽，此恨绵绵无绝期

名句的诞生

昭阳殿里恩爱绝，蓬莱宫中日月长。回头下望人寰处，不见长安见尘雾。唯将旧物表深情，钿合金钗[1]寄将去。钗留一股合一扇，钗擘黄金合分钿。但叫心似金钿坚，天上人间会相见。临别殷勤重寄词，词中有誓两心知。七月七日长生殿[2]，夜半无人私语时。在天愿作比翼鸟[3]，在地愿为连理枝[4]。天长地久有时尽，此恨绵绵无绝期。

——白居易·长恨歌（节录）

完全读懂名句

1. 钿合金钗：钿合：嵌金的盒子。金钗：古代妇女的首饰。
2. 长生殿：唐代华清宫殿名，原名集灵台，用于祭祀。3. 比翼鸟：一种相传产于南方的鸟类。飞翔时，雌雄翅膀相靠，否则无法飞起。4. 连理枝：不同根的两棵树，枝干连在一起。

此物最相思

以前在昭阳殿里的恩爱已断绝，从此在蓬莱宫中过着漫长的日子。回头下望人世间，看不见长安，只见迷雾缥缈。她只好将旧时信物钿合及金钗让使者带回去，表明深情。她把金钗分开，留下一股，钿合也分成两爿，留下一爿。但愿君王的心也像金钿般坚定，无论天上抑或人间，将来应会再相见的机会。临别时，她殷勤地反复叮咛使者传达一句只有两个人知道的誓言；那是七月七日的深夜，在长生殿悄悄立下的盟约：在天上愿做比翼双飞的鸟儿，在地上愿做连理并生的树木。就算是天地也有穷尽的时候，这绵长无尽的恨意，却没有完结的日子。

名句的故事

关于唐玄宗与杨贵妃之间的爱情故事，本是唐朝最优美动人的传说之一，君王与贵妃的每一个生活细节，诸如曲江芙蓉园的游历、骊山华清池的沐浴、驿骑飞驰给贵妃送去的荔枝、那首早已失传的《霓裳羽衣曲》，还有七月七日深夜，这对情侣在长生殿的定情私语，无不为后人津津乐道，并激发历代诗人无穷的创作灵感。

据白居易的朋友陈鸿说，他与白居易、王质夫三人于元和元年（公元 806 年）十月到仙游寺游玩，偶然间谈到唐玄宗与杨贵妃的这段悲剧故事，大家都很感叹，于是王质夫就请白居易写一首长诗，诗成之后由陈鸿写一篇传记，二者相辅相成，以传后世。因为长诗的最后两句是"天长地久有时尽，此恨绵绵无绝期"，所以他们就称这首诗为《长恨歌》，称那篇传叫《长恨传》。

陈鸿在《长恨传》中说，传与歌的写作意图是"不但盛其事，亦欲惩尤物，窒乱阶，垂于将来者也"。然而从传与诗看起来，似乎都没有做到这一点。《长恨歌》主要以当时人们的感情为依据，又加入许多传说成分，使得整首诗与怀念盛唐繁华的气氛分不开。很明显的，尽管唐朝长达三百年的历史上，淋漓酣畅地写满了男人金戈铁马、经天纬地的铿锵音符，但若没有杨玉环、李隆基交颈而鸣的悲情绝唱，璀璨华丽的大唐奏鸣曲终会缺失一唱三叹、低回婉转的浪漫情怀与风流韵味。

唐玄宗对杨玉环的爱恋固然毋庸置疑，但是他的两宗罪也不可否认：始乱与终弃。从儿子怀中夺走自己媳妇的"始乱"自不待言，说到"终弃"，与莎士比亚笔下的奥赛罗真可一比：玄宗迫于政治压力，下令将贵妃赐死；奥赛罗误信谗言，在爱恨交加的发狂状态下掐死爱妻。他们两人都是处在巨大的心理压力和情感冲突之下，以绝情的手段杀害了自己最心爱的人。但不同的是，奥赛罗在明白真相后，原来为情所蔽的神智恢复清明，更以自裁完成对妻子的忏悔和自赎。而玄宗一开始就知道真相，却依然置贵妃于死地，从此他要用终生的孤独作为忏悔的代价。杨贵妃对这个下令杀掉她的男人，恨意真是绵绵无绝期吗？或许就如纳兰性德的《木兰词》所言："骊山语罢清宵半，泪雨霖铃终不怨。何如薄幸锦衣郎，比翼连枝当日愿。"只要记得当日的誓愿就够了。

历久弥新说名句

唐玄宗和杨贵妃的悲情就像一面镜子，照出人世间爱恨情仇的众生相。那些在政治、经济、军事、文化等各个社会层面发生的错综复杂、斗角钩心、扑朔迷离的种种政治变迁、战争行动、外交风云、文艺纷争，可能都隐约与男女之间的爱恨情仇相连，但是当男女之情引发的矛盾、冲突在政治、经济、军事等领域展开时，可能其后果会离最原始的原因越来越远，以至于完全遮蔽了它的原始面目只不过是男女之间的情爱互动而已。

古罗马大将西泽进兵埃及，与美丽的埃及公主克丽奥佩特拉一见钟情，对她言听计从，按照她的意愿废黜了她的弟弟托勒密十三世，把她扶上埃及女王的宝座。当西泽归国执政之后，克丽奥佩特拉赴罗马拜会夫君。罗马市民倾城出动，争相一赌这位女王的绝代风采。可惜西泽不久遇刺身亡，克丽奥佩特拉为了国家的存续，以美色拉拢西泽的继承人安东尼的心。六年之后，安东尼出任罗马执政官兼埃及总督，不惜甘冒被撤职的风险与克丽奥佩特拉正式结婚，竟引起罗马进攻埃及的战争。安东尼战败自杀，执掌罗马政权的屋大维扬言要把克丽奥佩特拉押回罗马游街示众，她不愿受侮，便用毒蛇结束了自己的生命。这位埃及女王与罗马两代统帅的浪漫情史，最后以悲剧而告终。

共看明月应垂泪，一夜乡心五处同

名句的诞生

时难年荒世业空，弟兄羁旅[1]各西东。田园寥落干戈后，骨肉流离道路中。吊影[2]分为千里雁，辞根[3]散作九秋蓬。共看明月应垂泪，一夜乡心五处同。

——白居易·自河南经乱

完全读懂名句

1. 羁旅：流落异乡。2. 吊影：形影相吊，比喻孤单。3. 辞根：离开根部，比喻兄弟离乡背井。

我们的家产在兵灾和荒年中荡然一空，兄弟们各分东西寻找自己的前程。田园荒芜，只留下战争的创伤；骨肉离散，受尽长途跋涉的折磨。我们像失群的旅雁，只有孤单的影子相随；也像深秋干枯的蓬草，离根飘转，漂泊不定。同时看见明亮的月色，谁能不掉下眼泪？我们分散在五个地方，却有着同样怀念故乡的心情。

名句的故事

贞元十五年（公元799年）二月和三月，河南道境内连着发生两次藩镇叛乱，战争的规模都很大，时间也很长。当时南方漕运需经过河南才能运达关内，由于战乱而无法顺利运送生活物资。加上贞元十四、十五年，关中连年干旱，田地荒芜，民不聊生。

白居易跟几个兄弟姊妹，小小年纪就离家避难，南北奔走，备尝艰辛。大约在唐德宗贞元十六年的秋天，白居易与弟妹流落到符离（今安徽宿县），当时白居易的大哥幼文是浮梁县（今江西省景德镇市）主簿，堂兄二人分别担任于潜县（今浙江省临安县附近）县尉和乌江县（今安徽省和县）主簿，加上住在下邽（今陕西省渭南县）的弟妹，一家人竟分散在五个地方。从他家骨肉分散的情况，不难看出当时社会是多么动荡不安，百姓流离失所，战争给每一个家庭都带来巨大的痛苦。

一个秋天的晚上，月悬中天，思乡之愁使白居易难以入眠。他仰望圆圆的明月，想起自己和兄弟因为天灾人祸而无法固守祖先传下来的产业，只能各奔东西，到外地去谋生；然而无依无靠，生计艰难不说，还要忍受亲人分散在异乡的孤寂与痛苦。兄弟远隔千里，谁也见不着谁，却都可以望见高悬在空中的明月。那么，自己望月时所想到的，必然也是兄弟望月时所想。如果此时大家都在举目遥望这轮勾起无限乡思的明月，也会和自己一样满心乡愁，潸潸垂泪吧？

这饱含深情的诗句，勾画出一幅五地望月共生乡愁的图景。白居易擅长把自己的情感"推己及人"，他还写过"一夕高楼月，万里故园心"（《江楼闻砧》）、"怜君独向涧中立，一把红芳三处心"（《和王十八蔷薇涧花时有怀萧侍御兼见赠》)、"我厌宦游君失意，可怜秋思两心同"（《县西郊秋寄赠马造》）等句，都是借着怀想某件事物，表现出分隔异地亲友的共同感情。

历久弥新说名句

经历过骨肉离散的人，往往对故乡的种种有特别强烈的渴盼。在这份渴望中，蕴含一种力量，构成离乡背井的人独特的心态。"乡心"不只是自己跟故乡的关系而已，还联系着那些来自同一故土、同一宗族但却像失根的蓬草般散至各地、重新落地生根的人们。那是一种既怀念原乡又扎根于现在家园的心情。两边都是我的家，一边有我们的祖先，而另一边有我们的生活，无论哪一边都难以舍弃。

不管故乡的距离有多遥远，也不管离乡已经多久，"复制"故乡气味最简单的方法，莫过于从家乡带来的饮食习惯了。据说客家镶豆腐就是一道源于怀乡之情、因地制宜而发明出的菜色。当古代中原人因逃避战乱而一路南下，迁徙到惠州东江流域后，尽管生活上已融入岭南习俗，但常有思乡之情。中原人喜欢吃饺子，可是古代南方不容易取得麦面，于是将豆腐镶以肉馅，权充

此物最相思

饺子，以解思乡之情。

对那些移居岭南的客家人而言，真正的饺子是再也吃不到了，但西晋吴郡人张翰思念家乡美食，却可以连官也不干，辞官还乡，享受江南青蔬的清淡朴实真味。《晋书·文苑传·张翰》里写道："翰因见秋风起，乃思吴中菰菜、莼羹、鱼脍，曰：'人生贵得适志，何能羁宦数千里以要名爵乎！'遂命驾而归。"李时珍《本草纲目》说："江南人称菰为茭，以其根交结也。""菰菜"亦即菰根，就是我们也常吃的茭白笋，跟江南水乡的莼菜和鲈鱼一样，都是北方吃不到的美味。"莼鲈之思"后来便成了因思乡而辞官的典故。但也有人认为这是因为晋朝的宦途多凶险，张翰不过是抓到机会，提早抽身隐退，把食物当成托词罢了。苏东坡却为此爽快地说："不须更说知机早，直为鲈鱼也自馋。"（《吴江三贤画像诗》）真是率直可爱。

云想衣裳花想容

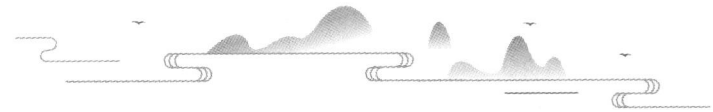

三月三日天气新，长安水边多丽人

　　三月三日天气新，长安水边多丽人。态浓意远淑且真，肌理细腻骨肉匀。绣罗衣裳照暮春，蹙[1]金孔雀银麒麟。头上何所有？翠微匌叶[2]垂鬓唇。背后何所见？珠压腰衱[3]稳称身。就中云幕椒房[4]亲，赐名大国虢与秦[5]。

　　紫驼之峰出翠釜，水精之盘行素鳞。犀箸餍饫[6]久未下，鸾刀缕切空纷纶。黄门[7]飞鞚不动尘，御厨络绎送八珍。箫鼓哀吟感鬼神，宾从杂沓实要津。

　　后来鞍马何逡巡[8]？当轩下马入锦茵。杨花雪落覆白苹，青鸟飞去衔红巾。炙手可热势绝伦，慎莫近前丞相嗔。

——杜甫·丽人行

完全读懂名句

　　1. 蹙：刺绣的方式。2. 匌叶：妇女髻上的花饰。匌，音è。

3. 衱：音jiè，裙带。4. 椒房：汉代皇后居住的地方，用椒末

和泥涂壁，取其温暖和芳香。后称后妃为椒房。5. 虢与秦：指杨贵妃三位姐姐，大姐封韩国夫人，三姐封虢国夫人，八姐封秦国夫人。虢，音guó。6. 餍饫：吃腻。饫，音yù。7. 黄门：指太监，因在黄门内做事，故称之。8. 逡巡：神态舒缓地慢行貌。

三月三日天气晴朗，长安水边有许多美丽仕女。她们姿态浓艳，情意深远，贤淑纯真，肌肤细致光滑，骨肉匀称。身上的绣罗衣裳映照在暮春里，金线绣有孔雀，银线绣有麒麟。头上戴着什么？翡翠髻饰垂到鬓边。背后看到什么？珍珠缀在裙带上，使腰线更合身。在这个帘幕里有贵妃的亲属，被册封为虢国夫人和秦国夫人。

用翠锅盛出紫驼峰的肉，水晶盘上装着银白色的鱼，但这些都已吃腻了，所以好久没动桌上的犀角筷子，厨房里的鸾刀切出细致雕花，看来是空忙一场。送菜的太监用飞马疾快送入，技术好到不会扬起飞尘，御厨接连不绝地端上山珍海味。一旁有箫鼓音乐助兴，声音泣动鬼神，宾客随从众多，来的都是有地位的大人物。

最后来了一匹鞍马，缓慢徐行、气派十足，下马后直入锦绣草坪。杨花纷飞像是白雪飘落，覆盖在浮萍上，青鸟衔着妇女红巾赶着传递消息。此人权重位高，气焰逼人，无人可比。不相干的人切莫走上前去，丞相可是会发怒的。

名句的故事

　　《丽人行》为乐府诗，作于唐玄宗天宝十二年（公元753年）春天，作者透过三月三日上巳节，杨国忠兄妹春游宴饮之景，揭露贵戚骄淫奢靡、作威作福的神态。杨太真得唐玄宗宠幸，于天宝四年（公元745年）正式册封为贵妃，从此杨家雨露均沾，不但三个姐姐在天宝七年（公元748年）也受到赐封，其堂兄杨国忠更是官运亨通，天宝十一年（公元752年）已官拜右相兼文部尚书。

　　杜甫目睹杨家兄妹的放荡不堪，故写《丽人行》讽刺之，全诗共分三段，首段描写游春仕女体态优雅，身穿上等衣饰，展现杨家姐妹的娇艳姿容；第二段叙述宴饮排场的豪华，满桌极品佳肴，多到无法下咽，一方面写杨家姐妹所受的恩宠礼遇，另一方面暗批其暴殄天物的本领；最后摹绘杨国忠接任丞相后愈加嚣张跋扈的丑态，其中更借"杨花"、"青鸟"两则典故，透露杨国忠与贵妃三姐虢国夫人的暗通款曲。

　　北魏胡太后与杨白花私通，其后杨白花担心惹来杀身之祸，遂投奔南朝梁，改名杨华（古时"华"与"花"两字相通），胡太后始终无法对他忘情，作有《杨白花歌》，最末两句："秋去春还双燕子，愿衔杨花入窠里。"杜甫援引前人淫乱后宫之事，隐指杨氏兄妹的暧昧关系。

🍃历久弥新说名句🍃

　　杜甫《丽人行》所言"三月三日"乃自古相传的修禊习俗，每逢农历三月上旬第一个巳日，人们会到水边去除身上不洁，自曹魏之后，明订农历三月三日为"上巳节"。东汉文学家兼科学家张衡的《南都赋》有云："于是暮春之禊，元巳之辰。方轨齐轸，被于阳濑。朱帷连网，曜野映云。男女姣服，骆驿缤纷。"张衡所咏为其家乡河南南阳，由于位于京都洛阳之南，故名《南都赋》，赋中描写的正是暮春三月上巳日，众多男女聚集河边，身穿华丽服饰，参加一年一度的修禊盛事。

　　到了唐代杜甫笔下，三月三日已成贵戚仕女结伴春游、争奇斗艳的重要日子，其中"丽人"一语，源出曹魏文学家曹植《洛神赋》："漼一丽人，于岩之畔，乃援御者而告之曰，尔有觌于彼者乎？彼何人斯？若此之艳也。"作者在山崖之旁，见到一位美貌女子，连忙问随从是否也有看见？接着又向随从打听这名女子到底是谁？令人惊为天人。

　　其实，曹植在父亲曹操死后，屡遭其兄曹丕的打压，终日抑郁寡欢，当他行经洛水，想起神话中伏羲的美丽幺女，名为宓妃，曾溺于洛水，死后被封为洛水之神，曹植不禁触景伤情，写下这篇歌咏洛水之神的《洛神赋》，序中提及"丽人"即洛水之神，《洛神赋》面世后，竟被好事者穿凿附会，编出一段曹植与其兄嫂甄后的曲折恋曲，甄后从此也被小说野史冠上"甄宓"一名。

但见新人笑，哪闻旧人哭

名句的诞生

绝代有佳人，幽居在空谷。自云良家子，零落依草木。关中昔丧败，兄弟遭杀戮。官高何足论？不得收骨肉。世情恶衰歇，万事随转烛。夫婿轻薄儿，新人美如玉。合昏[1]尚知时，鸳鸯不独宿。但见新人笑，哪闻旧人哭？在山泉水清，出山泉水浊。侍婢卖珠回，牵萝补茅屋。摘花不插鬓，采柏[2]动盈掬。天寒翠袖薄，日暮倚修竹[3]。

——杜甫·佳人

完全读懂名句

1. 合昏：花名，又名合欢，晨开夜合。2. 采柏：采集柏叶。喻指女子的情操，如经寒不凋的柏树。3. 修竹：长竹。喻指女子的志节，如挺拔劲节的绿竹。

她是这一代绝无仅有的美丽佳人，深居山谷之中，她本良家

之女，因遭逢不幸，只好寄托草木山林。自关中一带遭到乱军入侵，她的兄弟全被杀害，在朝廷的官位虽高，但又有什么用？连尸骨都无法替他们收埋。世俗人情大抵厌恶衰败，万事无常，正如随风飘移的烛火。嫁给轻薄的丈夫，一见她的娘家失势，即刻将她抛弃，另娶一漂亮新妇。合欢花到了晚上都知道合上花瓣，鸳鸯也懂双宿不离的道理，但一般人却只看到新人的欢笑，哪里听闻旧人的哭泣？泉水在山中清澈无比，出了山却变成混浊污泥。为了生活，让婢女典当珠玉回来，茅屋破了，牵青萝藤蔓来修补。不再摘花插在鬓上，而是手捧着采取的柏叶。天寒身上却只有薄薄的翠色袖衣，黄昏时分，只见她独倚长竹下的身影。

名句的故事

《佳人》为五言古诗，作于唐肃宗乾元二年（公元 759 年），诗的主人翁是在安史之乱后遭丈夫抛弃的绝美佳人，幽居山谷，与人诉说其生平遭遇，出生良好家世，却生不逢时，遭逢战乱，兄弟都曾位居朝廷高官，但已死于乱军之手。娘家的失势，使本性轻薄的夫婿开始移情其他年轻貌美的女孩，毫不留情地将她这个原配妻子抛弃。诗中"但见新人笑，哪闻旧人哭"，正是她对丈夫绝情无义的悲愤泣诉。

女子历经亲人失丧、丈夫见弃之痛，并未因此被纷至沓来的骤变给击倒，反倒让她更认清世间人情的现实与残酷；她来到山林的幽居岁月，虽无法与以往富裕生活相比，但在她素颜之下，更显其情操的高洁，由于长年和经寒不凋的柏树、挺拔劲节的绿竹相伴，女子凛然不屈的形象，已在诗人心中深深烙印。作者前段描写女子自叙其亲身遭遇，后段则借写景物称许其清高志节，刻画一名在动乱时代下的悲剧女性不轻易向险恶低头的人生。

《佳人》写于杜甫辞去华州（今陕西华县）司功参军，他正准备带着全家离开华州那处饥荒之地，尽管山遥路远，衣食匮乏，但诗人仍然一心忧虑国家未来，在举家迁移的途中，偶遇一幽居佳人，她所遭逢的不平际遇，以及困顿中展现的不凡勇气，在在都令诗人心生佩服。此诗虽是杜甫描写真实生活中的所见人物，但此一佳人隐然已与作者个人的命运身世，紧紧绾连。

🌀 历久弥新说名句 🌀

杜甫《佳人》中"但见新人笑，哪闻旧人哭"，可用现今"喜新厌旧"一语概括之。曹魏时期的文学家曹植早已洞察这个人性弱点，其五言古诗《杂诗》写道："人皆弃旧爱，君岂若平生。"意指人皆喜爱新欢，容易厌弃旧爱，所以岂能要求对方如往常感情要好时的标准相待。

周朝诗歌《诗经·卫风·氓》描写一女子勇敢追求爱情，投奔到经济条件不好的男子身边，原以为对方会善待她一辈子，谁知两人欢乐时光不过数年，丈夫对她开始厌倦，不但另结新欢，还对她暴力相向，诗中"士之耽兮，犹可说也。女之耽兮，不可说也"，道出自古婚姻对男女的悬殊尺度，认为男人拈花惹草是风流本性，亦是被允许的行为，但换是女人在外招蜂引蝶，就成了千古遗恨，也就没什么好说了。这也是诗中女子面对丈夫变心，根本无处申冤，只能强忍伤悲，离开令她痛心之地。

历来也相传一著名负心汉的故事《铡美案》，话说北宋时期，有一名叫陈世美的男子，在进京应试、考取状元之后，太后有意将女儿许配给他，早已有家室的陈世美为了和皇室结亲，谎称自己父母早亡，且尚未娶亲，其后成为驸马，在京城与新欢妻子享受不可一世的荣华富贵。

由于家乡连年饥荒，陈世美年迈的双亲相继去世，其妻秦香莲只好携带儿女进京寻夫，却惨遭陈世美驱离；丞相王延龄可怜其处境，试图让秦香莲在陈世美寿辰时扮成歌女弹唱，希望助他们一家团圆，谁知此举反让陈世美动起杀人灭口的念头，只是连被他派去的杀手宁可自刎交差，也都不忍对其妻小下手。

秦香莲发现丈夫非但不顾旧情，甚至泯灭人性要杀害自己以及亲生骨肉，一怒之下将他告到开封府，当时担任知府的正是铁面无私的包拯，在将驸马爷传来后，先是劝他及时醒悟，但自认是皇亲国戚的陈世美，一见太后和新欢妻子赶来迎救，认为区区知府该也拿他莫可奈何，最后包拯拼上乌纱帽不要，也要严惩这个丧尽天良之徒，依法将他开铡，结束负心汉的一生。

春风十里扬州路，卷上珠帘总不如

娉娉袅袅[1] 十三余，豆蔻[2] 梢头二月初。春风十里扬州路，卷上珠帘总不如。

——杜牧·赠别·其一

完全读懂名句

1. 娉娉袅袅：形容女子身姿轻盈美好、体态柔美的样子。
2. 豆蔻：多年生草本植物，花朵色泽淡，果仁有香味，常用来比喻少女。

娉婷婀娜的身影，轻巧又柔美，十三岁的她，就像早春时节在枝头上随风摇曳、纤纤动人的豆蔻花。春风吹遍热闹多娇的扬州城，然而卷起珠帘迎风顾盼的众家美人们，再怎么妍丽也比不上她一人。

名句的故事

　　风流才子杜牧的《赠别》共有两首，同是赠给一名与他交情深厚的歌伎；那歌伎十分年轻，从我们欣赏的这则《赠别·其一》可以看出，对方正值娇艳初萌的少女时期，因而这首诗特重于称赞她的芳龄和容颜姿态之美。

　　杜牧爱好流连花丛是当时众所皆知的事实，虽然牛僧孺曾婉言相劝，但文人与青楼女子往来毕竟是古代中国文人的生活方式之一，且许多烟花女子并非卖色，而是倚赖自身才艺维生的（通常以"伎"专指用表现才艺谋生的女性，例如歌伎、艺伎），杜牧与这些女子虽没有海誓山盟，却也珍重彼此的才情友谊，因此诗作中留下不少与这些女子往来酬赠的记录。

　　以香花喻美人，文学史上有许多例子，那么杜牧这首《赠别》的特殊之处在哪里？除了选择在早春盛开、颜色与味道淡爽的豆蔻花，恰恰对应女子青春年华，豆蔻在枝头上迎风轻颤，袅袅婷婷的模样也和女子纤弱的体态相似，比起"如花似貌"、"花容月貌"这种含糊笼统的形容，可说是贴切而创新。

　　最高明的还不只如此。杜牧转而放眼四顾繁华热闹、美女众多的扬州城，当春天来临，歌楼舞榭的女子纷纷卷起珠帘迎接温暖怡人的气候，同时也在窗台之后展露芳颜，竞逐佳丽，然而这些卷起帘子竞艳的女子，杜牧慨叹，总是比不上她。

　　虽说是赠别，当中却无离情依依的感伤，这是因为杜牧在第一首诗中称颂了对方的美丽，才逐渐引起惜别之意，两人情意真挚的告别情景，让我们看看同样著名的《赠别·其二》，便能充分了解："多情却似总无情，唯觉樽前笑不成。蜡烛有心还惜别，替人垂泪到天明。"

🌀 历久弥新说名句 🌀

前面提到杜牧以扬州众人的美貌皆不如你一人的说法，大大渲染了赠诗女子的娇容，也让后来阅读的我们，忍不住揣测这名女子到底拥有怎样倾国倾城的面貌，更羡慕她因为诗人之笔而在历史上留下永恒美丽的注记。

古今中外的作家，让倾慕的对象在自己的作品中成为不朽身影的很多，例如曾经被好莱坞电影想象是因为爱情的滋润而写下经典剧目《罗密欧与朱丽叶》的英国戏剧大师莎士比亚。虽然电影中莎士比亚和情人炽烈的爱情多半出自编剧的虚构，不过莎士比亚本人确实留下大量的十四行诗，写给一位不知名却在诗人浪漫真挚的诗句下从此不朽的恋人。"能否把你比做夏日璀璨/你却比炎夏更可爱温存/狂风摧残五月花蕊娇艳/夏天匆匆离去毫不停顿/苍天明眸有时过于灼热/金色面容往往蒙上阴翳/一切优美形象不免褪色/偶然摧折或自然地老去/而你如仲夏繁茂不凋谢/秀雅丰姿将永远翩翩/死神无法逼你气息奄奄/你将永生于不朽诗篇/只要人能呼吸眼不盲/这诗和你将千秋留芳"（孙梁译）。

莎士比亚完全了解文学超越时代的永恒性，更直接在诗句中点明，我已确知我的诗篇将与千秋不朽，因而为我所爱的你，将与我对你的爱意同样亘古长存。这应当是诗人对爱情做出最伟大而惊人的歌颂了。

东风不与周郎便，铜雀春深锁二乔

折戟[1]沉沙铁未消，自将磨洗认前朝。东风不与周郎便，铜雀[2]春深锁二乔[3]。

——杜牧·赤壁

完全读懂名句

1. 折戟：意指折断的戟。戟是古代一种枪头戴小叉的武器。
2. 铜雀：铜雀台，是曹操的姬妾居住的地方。3. 二乔：三国时的美女大乔、小乔姊妹。吴国孙策娶大乔，周瑜娶小乔。

折断的戟陷落在长江岸边的泥沙当中，虽然外形还算完整，却已铁锈斑斑。将它清洗一番后，认出是三国赤壁之战时遗留于此的武器。想到当年若不是东风助力，让周瑜火攻曹魏船只的计谋成功，恐怕吴国绝色美女大乔、小乔就要被曹操金屋藏娇在铜雀台了。

云想衣裳花想容

❧ 名句的故事 ❧

　　有人说，写赤壁怀古最著名的一诗、一词、一赋，当属杜牧的《赤壁》、苏东坡的词《念奴娇·赤壁怀古》和《赤壁赋》。苏东坡的"大江东去，浪淘尽，千古风流人物"写尽三国人物气势开阔，而《赤壁赋》中从古迹恒在人物已逝，获得"盖将自其变者而观之，则天地曾不能以一瞬；自其不变者而观之，则物与我皆无尽也"的结论，都有自出机杼的文采和哲思。那么，这场历代战役中最家喻户晓的三国赤壁之战，经由杜牧的诠释又呈现出何等样貌？

　　杜牧首先透过一柄陈年的武器落笔。由于这首诗是在某次杜牧和朋友筵席之上，朋友说饮酒不可无诗，杜牧大笔一挥而写成，所以发现、清洗武器纯粹出于诗人的想象。由遗留的武器引出当时战败、仓皇逃离的曹军，随后更指出，倘若不是一场东风帮助周瑜，未必会是日后曹败吴胜、三国鼎立之局。

　　杜牧向来对自己在国家大事的高瞻远瞩极富自信，他认为周瑜靠机运获胜，纯粹是偶然造就了必然。这不是杜牧头一次侃侃而谈自己对历史定案的不同想象，在《题乌江亭》这首诗中，他也以军事家的目光看待项羽的垓下之败："胜败兵家事不期，包羞忍耻是男儿。江东子弟多才俊，卷土重来未可知。"假如项羽肯忍辱负重，楚汉相争，鹿死谁手还未可知。

从历史上的失败者取材，推演他们的失败或出于偶然，或出于性格，这意味着杜牧其实认同他们的实力，无奈历史从不会因为人们的实力而赋予他们应当获得的位置；杜牧也透过这样的感慨传达他政治失意的愤懑之情。

历久弥新说名句

赤壁战败后，曹操有感于年事渐长、人生苦短，决定要建造一个显赫的建筑来作为自己事业的象征，表达统一天下的抱负和雄心。

建安十五年，曹操正在与将士们商讨战事，忽然有人报告，邺城附近金光闪闪，他派人前去挖掘，居然挖出一只铜雀来。曹操大喜之下，便传令建造铜雀台。完成后的铜雀台雕梁画栋，气势恢宏，台上有数百间房舍，还存有大量生活用品，台下则是景色秀美的铜雀园，的确是曹操金屋藏娇、晚年享受的好地方，不过与大乔、小乔并无牵涉。

与铜雀台有关的女子，其实是一名命运坎坷的才女，曹操的恩师蔡邕之女蔡文姬。蔡文姬曾被匈奴扣留十二年，后来曹操派人将她赎回，且令她参与撰写史传的工作。铜雀台落成后，又把她请到台上，与众人一起饮酒赋诗。蔡文姬于是写下流传后世的《胡笳十八拍》，叙述边地战火中的困苦无助："干戈日寻兮道路危，民卒流亡兮共悲哀。烟尘蔽野兮相胡虏盛，志意乖兮节义亏……"

　　铜雀台在杜牧诗中代表曹操藏娇之所，不过它其实是曹操国力的反映。有时，经过想象和虚构加工，艺术作品会有不同的深度与意涵，就像那把锈迹斑斑的折戟，今天我们用来比喻失败的成语"折戟沉沙"，正是诗人想象的产物。

银烛秋光冷画屏，轻罗小扇扑流萤

银烛秋光冷画屏[1]，轻罗小扇[2]扑流萤。天阶夜色凉如水，卧看牵牛织女星。

——杜牧·秋夕

完全读懂名句

1. 冷画屏：烛光投射在画屏上，令人感觉凉意。2. 轻罗小扇：用轻而薄的丝绸制成的扇子。

夜晚，银白色的烛光投射在屏风的画面上，幽冷中带来些微初秋的凉意，她挥舞着丝绸小扇扑打四处飞舞、有着荧荧流光的萤火虫。皇宫的石阶在夜色中沁凉如水，而她便倒卧在阶上，遥望着空中各自孤悬在天河两岸的牵牛和织女星。

名句的故事

乍看之下，这是一首描绘在夏末秋初的夜里扑萤取乐的作品，然而埋藏在这幅清悠景象背后的，却是处于深宫中的宫女们凄清寂寞的生活写照。

"银烛秋光冷画屏"，虽说为夜晚带来光亮，这光却是寒冷而阴沉地投射在缤纷的画屏之上；无事可做的宫女拿着因秋凉而失去作用的扇子，扑着一明一灭的萤火虫，在这里的扇子和萤火虫，实际上都是诗人借来传递宫女凄凉的处境；在古诗中，扇子常被用以比喻为弃妇或失宠的女子。相传汉成帝妃子班婕妤因皇帝宠爱赵飞燕而失宠，写下《怨歌行》："新裂齐纨素，鲜洁如霜雪；裁为合欢扇，团团似明月。出入君怀袖，动摇微风发。常恐秋节至，凉飙夺炎热。弃捐箧笥中，恩情中道绝。"正是将自身比拟为夏天的团扇，深恐一旦君王不再宠爱，自己就会遭到如扇子般被弃置箱中的命运。杜牧沿用此说，让一名宫女手持轻罗小扇，人与物两相对比，实在耐人寻味。

扑打萤火虫的动作，看似悠闲，另一方面却也反映宫女的无聊和寂寞。古人说"腐草为萤"，虽然缺乏科学根据，但萤火虫确实大多出没于杂草丛生之处，而宫女所居住的地方竟然也有萤火虫四处飞舞，足见那份荒凉了。

倘若杜牧笔下的这位深宫中的寂寥女子，得知今天援引杜牧的《秋夕》，多半为了形容夏夜与荧光共舞的乐趣，她会有怎样的表情？也许只能怅然一笑，继续时断时续地挥动小扇、扑着萤虫的同时，也扑着自己孤独的岁月。

⁓历久弥新说名句⁓

萤火虫，一种独特的夜行性昆虫，由于它们腹尾的含磷物质一遇到空气就会氧化而产生光亮，使它们成为夏夜里最美丽也最引人注目的焦点，也因为它们脆弱的生命形态，使得萤火虫往往代表"短暂而美丽的生命"。

萤火虫发出光亮并非为了分辨方向，而是它们达到恋爱目标的重要手段；无论性别，萤火虫都借由发光获取对方的注意，通常雄的萤火虫光度较雌的亮，一明一灭则和它们呼吸的节奏相关。多数种类的雄萤火虫都有翅而雌的无翅，因此雌萤火虫会停在枝叶上发出微弱的闪光，等待空中发出求偶讯号的雄萤火虫发现。

认为萤火虫是腐草化成的古人，想必不太了解这些独特生物的身体奥秘，而当我们获知萤火虫的这项生物本能后，再回过头阅读《秋夕》，却产生了另一种阅读的可能：在草丛间飞舞的萤火虫和银河畔的牛郎织女星，恰好都是爱情的化身，这位寂寞的宫女在不眠的夜晚扑萤、观星，真是无一不牵动着她对爱情的向往之情。

洛阳女儿对门居，才可容颜十五余

名句的诞生

洛阳女儿对门居，才可容颜十五余。良人玉勒[1]乘骢马；侍女金盘脍[2]鲤鱼。画阁朱楼尽相望，红桃绿柳垂檐向。罗帷送上七香车，宝扇迎归九华帐。狂夫富贵在青春，义气骄奢剧季伦[3]。自怜碧玉亲教舞，不惜珊瑚持与人。春窗曙灭九微火，九微片片飞花璏[4]。戏罢曾无理曲时，妆成只是熏香坐。城中相识尽繁华，日夜经过赵李家。谁怜越女颜如玉，贫贱江头自浣纱。

——王维·洛阳女儿行

完全读懂名句

1. 玉勒：玉制的马络头。2. 脍：细切的肉。3. 季伦：晋代石崇，字季伦，以骄奢著称于世。4. 璏：琐，微小之意。

洛阳城内有个少女，和我对门而居；容颜十分俏丽，年纪才刚十五出头。出嫁的时候，夫婿手持玉勒乘着青骢马来迎娶；侍女端着金盘，盛装脍好的鲤鱼。她家是朱楼画阁相连接，檐前垂挂着绿柳红桃。出门时，用罗帏送她上七香车，用宝扇护着她入九华帐。她的丈夫年少得意，骄纵奢侈可比晋代石崇。丈夫对她十分怜爱，亲自教与歌舞，甚至跟人争豪，珊瑚送人也在所不惜。天亮了，窗前九微灯才刚熄，片片结下飞落的灯蕊。两人终日言笑戏谑，新妆梳旧，对着熏香静坐。她夫婿在城中认识的尽是富贵人家，日夜交往的都是豪门大户。又有谁怜惜像西施那样美丽的女子，因为家境贫寒，只好在溪边亲自浣纱。

ᓚ 名句的故事 ᓚ

这首诗作是王维十六岁初至洛阳时写成。在出身下级官吏之家的敏锐少年眼中，洛阳长安的繁荣富庶，除了是大展长才的机遇之地，也具体反映国家贫富差异的尖锐性。王维离家赴京，自然要在这样充满奢靡气息的城市中角逐一席之地。正当徘徊苦思之际，对门少女嫁入豪门的现场，更触发他对贵族豪奢生活的不平之鸣。

王维以平铺直叙的手法开启全篇；先点出少女住在洛阳此一繁华之城，如许青春而出嫁，究竟花落谁家？前来迎娶的良人手执玉络头，骑乘名贵的青骢马；侍女呈上的食物装在金碧辉煌的盘面中，在在显示少女嫁入的家庭，显贵程度令人艳羡。以下十六句诗行也多阐述女子出嫁后的生活，住的是雕梁画栋，往来多为富豪之家。丈夫亲自教她乐舞，然而她也无闲暇温习所学，只

云想衣裳花想容

是一身华丽妆饰坐在熏香中度过长日。末两句转而提到像西施那样婉约动人的美女，即便天生丽质，但若家境贫寒，也只能久居贫贱以浣纱度日，充分表现王维批判贵族生活的态度。

只是感叹毕竟不能终日，承担全家生计的王维也必须设法跻身权势之中，获取地位。王维凭着创作全才的身份，得到岐王（唐睿宗四子）赏识，进而被引荐给当时的长公主。长公主得知自己平日吟诵的诗作竟多出于王维之手，爱才之心让她听从岐王建议，王维因此在当年科考中一举登第。这个传说虽然反映王维的才华获得时人赞赏，却也讽刺地表现科举的不公之处；一旦贵人荐举，便可鱼跃龙门，对王维大概是无奈却又必然的手段吧。

历久弥新说名句

唐代是中国历史上继秦、汉后的盛世，举凡国际贸易至城市间的商业往来，无不畅通发达，玄宗在位期间更造就"开元之治"。然而繁荣的经济并不代表人民必然安逸舒适，按照我们的说法是，"生活质量良好"；每个时代都有每个时代的焦虑，而反映在出身一般的百姓身上，则凝聚为跨时代的共同形象：必须时时刻刻为生活奔波，却不能拉近贫富之间的差距。这些对贵族豪奢与百姓劳苦的控诉，各时代的文学作品都历历可见。

晚唐诗人秦韬玉在创作题材上承袭王维《洛阳女儿行》最后作为贵妇对照的贫女西施，诗名直题《贫女》，也有许多家喻户晓的名句："蓬门未识绮罗香，拟托良媒亦自伤。谁爱风流高格调，共怜时世俭梳妆。敢将十指夸针巧，不把双眉斗画长。苦恨年年压金钱，为他人作嫁衣裳。"即使有高明的刺绣技巧，却只能年年为富家女缝制嫁衣，而任年华似水；贫女的辛酸形象跃然纸上。

贫富差距带来的不仅是填饱肚子的问题，社会的价值判断在竞逐财富的过程中也出现了"金钱代表一切"的倾向，有诗人这样描绘："有一个年代是这样的/好人坏人分得很清楚/好人的背后当然要/有些资历/有些财力/有些益利 有一个年代是这样的/有些作为不很合道理/但没关系/可以压下那些较聪明的/和醒着不睡的/很多人就会相信/生活的点点滴滴/都是可以排练的。"（节录自赖欣·《从一个年代掉落到另一个年代》）

贱日岂殊众，贵来方悟稀

艳色天下重，西施宁久微。朝为越溪女，暮作吴宫妃。贱日¹岂殊众²，贵来方悟稀。邀人傅³脂粉，不自着罗衣⁴。君宠益娇态，君怜无是非。当时浣纱伴，莫得同车归。持谢邻家子，效颦安可希。

——王维·西施咏

完全读懂名句

1. 贱日：贫贱的生活时。2. 殊众：和一般人相比有特殊之处。3. 傅：古"敷"字，在平面上涂抹。4. 罗衣：罗是一种质地轻软的丝织品，罗衣是以罗制成的衣物。

美色为天下人所重视，像西施这样的美人怎么可能久处微贱？早上还是个越溪的浣纱女，晚上变成了吴宫的妃子。贫贱时难道有什么与众不同？显贵了才惊悟她丽质天下稀。有多少宫女为她搽脂敷粉，她从来也不用自己穿着罗衣。君王的宠幸让她姿态更加娇媚，也怜爱从不计较是非的她。当时和她一同在溪边浣纱的女伴，没一个能够和她同车到吴宫去。拿她为君王垂幸的理由告诉邻家女子，但如果没有她的姿色，单是皱眉怎能得宠？

名句的故事

这首以中国四大美女之首——西施为主角的作品，表面上是歌咏西施的美丽使她获得君王娇宠，实则暗示若非机遇和贵人赏识，即使拥有绝代艳姿也未必与平凡人有别。

王维选择这位赫赫有名的美女入诗并不是第一次，在《洛阳女儿行》中也曾以"谁怜越女颜如玉，贫贱江头自浣纱"对比嫁得贵婿的富家女，看来在王维眼中，西施似乎成为"靠运气获得君宠提拔"的代表人物。在民间流传已久的美女身世到底如何？据传西施是春秋战国时代，越国苎罗山一名施姓樵夫的女儿，因为家住西村，人称西施。西施容貌之美远近驰名，越国大夫范蠡因此将她献给吴王夫差，让她以美貌惑吴王无心于国事，最后越王勾践趁吴国政局低迷，一举击败夫差雪耻，完成卧薪尝胆的复国大业。至于西施的结局，一说人们恐惧她的美丽竟造成一国灭亡，因此迫西施沉于江中；一说西施以美人计助国有功，便随范蠡退隐泛游五湖。但是，若以现代角度来看，西施无论如何都是国际之间角力斗争的牺牲品；她牺牲个人而成就爱国的美名，确实是千古流芳，然而是否真如王维所说的，西施是一位幸运儿？

这也许值得我们深思。其实《西施咏》的写作背景是在王维早年尚未功成名就时，深感人的穷达贵戚不仅在于个人的真才实学，更端乎"君宠"，因此对人事浮沉别有一番深刻体认下写成，而后半段诗中更有"朝为越溪女，暮作吴宫妃"一句，也算是曲尽人生际遇、炎凉世态的最佳批注。

历久弥新说名句

提到中国古代美女，西施、王昭君、貂蝉、杨贵妃绝对稳坐前四大的宝座，对美有着超乎常人的爱好与独到眼光的诗人，对她们当然有一番赋诗歌咏；而如今我们常用来形容美女姿容的"沉鱼落雁"、"闭月羞花"两句，便是源于古人对这四位美女的大力赞颂。

"沉鱼"一词最早见于庄子《齐物论》，但原意是指人称美丽的事物，却不会引起深游之鱼的注意，以明美丑认定的虚妄；不过到了唐代诗人宋之问《浣纱篇》："鸟惊入松萝，鱼畏沉荷花。"在河边浣纱的西施让动物惊得不敢直视容貌，意义上已有一百八十度大转变。至于"落雁"的由来，有人说是汉代与匈奴和亲的美女王昭君，因被迫与单于成婚，身处北方大漠，每每见到雁群南飞，便想起南方汉土，弹起思乡琴音。不料，飞雁听到了王昭君的忧伤琴声，竟忘了拍振翅膀而跌落到地上。

"闭月"一词据说来自一桩巧合：传闻三国时期的美女貂蝉运用连环计色诱吕布除掉他的义父，也就是当时揽权的董卓。吕布某次暗中偷窥在花园中拜月的貂蝉，突然一阵云雾遮掩月亮，旁人遂渲染为貂蝉貌美得连月亮都羞愧藏身。"羞花"也同样来自奉承之言：一次杨贵妃在花园中游玩，无意间触碰了含羞草，含羞草立刻合起叶子，宫女们见状，无不赞叹贵妃之美足以"羞花"。随后一传十、十传百，传到唐玄宗的耳中，益发获得帝王爱怜。

形容美女千娇百媚的成语还有许多，不过与四大美女有关的反义词同样所在多有，最具代表性的正是画虎不成反类犬的"东施效颦"，无怪乎王维的《西施咏》最后要说：那些听闻西施获宠的同伴，难道模仿捧心姿态就可以企求同样际运吗？

波澜誓不起，妾心井中水

名句的诞生

梧桐[1] 相待老，鸳鸯会双死。贞妇贵徇[2] 夫，舍生亦如此。波澜誓不起，妾心井中水。

——孟郊·烈女操

完全读懂名句

1. 梧桐：自古相传梧为雄树，桐为雌树，实际上梧桐树为雌雄同株。2. 徇：同"殉"字，以人从葬。

梧桐树相待终老，鸳鸯鸟也会双双死去。贞洁妇人贵在为丈夫殉情，如同梧桐树、鸳鸯鸟的舍生相从。发誓我的心就像井中的水，永远不起波澜，绝不变心。

名句的故事

《烈女操》为五言乐府，主在颂扬贞妇烈女的品德。"操"，为琴曲之调，孟郊借由梧桐树偕老、鸳鸯鸟双死，歌颂古来坚贞烈女舍生殉夫，求得夫妻生死与共；最末诗人以"波澜誓不起，妾心井中水"作结，称许这些失去丈夫的女子，专一不渝，心如井中死水，永不起任何波澜。

中国礼教传统向来重视女子名节，常以"烈女不嫁二夫"训诫女子，西汉刘向编撰《烈女传》，其中《贞顺篇》皆在颂赞女子的守节嘉行，如《鲁寡陶婴》讲的就是寡妇誓死不改嫁的故事；话说鲁国陶门有一女子名叫陶婴，年轻守寡，独自抚养幼儿，以织布维持家计，有人听闻陶婴长得美丽，有意娶她为妻，陶婴得知，立即作歌明志："夜半悲鸣兮，想其故雄。天命早寡兮，独宿何伤。寡妇念此兮，泣下数行。呜呼悲兮，死者不可忘。飞鸟尚然兮，况于贞良。虽有贤雄兮，终不重行。"陶婴以飞鸟自喻，又以"故雄"比已逝丈夫，歌词流露对亡夫的深切思念，即使眼前出现"贤雄"追求，也绝不动摇从一而终之心。

不过，刘向《烈女传》除《贞顺篇》之外，其他各篇并未强调女子名节，其后，南朝宋人范晔编写《后汉书》，是中国首次出现以"烈女"为传的史书，显然范晔有心要为东汉妇女著言立传，但他的入选标准也和刘向一样，并不局限具有"节妇"光环的烈女。到了中唐诗人孟郊笔下的《烈女操》，其意就在歌咏妇女牺牲一己、殉夫守节的可贵情操。

历久弥新说名句

汉代的无名诗人写下一首撼动人心的乐府诗《上邪》："上

邪！我欲与君相知，长命无绝衰。山无陵，江水为竭，冬雷震震，夏雨雪，天地合，乃敢与君绝。"这是两千年前的专情女子，指天为盟所立下的重誓，她矢志与男子永生相守，除非高山夷成平地，江水为之枯竭，四季颠倒，天地相合，才足以将两人分开。女子字字铿锵，语气坚定，令人为之动容，仿佛只有等到天地灭绝，否则谁也无法阻断她对感情执守如一的信念。

魏文帝曹丕曾仿拟女子口吻作《寡妇》诗，起始写道："霜露纷兮交下，木叶落兮凄凄，候雁叫兮云中，归燕翩兮徘徊，妾心感兮惆怅。"作者先勾勒秋霜落叶之景，再以赶往避冬候鸟、归巢燕子入诗，其后才道出守寡女子的万般愁绪；又诗末两句："愿从君兮终没，愁何可兮久怀。"女子终是按捺不住空虚寂寞，只想追随丈夫离开人世，方可消解满怀思君之愁。诗人借大地一片萧索，连禽鸟都避之唯恐不及，深化永远等不到丈夫回来的寡妇，孤留在人间的悲凄。

除女性之外，历来也出现男性文人友谊笃厚，一点都不亚于男女或夫妻之情。唐宪宗元和五年（公元810年），元稹出贬江陵，行役途中，寄诗给白居易数首，其中五言古诗《分水岭》最末四句："君门客如水，日夜随势行。君看守心者，井水为君盟。"白居易收到之后，也响应了《和分水岭》给元稹，诗末四句为："所以赠君诗，将君何所比，不比山上泉，比君井中水。"正逢仕途失意的元稹，将心比做不起波澜的井水，深信他和白居易的情谊此生不移，而在白居易的回信中，也附和元稹的看法，认为两人的珍贵友情，已非山上清澈泉水所能较之，唯独井中不动之水，堪可比拟。

嫦娥应悔偷灵药，碧海青天夜夜心

云母[1]屏风烛影深，长河[2]渐落晓星沉。嫦娥应悔偷灵药，碧海青天夜夜心。

——李商隐·嫦娥

完全读懂名句

1. 云母：矿物名，色泽剔透，古人常琢磨成半透明薄片，用来做屏风。2. 长河：银河。

清透的云母屏风被燃烧中的烛火投下深深暗影，宇宙银河渐渐西下，星辰也逐渐隐没。广寒宫中的嫦娥想必后悔当初偷取了灵药，从此只能夜夜幽居，独对着一片寂寥的碧海青天。

名句的故事

李商隐《嫦娥》由于无法确切系年，难以得知诗人是在何种

云想衣裳花想容

327

时空背景写下，因此历代注解家对此诗的解释众说纷纭，约略可以分为几种说法，有的认为李商隐诗中呈现自我，是为了叹吐自身之不得志，有的认为是哀悼亡妻，更有些学者认为这首诗是吟咏女道士幽居凄清之情。这些说法都各据一方之理，很难说谁对谁错。但若回归原点，单就诗词字面而言，我们看到通篇文章贯穿着对宇宙浩瀚与时光寂寥的悲叹。李商隐先从室内幽暗烛影开始写起，凸显朦胧昏暗的景象，次句则写外头随着时间的流逝，月夜里的星光也渐为稀疏，黎明将要揭晓，在如此寂静、沉寥的环境下，诗人想起日日夜夜独居在广寒宫的嫦娥仙子，总是独自面对着这般孤寂的碧海青天，内心是否对过去偷取夫君的灵药有着点点悔恨？整首诗弥漫着一股苍凉悲伤的气息，李商隐隐晦不明地抒发个人情怀，并无单指特定之人事物，诠释性宽广，也留给读者更多的想象空间。

嫦娥偷药的故事，在每年中秋佳节时总是不断被人提起，根据文字史料的记载，关于嫦娥偷药的记载，最初出于西汉刘安《淮南子·览冥训》："羿请不死之药于西王母，桓娥窃以奔月。"此处的桓娥即是嫦娥，传说中是后羿的妻子，后羿是夏朝的大将，曾经射下九个太阳。在这项原始记载中我们看不出嫦娥的心态，只是单纯叙述一个妻子偷了仙药，奔月成仙，可以说是先民对于长生不死的期盼与难以获得的缺憾之投射。然而在原始记载当中，嫦娥仿佛是一个自私自利、企望长生不老的坏女人，然而也许是因为此与月亮素有之清丽形象不相吻合，也或许是因为同情这位仙子的遭遇，后世不断地重构建造这个传说，后羿逐渐变成一个操守不好、形象败坏的人，若又长生不老，不知生灵涂炭又将到何种地步，妻子嫦娥屡劝不得之后，只好偷偷吃了丈夫的仙丹，摧毁其愿望。

❧ 历久弥新说名句

　　如同前面所言，中国历史上有许多传说都是累经后世不断改写与增补，渐渐塑成我们目前所见之版本，然而若追溯其源流，则可发现每个故事在发展的过程当中，都会添入当时社会的一些因子，重重交缠，形成典故。嫦娥的故事也是如此，若不了解其背景发展，被现在流传的故事给带着走，或许就永远不会想到李商隐所言："嫦娥应悔偷灵药，碧海青天夜夜心。"从来不知道原来嫦娥是过着如此寂寞凄清的生活。这种另类思考方式其实是很值得效法的，不要一味接受既有的说法，只要有理，偶尔挑战一下传统说法，其实能更广开思路，更能多元且深入地理解过去。

　　在李商隐之前，诗仙李白在著名的《把酒问月》已言："白兔捣药秋复春，嫦娥孤栖与谁邻？"即是对传说中的人物重新进行诠释，将原本高高在上的仙子人性化，推敲其是否也感到孤独寂寞、没有人为伴？李商隐也承继这个脉络，发出"嫦娥应悔偷灵药，碧海青天夜夜心"的喟叹。在其之后的晚唐诗人罗隐于《咏月》更直接指出"嫦娥老大应惆怅，倚泣苍苍桂一轮"；罗隐已不似前人是用推想、反问的口气，而是直接揣

拟出她寂寥独倚苍桂哭泣的模样。唐代诗人将原本完美的神话，添上了一丝人情气息，为嫦娥加上了愁悔、孤寂的形象，让原本应圆满自足的神话，现在却因为长生，反而只能永远承受着"碧海青天夜夜心"的悔恨，永世不得解脱。

这个"后悔忧愁的嫦娥"之文学基调，此后不断地出现在宋元以下的文学作品，南宋辛弃疾《满江红·中秋寄远》词中也云："问嫦娥、孤冷有愁无，应华发。"词人以反诘的口气询问这位独居寒月的仙人，是否也因孤冷而感到忧愁？明朝边贡也写下《嫦娥》一诗，说道："月宫清冷桂团团，岁岁花开只自攀。共在人间说天上，不知天上忆人间。"这首更是清楚地描绘广寒宫中冷清、寂寥的岁月，每年桂花开启时，只有嫦娥一人攀手摘折，却也无伴可赏，反而是俗世的我们老是在人间向往天上，却不知道天上的人儿多么企盼回到人世。边贡这诗将嫦娥"不知天上忆人间"的悔恨，描绘得入木三分。由上述几个例子可以发现，嫦娥的形象不断转化，由圣入俗，逐渐人性化，也仿佛蜕变为身处天上、心在人间的愁妇，在"碧海青天夜夜心"下永忆人间。

无端嫁得金龟婿，辜负香衾事早朝

为有[1] 云屏无限娇，凤城寒尽怕春宵。无端嫁得金龟[2] 婿，辜负香衾[3] 事早朝。

——李商隐·为有

完全读懂名句

1. 为有：即有的意思。2. 金龟：唐人三品以上高官可佩戴金色龟袋。3. 香衾：熏着香气的床被。

云母石屏风内有着无限娇欢、柔情，当京城的冬寒褪去，不禁怕起那春宵的短暂。谁叫我无端嫁给当朝贵官，老是辜负了床笫温香，戴着他那高贵的金龟，一大早就去早朝奏事。

名句的故事

李商隐这首题为《为有》的诗即是采取首联的两词为题，

这种手法惯见于义山诗。这首诗约作于会昌六年到大中五年之间，是诗人守完母丧再次重返宦途时所写。然而好景不长，不久唐武宗过世，宣宗即位，上任后原有的李党遭受贬斥，畏于时局，李商隐再次离开京城，远赴桂林担任幕职，此后几年也是其家庭与官宦生涯中较为艰难的一段时间，《为有》大抵即著于此时。

这首诗描写官宦妇人的怨情，大致可归于闺怨诗的风格，首次破题先云夫妻闺房之亲密，但在这短暂的欢愉中，却又不时担忧着即将到来的早朝，依依不舍中良人还是披上朝服、佩戴金龟，趁着朝阳未起之际，匆忙地赶赴宫门，独留下妻子眷恋地抚摸那香衾中的余温。现实生活中，守丧结束后的李商隐曾有一段时间在秘书省担任正字的工作，的确需要常常到宫廷里工作，因此他在《为有》一诗中所言的喟叹，的确很有可能出自于个人的感触。

唐代最著名的闺怨诗莫过于二，一是王昌龄《闺怨》，"闺中少妇不知愁，春日凝妆上翠楼。忽见陌头杨柳色，悔教夫婿觅封侯"；另一首则是本篇名句，"无端嫁得金龟婿，辜负香衾事早朝"。这两首刚好分别代表唐代男性求取功名利禄的两种途径，一是立军功、觅封侯；一是从文职、事早朝。李商隐一生虽多在中央与幕府里工作，除了在秘书省工作外，他于地方担任幕僚时，也并未弃笔从戎，而是在幕府里担任文职的工作。过往在解读《为有》时，常常站在闺怨的角度来看这首诗，从广义来说此无太大的错误，但其实诗中的"金龟婿"，若结合李商隐一生政治上的挫折经历，这句话可能很大成分是代表诗人对自己的期许。之所以说此诗仍属广义的"闺怨诗"，是因为从表面词句上而言，我们看到的是闺妇的娇嗔，然而事实上我们不能排除，在此当中李商隐是否更想说出"我既不是金龟婿，却也要妻子独守空闺"的憾恨？

历久弥新说名句

"金龟婿"一词，至今我们仍十分常用，但有多少人知道这个词汇的典故来自于李商隐《为有》一诗？但这个说法也许并非李商隐所创，而很有可能是唐代社会流行的说法。古代政府为了方便区分大批的官员，希望能一眼就知道对方的官阶大小，因此对于其穿着给予限制，此举有点类似我们现在所谓的"制服"，不同的地方在于古人对于此更加讲究，他们不仅依官位大小穿不同的衣服，佩戴不同的冠帽、饰物等等，甚至还在服色上给予规定。唐代基本上官人的"常服"大致可分为紫、绯、绿、青四色，细部还可分为深、浅，其中以服紫最高阶、服青最初阶。既称为"常服"，原本应是生活日常较为轻松的衣着，但在唐朝常服逐渐取代礼服，成为官人正式场合的衣着，因此他们各依品阶身着这四种颜色的常服上朝，且依序排定位子，我们可以想象当时朝会时壮大的场面。

除了从衣服上做区别之外，朝廷还会因官员各自的品勋给予佩饰搭配，"鱼袋"、"龟袋"即是此义。龟袋即是从鱼袋转变而来，而"鱼袋"最初是用来放置官员职务的身份证明，但到武则天称帝时，由于"武"故取"玄武"之吉祥意，将鱼袋改为"龟袋"，颜色也区分为金、银、铜三色，但到中宗复辟时又改为鱼袋，此后皆用鱼袋。因此李商隐诗中所言"金龟婿"，即是官位最高的人所佩戴之物，但此说应该是当时社会上沿用旧有之说法，因为到李商隐时朝廷早已不用龟袋了。

现代著名两性作家吴淡如，在《爱情以互惠为原则》一书中，曾经提到："礼物是女人最矛盾的心结。"这句话很令人深思。现代社会对于女人往往有着刻板印象，"嘴巴说不，心里却是反其道而行"，过度的骄矜很容易适得其反，成为矫揉造作，因此当别人要送礼物给你时，口里说不，心里多少还是被这些外在礼物给收买了。吴淡如说："一个女人会爱上看来会给她很多礼物的金龟婿，在大部分男子眼中看来是自取其辱的罪恶……现代的爱情，不知该说是日趋现实，还是日趋原始，很多有点经济能力的男人，学会了用礼物来弥补自己在感情上的亏欠。"金龟婿没人不爱，但真正遇到时或许应该抱持着"哀矜而勿喜"的态度比较好，因为你不知道他将如何"辜负香衾事早朝"，甚至外头金屋藏娇有多少，后者或许更是现今社会快餐爱情的写照。如同作者在最后结论道："如果你存着钓金龟婿的心态找情人，莫怪他比你还现实。"无论是男是女，人必自重而后人重之，若是仅把持着麻雀变凤凰的心态，不求心灵契合、自我成长，那这段爱情恐怕很容易"色衰爱弛"、"食之无味"。

妆罢低声问夫婿，画眉深浅入时无

洞房昨夜停红烛，待晓¹堂前拜舅姑²。妆罢低声问夫婿，画眉深浅入时无³？

——朱庆余·近试上张籍水部

完全读懂名句

1. 待晓：等待黎明。2. 舅姑：丈夫的父母，即公公、婆婆。3. 入时无：问是否合宜。

昨夜新房通宵燃红烛，等候天明上厅堂拜见公婆。梳妆妥当细声询问丈夫，这样画眉是否符合时宜？

诗人背景小常识

朱庆余，名可久，以字行，越州人，生卒年不详，为敬宗宝

云想衣裳花想容

335

历二年进士。他于年少时期壮游长安，与当时文坛名人姚合、顾非熊、无可等人交往，也曾与贾岛同游风翔，于长庆年间才回到长安准备科举考试，期间曾经投诗干谒于李绅、张籍等人。朱庆余《近试上张籍水部》即是写给张籍，深受张籍推荐，于是声名大噪，在宝历二年顺利考取进士，官历秘书省校书郎、协律郎等职。朱庆余擅长书写五言律诗、七言绝句，今存有《朱庆余诗集》一卷，代表作又以本篇名句所选之《近试上张籍水部》最脍炙人口。他的诗风格词意清新、描写细致，师承自张籍之风，且又善于巧思，此是较张籍更突出之处。

名句的故事

唐代科举制度与后代最大不同处，在于考试方法尚未严密限制，不仅考卷不需密封、誊录，应考者甚至还可以在考试之前将自己满意的代表作呈献给主考官，加深阅卷官员的印象，这种风气在唐代称为"投卷"、"干谒"。身处现在考试制度讲求公平、公开的我们，或许会觉得唐代科举考试相当令人匪夷所思，不禁要反问这样考试不是不公平？弊端的确是存在，但若考虑唐代继承魏晋时期"下品无高门、上品无寒门"的历史渊源，则可以发现唐朝政府基本上已经尽力想将考试拉回较公平的举才管道，只是任何一个措施都须经历一段漫长的酝酿过程；唐代即处于这个过渡时期。

因此，在唐代想要参加科考的士人，可以借由考试前种种的交际场合，向公卿贵人投卷干谒、投石问路，努力在社交界建立声名，以助登科中第；朱庆余《近试上张籍水部》一诗，即是在这个背景下写成。朱庆余在秋风萧瑟、科举考试前夕，背着行囊来到长安，这几年他借由与著名文士的交游，做好名声、社交的良好基础，企图在当时士大夫文人圈中闯出名号，果然也有点收获。这首《近试上张籍水部》，是他写给当时任职水部郎中张籍的诗，文中他擅用比拟，将自己比喻成新婚娇涩的小媳妇，惶恐担忧着公婆（暗指主考官）对自己的评价，百般不确定当中，只能悄悄偷偷询问一旁的丈夫（暗喻张籍），这种画（写）法符合时宜（能雀屏中选）吗？张籍之前就相当欣赏朱庆余的作品，看到这首婉约隐喻诗之后，莞尔一笑，当下也提笔写了《酬朱庆余》一诗回复："越女新妆出镜心，自知明艳更沉吟。齐纨未足时人贵，一曲菱歌敌万金。"张籍诗中也援引朱庆余以女性暗喻的书写模式，将朱庆余比拟为采菱姑娘，打扮清新、相貌姣好，就算没有穿着贵重的齐绸，但只要珠喉一展即可抵万金；暗暗宽慰朱庆余不用担心，一定可以得到主考官的青睐。不论是朱庆余《近试上张籍水部》，抑或是张籍《酬朱庆余》的回复诗，两人都深谙一箭双雕的譬喻技巧，一个写得好，一个答得妙，因而传为千古诗坛之佳话。

❧ 历久弥新说名句

"妆罢低声问夫婿，画眉深浅入时无"，形容的是一种含羞带怯、小女儿的心态，在未知陌生的环境中，忐忑不安、低声询问着丈夫。朱庆余这首诗流传千古的主因，就是将这种七上八下的心情刻画入微，采撷当时社会时态加入巧思，令人耳目一新。朱庆余通篇仅采用一个"画眉"的典故，此出自于汉代张敞传。张敞是汉宣帝时的京兆尹，即首都的最高行政长官，执法甚为严苛，但私底下是相当疼爱老婆的，偶尔还帮妻子画眉毛，汉代民间于是盛传张敞画眉这件事，后来也引申形容夫妻恩爱情深。中国常用来形容夫妻恩爱的成语，除了"张敞画眉"外，另一个常见的就是"举案齐眉"。

举案齐眉也是源于汉朝的典故，据说梁鸿从小丧父，却力争上游、博晓诗书，名闻于时，坊间不少待嫁女儿都心系于他，但他从不因此而滥情。当时民间有个肥丑肤黑的女子孟氏，年近三十还找不到夫家，但每当父母为她担忧时，孟氏回道："欲得贤如梁伯鸾者。"梁伯鸾即是梁鸿；梁鸿听闻这个消息，马上到孟家迎娶，不以貌取人的梁鸿后来婚姻果真幸福美满。而孟氏也是女中豪杰，她不仅擅长持家，也能通晓丈夫远志，梁鸿素有高节，不欲看人事纷扰，却又苦于妻小等家用，体贴夫婿的孟氏于是开口建议他不如归隐山林。梁鸿感动不已，赞道："此真梁鸿妻也，能奉我矣。"于是替妻子取名孟光，字德曜，夫妻俩遂隐居山中，以耕织为业，日咏诗书、弹琴以自娱。而妻子孟光每次送饭给丈夫时，总是会将木盘高举，与眉同齐，来表示对夫婿的尊敬；因此后世常以"孟光举案"、"举案齐眉"来比喻夫妻相敬如宾。

嫁得瞿塘贾，朝朝误妾期

嫁得瞿塘贾[1]，朝朝误妾期。早知潮有信[2]，嫁与弄潮儿[3]。

——李益·江南曲

完全读懂名句

1. 瞿塘贾：瞿塘，瞿塘峡；瞿塘贾，即入蜀经商的人。2. 潮有信：潮水涨落有时，故称潮信。3. 弄潮儿：比喻为从事海上工作的人。

嫁给了瞿塘的商贾，每每耽误同我约定的归期。若早知道江潮来去有定时，不如嫁给弄潮的男儿。

诗人背景小常识

李益（公元749—829年），字君虞，陇西姑臧人，于大历四

云想衣裳花想容

年（公元 769 年）进士及第，任职地方主簿，几年之后去职，改从藩镇幕府来到边塞地区，前后共五年，他许多有关军旅、边塞之作品皆成于此时。离开幕府之后，李益回到中央转任官职，此后仕途较为坦顺。李益的作品在当时已脍炙人口，据说每有一篇完成，乐工们争相求取、为之谱曲歌唱，尤其《征人歌》、《早行篇》等有关边塞风景的诗篇，甚至连画工也争相为之图画。今存有诗集一卷。

李益虽然长于诗文，但相传其少痴病且多猜忌，每每担忧妻妾红杏出墙，因此设置了许多防范措施，监督甚为严格、苛酷，此事众所皆知，因此当时将善忌妒、痴狂的人比喻为"李益疾"。若不论人品，仅以其诗而论，李益特长于七绝，诗风明净自然、音律谐美，傲视整个中唐诗坛。尤其他的边塞诗特为出色，不论是景物风情，抑或是抒发情志，都能动人心扉、发人幽思。当时恰有宗室子孙巧名为李益，时人为区分二者，多称其为"文章李益"，来彰显其诗歌成就。

名句的故事

李益《江南曲》以女性的角度发声，感叹"商人重利轻别离"，常常抛家弃子出外经商、一去多年，老是没有遵守约定的归期返家，深闺怨妇苦候不着良人归返，百感无奈之下叹息早知如此，宁可嫁给河边的渔工渡夫，好歹他们会随着潮起潮落定期归来。李益这首诗前两句代言思闺女性直抒胸臆，后两句则是思极转愤的至情之语，用以倾泄胸中之忿怨，委婉有致、真挚动人，后世品评家对此诗都给予不错的评价，如明朝钟惺于《唐诗归》评此诗"荒唐之想，写怨情却真切"。或如清人贺裳评此诗"无理而妙"，所谓无理在于既已"嫁得瞿塘贾"，又如何"嫁与弄潮儿"？可知此只是妇人一时情急下的自嘲罢了。

中国闺怨诗的传统可以上追至六经之首的《诗经》，其收录许多古代地方民谣，其中不乏有这类闺怨作品，著名的如《褰裳》："子惠思我，褰裳涉溱。子不我思，岂无他人？狂童之狂也且！子惠思我，褰裳涉洧。子不我思，岂无他士？狂童之狂也且！"这是一首相当有趣、生动的埋怨歌谣，可以想象诗中女主角撅着嘴、手叉腰、跺着小脚，气愤嗔道："你真的想我，就应提着衣角、涉水来看我才。你要不把我放在心上，难道我就找不到其他人吗？"主人翁虽然这么责怪埋怨着，不过内心其实还是希望对方能多关心她，并非真要另寻真命天子，这部分与本篇名句中的"早知潮有信，嫁与弄潮儿"有着异曲同工之妙。

历久弥新说名句

"嫁得瞿塘贾，朝朝误妾期"，是以商人妇的口吻述说闺怨，而对商妇的描写最著名的篇章应属白居易《琵琶行》，"商人重利轻别离，前月浮梁买茶去。去来江口守空船，绕船月明江水寒"。至今这种商人重利轻别离的形象，依然深深刻印在我们的记忆当中。然而这种诗风并非白居易独创，早从南朝开始，由于南方开发带来新的利益，不少敏感的商人就趁机发展事业。与李益约同时的诗人张潮也擅长描写女子闺怨的诗词，目前传世作品当中，又以写商人妇的作品居多，如《长干行》言："五月南风兴，思君下巴陵。八月西风起，想君发扬子。去来悲如何，见少离别多。……自怜十五余，颜色桃花红。那作商人妇，愁水复愁风。"这首诗说道，自从丈夫经商离开之后，妻子每天数着日子，悬念身在外地的良人，但是这种挂念又能如何？"见少离别多"点出商妇生活中莫大的悲哀，最后只能后悔当初年纪貌美的自己为何要选择嫁给商贾？

唐代越州名伶刘采春，相传善歌舞，最喜唱《啰唝曲》，据说每当"采春一唱是曲，闺妇、行人莫不涟泣"。这首曲子今存六首诗，其一云："不喜秦淮水，生憎江上船。载儿夫婿去，经岁又经年。"其三："莫作商人妇，金钗当卜钱。朝朝江口望，错认几人船。"其四："那年离别日，只道住桐庐。桐庐人不见，今得广州书。"这三首的主题皆是畅言商妇的悲凄，由于夫婿经常搭船远航，让她也讨厌起秦淮水，更厌恶江上的船只，然而另一方面当丈夫远去之后，她又殷殷盼盼着江上的回船，痴痴等候着丈夫是否归来。每当有船回来，都抱持期待，却老是错认、失望；更悲惨的是，这些商人为了随时掌握利机，东奔西走、行踪不定，只说要到桐庐（今浙江桐庐县），信却是从遥远的广州寄回来。原本一心等待良人早日归来，不料他却越走越远了，妇人悲伤的心益发痛苦，只能空闺长守，任年华逝去。

忽见陌头杨柳色，悔教夫婿觅封侯

名句的诞生

闺中少妇不知愁，春日凝妆[1]上翠楼；忽见陌头杨柳色，悔教夫婿觅封侯。

——王昌龄·闺怨

完全读懂名句

1. 凝妆：盛妆，华丽妆扮。

深闺里的少妇不知忧愁，在春日打扮得漂漂亮亮，登上翠楼去眺望；忽然看到路边杨柳发青，发觉春天已到，才后悔真不该让丈夫出外寻求功名。

诗人背景小常识

王昌龄（公元 689—756 年），字少伯，江宁（今南京）

人，一说京兆长安（今陕西省西安市）人。王昌龄于玄宗开元十五年举进士，二十二年中鸿词科。初补秘书郎，调犯水尉，谪岭南，后任江宁丞，又因事贬龙标尉；世称王江宁、王龙标。天宝末年，安史之乱爆发，王昌龄返回江宁，亳州刺史闾丘晓却因忌而将他杀害。后来张镐暂时驻军河南，闾丘晓因为误了救张巡的期限而将被处死，闾丘晓以家中尚有亲老恳求免于一死，张镐于是对他说："那王昌龄的亲人又有谁可以依赖呢？"闾丘晓接不上话，之后就被杀了。

王昌龄与高适、岑参、常建、王维、李白、孟浩然等皆有交往，他的诗含蓄、深婉、浑厚、明快，尤以边塞、宫怨、闺怨、送别之作为佳，有"诗家夫子王江宁"的称号。而他的七绝与李白齐名，被世人誉为"七绝圣手"。

名句的故事

王昌龄既是边塞诗的能手，对于描写宫闺女子的心理状态及微妙变化，亦十分擅长。这首《闺怨》，便是他极负盛誉的作品。

这首诗题为"闺怨"，但诗文在乍看之下，似乎不是这么一回事：一开头就说闺中少妇"不知愁"，还很有心情刻意打扮，登上翠楼赏观风景。其实，作者这样写，正是为了表现出少妇从"不知愁"到"悔"的心理变化。少妇的丈夫从军远征，阔别经年，照理来说应该有愁的，之所以不知愁，也许因为是年纪尚轻，对于离别的感伤还未曾有深刻而细腻的体会，又因为家境优裕，物质生活不虞匮乏，当时正值国力强盛之际，从军远征，立功边塞，成为普通百姓"觅封侯"的理想途径；少妇的丈夫就是在这样的期待下出征的。而从诗文末句"悔教"二字来看，丈夫当初从军的决定，还是她从旁怂恿的呢。这么说来，一个生活在如此优渥的环境，又对前途充满乐观展望的少妇，在一段时间里"不知愁"是完全合乎情理的。

而在第三句，诗文有了转折。"忽见"二字，乍见有些突兀，因为这二字和前面欢愉的气氛有些不搭调。"忽见"是不经意的浏览而于内心有所触动，所见之陌头杨柳，竟引发了少妇不少的感触和联想：柳条吹拂依依，使她想起当年和丈夫的折柳送别，蒲柳易衰，更让她感到青春易逝，于是，以往不曾察觉的孤寂之感在此时不断地涌现、扩大，这样强烈的念头促使她最后下了一个结论："悔教夫婿觅封侯"，终于切合诗题的"闺怨"。

这种以看似矛盾的句子作为开头，续以一句一承接，一句一转折，直至后段带出主题，让人恍然大悟，反而更能强调出少妇的闺怨，而这亦是此诗最为人赞颂之处。

🌀 历久弥新说名句 🌀

"忽见陌头杨柳色，悔教夫婿觅封侯"，单是就闺中少妇言对夫婿的思念之情，试着想想，如果对方夫婿也怀有同样的思念，那会是怎样的一场缠绵而凄美的爱情。东汉秦嘉和其妻徐氏之间，便有这么一段故事。

秦嘉是东汉时的官吏，他和妻子徐氏十分恩爱。一次岁终，秦嘉为郡上计簿将要远赴洛阳，不巧妻子徐氏前些日子因病返回娘家，以至于两人未能面别。他对妻子感到十分不舍，便写了《赠妇诗》三首为赠，表达深切的留恋之情。在第一首中，秦嘉感叹人生苦短，居世少乐，如今又相隔两地，徒然望信兴叹，不但"临食不能饭"，更是"长夜不能眠，伏枕独辗转"了；第二首则写自己别离依依的情况，"临路怀惆怅，中驾正踯躅"；到了第三首，又再度抒发对徐氏的思念之情，此时不见人，也只能"顾看空室中，仿佛想姿形"，最后归结到夫妻之情分，就如同《诗经·卫风》中的《木瓜》篇，我投你以木瓜，你则报我以琼瑶、琼玖，虽然我对于送给你的礼轻而感到惭愧，但我对你的情感却是贵重难得的。后来徐氏接到了这三首诗，亦答诗一首，而后秦嘉又再回了一首，相思之情，溢于言表。

可叹天不从人愿，秦嘉上任没多久，便客死异乡了。于是徐氏兄便逼迫徐氏再嫁，徐氏不从，竟自我毁容，身体也因为过度哀伤而一病不起，徒留这段令人肝肠寸断的人间悲剧。

云想衣裳花想容，春风拂槛露华浓

云想衣裳花想容，春风拂槛[1]露华浓，若非群玉山[2]头见，会向瑶台[3]月下逢。

——李白·清平调·其一

完全读懂名句

1. 槛：槛窗、槛楗之类，有格子的窗户。2. 群玉山：神话中的仙山，传说为西王母居住的地方。3. 瑶台：神仙居住的地方。

看到轻柔的云，就想到她的衣裳；看到柔嫩的花，就想到她娇艳的容貌，春风吹拂窗楗，露水让花色更浓郁。如此国色天香，假若不是在群玉山头曾见过她，那便是在瑶台月光下才能相逢了。

云想衣裳花想容

名句的故事

《清平调》是唐时新歌，李白共作了三首，以新词配旧曲演唱。《清平调》的由来与玄宗宠爱的杨贵妃有极大关系；天宝年间，李白当时为友人推荐，其才华也受到玄宗赏赐，入朝为翰林供奉，然而玄宗感兴趣的只是他天纵英才的文采，而不是满腹经纶治世的理想，因此郁郁不得志的李白整日借酒浇愁。其时玄宗与杨贵妃、高力士等人在沉香亭欣赏刚开的芍药，面对满目春风花蕊，加上身边倾城美人相伴，玄宗便说："赏名花，对妃子，焉用旧乐词为？"于是命人将李白叫来，当场以新词配旧曲，谱写一首赏花咏美人的诗。据说当时李白还半醉半醒，一来即叫贵妃帮忙磨墨，要高力士替他脱靴子，三首优美词句一笔而就，此后传为千古佳句。

李白的《清平调》一名"咏芍乐"，三首连贯，以芍药的美比喻杨贵妃的娇媚。第一首是咏贵妃的美，先从衣裳容貌说起，并以芍药承春风露华滋润，使其格外娇媚；三四句以仙境做比喻，不是在群玉山见过，便是在瑶台打过照面，是将贵妃喻为仙子，提升其身份与美貌。第二、三首仍是以名花和美人相衬喻，"一枝红艳露凝香"、"名花倾国两相欢"，不仅细腻描摹杨贵妃不同的动人姿态，且语言艳丽，风采绝伦，人花交映。虽是一首应酬诗文，却充分显示出李白不羁之才，不论是咏物抑或咏美人，皆有出色、脱于古今的譬喻和语言；清人沈德潜曾云："三章合花与人言之，风流旖旎，绝世丰神。或谓首章咏妃子，次章咏花，三章合咏，殊近执滞。"

《清平调》中所用的典故，除了第一首"群玉山"、"瑶台"等出自神话之外，尚有第二首的"云雨巫山枉断肠"、"可怜飞燕倚新妆"。"云雨巫山"出自楚襄王与巫山神女欢合之事，历代以来被诗人、作者借用、歌咏；李白在此用虚妄的故事，却是反衬杨贵妃受宠的真实。另一个"飞燕"即指汉成帝皇后赵飞燕，李白以新妆可爱的赵飞燕比拟杨贵妃的美丽，然而，也是这一句典故让李白受到高力士的谗谤；高力士对李白借酒要他脱靴这件事怀恨在心，便借机谗言李白将赵飞燕这个亡国妖后比喻为玄宗爱人是非常不恰当的，让玄宗心生疑窦，而使李白被逐出朝廷。但讽刺的是，玄宗对杨氏一族爱屋及乌的宠幸，却引发后来的安史之乱；玄宗的逃亡在马嵬坡停下，因军队要求处死战争的祸首杨贵妃。或许美人本身并无罪，杨贵妃也不如赵飞燕的心机狠毒，李白一句"借问汉宫谁得似"，却仿佛预示了玄宗与杨贵妃这对爱侣的悲惨结局。

❧ 历久弥新说名句 ❧

《清平调》又名为"咏芍乐"；芍药常与牡丹并称，而牡丹在唐朝被称为富贵花，是时人最喜爱的花朵之一，其艳丽、丰厚的娇嫩模样，也可说是相当符合唐朝富丽堂皇的气派形象。据说唐玄宗有一回在内殿赏花时，曾问当今谁的咏牡丹诗为第一？朝臣陈修已便说，首推李封正的"国色朝酣酒，天香夜染衣"；从此

云想衣裳花想容

以后，"国色天香"一句便成牡丹的代名词。唐朝赏牡丹已成了国民娱乐，刘禹锡亦有《赏牡丹》云："亭前芍药妖无格，池上芙蕖净少情。唯有牡丹真国色，花开时节动京城。"牡丹花艳姿瑰丽，雍容大度，长期以来已成为富贵、繁荣的象征，莫怪《本草纲目》中亦称："群芳中以牡丹为第一，故称'花王'。"

将花朵喻为美人，自古以来皆有。如唐崔护的《题都城南庄》："去年今日此门中，人面桃花相映红。人面不知何处去，桃花依旧笑春风。"末两句虽有物是人非的感叹，但崔护将美人与桃花相映，在读者眼前活生生勾勒出一张似桃花般娇艳粉红的容颜。清朝撰写杂剧的作家伤时子在《苍鹰击·割爱》中言："敢道艳如桃李，冷若冰霜，芝兰其馨，金石其操。"以桃李形容女子美丽容貌，纷红似火，下却接一句"冷若冰霜"，正反衬出容颜与态度的差异，更给读者留下深刻印象。

虽说将美人比喻为花是传统文学的基调，但若是一味承袭前人说法，也可能成为陈腔滥调。英国文豪莎士比亚便曾以诗讽刺自意大利十四行诗以来将美人比喻如花般娇贵、如初阳般炫目、如雕像般高雅的滥用无度。"我情妇眼睛半点不像太阳／珊瑚远比她红唇更艳红／若雪为皑白，为何她胸脯阴暗无光／若发为柔丝，则她头顶尽皆铁线／我见过锦缎般的红、白玫瑰／在她颊上却找不到／她口中发出的恶臭／让人感到许多香水更悦人"，短短几句间，嘲讽了过去以来无数因袭用法；名花与美人的相衬或许已是陈腔滥调，但见文人如何从既定传统中开脱出有新意又不落俗套的譬喻，正是文学有趣的地方。

西出阳关无故人

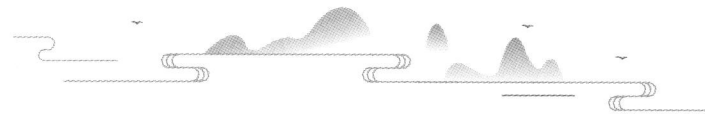

海内存知己，天涯若比邻

名句的诞生

城阙辅三秦[1]，风烟望五津[2]。与君离别意，同是宦游人。海内存知己，天涯若比邻。无为在歧路，儿女共沾巾。

——王勃·送杜少府之任蜀州

完全读懂名句

1. 三秦：指长安所在的关中地区。2. 五津：位于蜀州四川泯江边的五个渡口。

城郭官阙夹护着京师长安，遥望着蜀州但见风烟杳渺。我与你有着共同的离愁，都为了做官而奔走各地。然而只要四海之内还有知心友人，即便相距天涯也仿若咫尺邻居。所以我们不要在分手的岔路上，像小儿女般哭哭啼啼、泪沾衣襟。

诗人背景小常识

王勃（公元650—675年），字子安，唐高宗时人，六岁即善文辞，未及冠年已授朝散郎，召属于沛王府修撰，才高思捷深受沛王爱重。当时王府内流行斗鸡游戏，王勃因而戏嘲撰写了一篇《檄英王鸡》文，高宗得知以后震怒不已，认为此乃无中生有、蔑视皇朝之举，于是将王勃贬斥出府。此后王勃曾短暂沉寂一阵子，万难中才求补到参军一职，但由于恃才傲物，又遭僚吏们的排挤，处境堪怜。任职时王勃又因藏匿罪犯曹达，由于恐惧事情泄漏，于是失手杀死曹达，事发后，原本王勃应以死罪论处，但巧逢大赦而免罪，可前途也已黯淡无光，于是转而投靠因连坐王勃罪刑、左迁到交趾（今越南）的父亲。途中却因为意外而落水，惊吓之余一病不起，以二十七岁之短寿英年早逝。王勃于个性行为虽"浮躁衒露"，颇有争议，但在文学上的表现却是当时首屈一指，他与杨炯、卢照邻、骆宾王齐名，号为"初唐四杰"，是初唐时期诗文创作的重要人物。一般人最熟悉的即是杜甫于《戏为六绝句》所言："王杨卢骆当时体，轻薄为文哂未休。尔曹身与名俱灭，不废江河万古流。"杜甫相当推崇四杰的文学功劳，因此写诗斥责时人轻蔑四杰诗文的举动，也由于杜甫的称扬使得后世常以"王杨卢骆"来排名。

名句的故事

王勃这首诗有两个重点，除了名句"海内存知己，天涯若比邻"外，其实诗人更要着笔兴发的是前一句"与君离别意，同是宦游人"。宦游是唐代文人逃离不开的生活经验，不论是求学、赴京考试，抑或是任职当官，许多时候他们都必须于旅途中踽踽独行，王勃这首诗的重点即是点出"宦游"这个文化现象。唐代官人宦游之久、旅行之远是我们难以想象的，以王勃的例子来看，我们可以看到他这次与杜少府于长安分离，杜氏将前往蜀地四川，王勃继续留在京师任官。光是看王勃这短短二十七年岁月，扣掉十四岁以前的求学生涯，当官后他跋涉过的大河江山已将近半个中国，无怪乎他要言"与君离别意，同是宦游人"，对于宦游也是身感同受。这首《送杜少府之任蜀州》除了点出唐代宦游难之外，王勃也援引曹植《赠白马王彪》诗之典故，其云："丈夫志四海，万里犹比邻。恩爱苟不亏，在远分日亲。……忧思成疾疹，无乃儿女仁？"曹植也写于分离之际，认为丈夫志在四方，只要两人"恩爱"犹在，即便万里之隔，也将如比邻之亲，距离并不会切断之间的联系。这整个意象被王勃完整撷取，且更精练熟化为"海内存知己，天涯若比邻"，成为历代朗朗上口的名句。

❧ 历久弥新说名句 ❧

中国士大夫叹宦游之苦的文学传统起源甚早，最早可追溯至《诗经·召南·小星》"肃肃宵征，夙夜在公"、"肃肃宵征，抱衾与裯"，感慨行役者"肃肃宵征"于夜晚仍需疾行赶路，还要自己带着被子与帐子，以便随时露宿郊外。这种倦行役、叹宦游的诗词，直到魏晋南北朝仍然不衰，如隐逸诗人陶渊明，他之所以不为五斗米折腰，也是因为深感"宦游"之苦。陶渊明《庚子岁五月中从都还阻风于规林二首其二》说道："自古叹行役，我今始知之。山川一何旷，巽坎难与期。"感叹官人每次出公差，不仅旅途羁疲，甚至连归期也难以得知，让身心两端都甚感折磨。唐人王勃也是继承这个传统，除了感慨宦游这个外在环境因素不可改外，也只能劝慰友人"海内存知己，天涯若比邻"，这句话相当动人，读之总觉得即便是天涯独行客，此行也不孤寂。

然而人与人之间真正的距离并非是空间意义上的分隔两地，更确切言应该是心灵上的距离。李敖在二十世纪八十年代晚期有一篇文章《由不自由的自由到自由的不自由》，李敖在这篇文章中回忆他在台大念书时与老师吴俊才先生的一段因缘，毕业后师生两人的住处却只在对面，且皆在政治圈内活动，虽说如此，两人却也从未登门拜访过。直到有天老师登门造访，李敖当下调侃道："古人'天涯若比邻'，老师和我，却'比邻若天涯'。"的确，人与人的距离最疏离、难堪的莫过于"比邻若天涯"了，宛如回到老子所说的"老死不相往来"。空间的距离使得人之间的隔阂拉大，尚事出无奈、有理可原，然若是"比邻若天涯"，那就是人世间很悲哀的事了。

别来沧海事，语罢暮天钟

名句的诞生

十年离乱后，长大一相逢。问姓惊初见，称名忆旧容。别来沧海事[1]，语罢暮天钟。明日巴陵道[2]，秋山又几重。

——李益·喜见外弟又言别

完全读懂名句

1. 沧海事：言沧海桑田、世事变迁。2. 巴陵道：今湖南省岳阳县。

自小与你分别后，又经历了十年的战乱，长大后才在他乡意外重逢。询问姓氏时，还以为你是不认识的陌生人，说出名字后才回忆起你过去的容貌。我们畅述着离别以后种种沧桑事，聊着聊着寺院已敲响了晚钟。明天你就要启程远去巴陵，一重重的秋山再次将我们遥遥阻绝了。

名句的故事

李益《喜见外弟又言别》写于旅途中巧遇亲人，俩人由于从小分别、历经战乱，因此从最初"问姓惊相见"，一番交谈后转为"称名忆旧容"。李益与这位表弟离别已有十年，在这之中又经历唐代最大变局——安史之乱。战争时的动乱，让许多亲友分散东西、失去联系，李益与其表弟亦是其中一员。由于当时两人年纪尚幼，容貌改变已大，且多年未曾见面，即使相见也不相识，诗人在此处采用"惊"与"忆"，是对这番心情转折的最佳写照。如今两人有缘在异乡巧遇，虽然心中甚喜，但也带点悲情，喜的是再度重逢，悲的是俩人乍识如陌路人，且即将各自远行，再次分离东西。李益整首诗并不特别强调情感的浓深，以朴素自然称奇，于平淡中咀嚼人生聚合离散的道理，诗虽不长却余韵悠悠、令人深思。唐人小说中也有流传类似李益相同遭遇的故事。公乘亿以词赋闻名，却考了三十次科举都考不上，由于路途遥远与不断落第，使得他不愿再返乡，便于京城租了一个住所暂时住下来，十多年来没有再踏入故里家门。有一次，同乡的人来到京城，听说公乘亿生重病过世，讹传回乡，公乘亿的妻子仓皇地披了丧服，跋涉千里赶到京城奔丧。其妻好不容易到达京城的郊外时，突然巧遇公乘亿送客离开京师，但由于两人已经十多年不曾见面，仅仅觉得这妇人背景跟妻子很像，公乘亿的妻子也是如此，两人观望、怀疑了

西出阳关无故人

很久，才踌躇地相认，激动之下在马路边公然拥抱，激情落泪，引人侧目（《唐摭言·忧中有喜》）。

历久弥新说名句

李益通篇词汇都相当平顺、亲切，并无特别堆砌辞藻与艰涩典故，严格说来，只有"别来沧海事，语罢暮天钟"句中的"沧海"，算是用了沧海桑田的故事。沧海桑田一词，最早出现于魏晋时期著名的道士葛洪所撰写的《神仙传》，故事记载仙女麻姑与仙人方平两人的谈话。麻姑说从上次两人相见以来，东海已经三度幻变为桑田了，刚刚她到蓬莱岛，感觉海水又比以往来得浅，看起来只有以前的一半深，可能不久也将变成陆地。葛洪借这个故事来说明人世与仙界时间流转快慢的差异，人世间变化如流水，沧海可化为桑田，而仙人经过修炼，秉持着不变之精气，因此能够永生长存，目睹世间万物迁化消长。后世因此引用此典故，以"沧海桑田"来形容世事无常，另也作"沧桑之变"。

不知何处吹芦管，一夜征人尽望乡

名句的诞生

回乐烽[1]前沙似雪，受降城[2]外月如霜。不知何处吹芦管[3]，一夜征人尽望乡。

——李益·夜上受降城闻笛

完全读懂名句

1. 回乐烽：唐代回乐县的烽火，回乐县位于今宁夏灵武县西南。2. 受降城：唐时朔方道曾筑有东、西、中三座受降城，本处指的是西城，位于今内蒙杭锦后旗为乌加河北岸。3. 芦管：一作芦笛，卷芦叶而吹之，深具边地风情。

回乐烽前面沙白似雪，受降城外月色如霜。不知何处吹来芦笛声响，让戍守征夫整夜思念着家乡。

西出阳关无故人

361

名句的故事

李益本身也曾到边地幕府任职，使其诗风格特为浑厚、清远，是继王昌龄、岑参之后写边塞诗最入味的诗人，对于边疆征夫戍役、思乡之情也能感同身受。李益《夜上受降城闻笛》这首诗也写于此时，他于诗中实际描绘了胡地白沙似雪、月色皎洁如霜之景象，且在如此色调凄寒的画面，加入芦管悲凉的响音，让原本耐着孤冷驻守的兵士逐一思想起温暖的家乡。整首诗视觉、触觉、听觉无一不包，且在最后加上一笔"一夜征人尽望乡"的回马枪，让整篇诗余韵无穷，通篇诗歌建构的图像也更为生动。李益这首诗荟萃了思念、画意、音乐之美，在当时的评价就很高，乐工争相传唱不绝，还有画家将此诗描绘的景象谱成图画。清人胡应麟于《诗薮》也予以高评，其言："七言绝，开元之下，便当以李益为第一，如《受降》……诸篇，皆可与太白、龙标竞爽，非中唐所得有也。"

李益是安史之乱后的诗人，历经唐代盛衰分水岭的战役之后，社会动荡未平，边疆局势也岌岌可危，藩镇势力于是崛起，且由于战争的频繁，朝廷大量征调农民百姓远到边城屯戍守卫。这些征夫远离家园，背着行囊来到陌生的塞上之地，不仅需时常面临无情烽火之威胁，也许忍耐胡地冰寒的气候，李益也亲身经历这一切，于是更能切近体会戍边征人的苦痛。李益形容边地风情以"沙似雪"、"月如霜"来勾勒前线风尘弥漫、月色清皎孤寒的样貌，结合远处传来的芦笛声响，令征夫涌起对故乡的悬念。现代文学作家余光中，曾经于《左手的掌纹》一篇小品文中，回忆有次他与友人驾着房车，月夜下驰骋在异国宽敞的道路上，由于两人皆身在异乡，而游子最畏惧见明月夜，怕勾起那浓郁的乡愁。百般无聊下，"两人对吟起唐人绝句来，一人一首，结果越吟越愁。事来年余，仍记得当时，吟到'不知何处吹芦管，一夜征人尽望乡'，真感到是那么一回事，一时'鹅皮'（gooseflesh）都麻了起来。那实在是难忘的一夜"。余光中所言之鹅皮即是今天说的鸡皮疙瘩。吟咏能到达此"猝然中箭"之程度，可谓是真正进入到诗中最高境界当中了。

❀历久弥新说名句

古来边塞、战争诗文的描写，最常从出征戍夫与深闺思妇的角度来揣摩，原因在于他们直接承受了战争的苦痛，远去千里、来到荒凉的塞外，多数征夫都是原本务农的人民，他们对于战争、教练往往一知半解，却要他们拿起刀枪保卫国家。"头可断、血可流"仅仅是官方口号，这些戍守征夫谁不想念着远方的家园？南朝时期的释宝月于《行路难》言："君不见，孤雁关外发，酸嘶度扬越。空城客子心肠断，幽闺思妇气欲绝。拟霜夜下拂罗衣，浮云中断开明月。夜夜遥遥徒相思，年年望望情不歇。"释宝月通篇以征人、闺妇的双重口吻来写，两个角色相互迭合，让刻骨铭心的思念更加凸显，先描述离人远征途中行路之难，再说留滞家中的妇人悲泣欲绝的模样，相隔两地的夫妻只能"夜夜遥遥徒相思，年年望望情不歇"，不论空间乖隔多远，两人相思情爱永将不渝。

中国文学史上对于征戍的主题撰写历久不衰，最早可上溯至《诗经》，两汉魏晋承继，隋唐大盛，此后成为文类其中之一支，截至明清此风仍存。在这些作品当中，不只边塞诗人游历关外、感同身受，还有出家僧人释宝月也曾写过，明清之际甚至还有女诗人王端淑记载她在清人入关后随着明军部队迁徙，饱尝仓皇避乱、狼狈不堪的情景。王端淑《苦难行》言："半夜江潮若电入，忽儿不醒势偏急；速在沙滩水汲身，轻沙衣袂层层温。听得军令束对行，冷露薄衣鸡未鸣。是此常随不知止，马嘶疑为画角声。汗下成斑泪如血，苍天困人梁河竭。病质何堪受此情，鞋跟踏绽肌肤裂。定海波涛轰巨雷，贪生至此念已灰。"这首《苦难行》相当冗长，描述王端淑在战火中随着军队流徙的艰难，也是以女性身份实际体验男性屯戍战争的悲情，整首诗类似诗史，详述当时颠沛流离的生活，脱离固有之征夫思乡、厌倦屯戍或闺怨的风格，独树一格。虽然最后王端淑侥幸逃过一劫，但途中也遭受许多波折，甚至遭遇盗匪，好不容易战争结束，返回家乡已是物非人也非，再也无家可归。

浮云一别后，流水十年间

江汉曾为客，相逢每醉还。浮云[1]一别后，流水十年间。欢笑情如旧，萧疏鬓已斑。何因不归去，淮上[2]有秋山。

——韦应物·淮上喜会梁川故人

完全读懂名句

1. 浮云：指人生聚散无常，如浮云不定。2. 淮上：淮水边。

我们曾经在长江、汉水一带飘零作客，那时每次遇见你，总要喝个不醉不归。我们阔别之后，就像浮云般漂泊；时光如流水，不知不觉已经十年。今日相逢友情依旧，欢笑依然；只是头发稀疏，双鬓也已斑白。你问我为什么不回故乡？我只是还依恋着淮水边的秋山红叶罢了。

西出阳关无故人

诗人背景小常识

韦应物（公元 737—792 或 793 年），长安（今陕西西安）人，父亲韦銮和伯父韦鉴都是有名的画家，十五岁起至天宝末年曾担任玄宗近侍，常出入宫闱，扈从游幸，沾染了不少纨绔子弟的不良习气，不读书、不识字，只会横行乡里，仗势欺人。安史之乱时，玄宗奔蜀，韦应物流落失职，因遭人轻视才开始立志读书。

尽管韦应物一直有自己的政治理想，但沉浮宦海多年，总是没有办法进入政治核心，多少有些志不能申的感慨。他个性高洁，少食寡欲，家居时一定要焚香扫地才坐下。在他后期的作品里，慷慨为国的昂扬意气消失了，代之以看破世情的无奈和散淡，反映了生活和思想的恬退闲静。比起少年时代的猖狂，他的前半生和后半生简直判若两人；这或许是社会现实、生活经验和文学修养的影响。

韦应物的最后一份官职是苏州刺史，在任上时常召集文人雅士们聚会宴饮，经常出席的有顾况、刘长卿、皎然、丘丹等。三年后退职时，真正是两袖清风，穷得连回长安老家的路费都没有，只得寄寓于苏州永定寺。两年后贫病而殁，晚景十分凄凉。

❦ 名句的故事 ❦

历经安史之乱后的唐朝，是一个饱受战争摧残而百废待举、人民流离失所的悲惨世界。韦应物在滁州时，在淮上（今江苏淮阴一带）遇见十年前在梁州（今陕西南郑县）认识的老朋友。明明诗题是"喜会"故人，诗中的情感却悲喜交集。

诗的开头，回想昔日在江汉作客期间，与老朋友往来聚饮的乐事，仿佛试图从甜蜜的回忆中得到慰藉，没想到反而引起岁月蹉跎的悲伤。经过这十年像浮云般居无定所的漂泊生涯，两个人都老了。虽然欢聚时的快乐就跟以前一样，却再也不是当年满头黑发的年轻人。最后的一问一答，乍看轻描淡写，漂泊之感却尽在不言中。

韦应物在《登楼》中写道："坐厌淮南守，秋山红树多。"表面上他留恋秋光中的满山红树，迟迟不肯归去，但隐藏在如画风景背后的，或许还有诗人更深沉的感情和未完成的愿望。当年闯荡江湖，情谊深厚，知交难忘。旧友重逢固然喜悦，但令人眷恋的大唐盛世已去而不返，两人这十年来的生活都是凄惶而流离不定。从老朋友眼中看见同样沧桑的自己，韦应物有太多话就算想说也说不出口，只能借语秋日山水之美，从中寻求慰藉。

历久弥新说名句

高山流水，弦断知音去。似水流年，时逝友谊存。今夜一同把酒言欢的人，下次再见面不知会是何时？就算见了面，又会是怎样一番不同的景象？说到历经时间与空间考验的友情，就不能不想到汉代的李陵与苏武。李陵虽然兵败归降匈奴，仍把苏武当成能够理解他心中委屈的好友。当苏武熬过十九年的艰苦牧羊岁月终于要回汉朝去时，李陵在河梁与他送别，互相以诗赠答。李陵写道："仰视浮云驰，奄忽互相逾。风波一失所，各在天一隅。"(《与苏武诗三首》)苏武的《诗四首》则有"俯观江汉流，仰视滔云翔"的句子。他们都以"浮云"表示人生的变幻无常，以"流水"表示一去无影踪的岁月年华，更以此感叹老友从此胡汉两隔、不得相见的无奈。

现代中国文人之间，也有历经时代动荡和多年分离而依然不变的友情，而且还是男女之间的纯友谊。冰心与梁实秋在二十世纪二十年代前往美国的轮船上相识并结成好友，在美国求学期间还同台用英语演出《琵琶记》。从那时起直到抗战胜利，他们常有书信字画往来，抗战胜利后，冰心随同夫婿派驻日本，曾写信表示会为梁实秋一家安置在日本的生活。梁实秋虽然没有去，但终生感激这份友情。不久之后，冰心夫妇回到祖国大陆，梁实秋则到了台湾。两岸多年的对立，使他们的友情无法传递；等到能够通信时，两人均已成了耄耋老人。

"文革"时期，梁实秋在台湾听说冰心和夫婿双双服毒自杀，不禁悲痛异常，写了一篇《忆冰心》，回忆两人几十年的友情。后来才知道这一消息是误传，但冰心读了文章后，给梁实秋写了回信，托人从美国带到台湾，两人也算再次联络上了。冰心在晚年写作的《关于男人》文集里，有两篇写到梁实秋。可惜的是，梁实秋终究没有在去世前重新踏上北京的土地，再见冰心一面。冰心得知梁实秋去世的消息，在悲痛中写了《悼念梁实秋先生》。文章中说："我怎能不难过呢？我们之间的友谊，不比寻常啊！"

西出阳关无故人

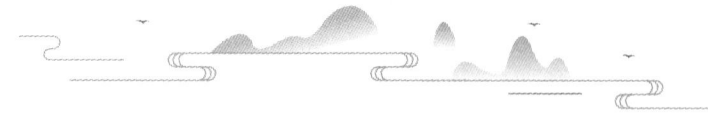

闻道欲来相问讯，西楼望月几回圆

名句的诞生

去年花里逢君别，今日花开已一年。世事茫茫难自料，春愁黯黯¹独成眠。身多疾病思田里，邑有流亡愧俸钱²。闻道欲来相问讯，西楼望月几回圆。

——韦应物·寄李儋元锡

完全读懂名句

1. 黯黯：低沉黯淡。2. 愧俸钱：惭愧自己拿了国家的俸禄，却没有把百姓安定下来。

我们在去年花开时节相逢又分别；今日春花又开，不知不觉已经一年。人间世事茫茫，件件难以预料；春天的忧愁低沉黯淡，夜里只能怀着愁思入睡。我的身体多病，越来越思念乡田故里；治邑还有灾民，我真愧领国家的俸禄。听说你们想来此，探访我这孤老头；我不知在西楼上看过几回月圆，却还不见你们的踪影。

名句的故事

　　这首诗作于韦应物担任滁州刺史期间。那时正当安史之乱后没有多久，社会情况十分混乱，世事渺茫难料。韦应物与友人分别已经一年，见到春花又开，不禁触景生情，写一年来的感受。从自身来讲，既多病而思归，又为了无法做好父母官而自愧；最后两句表示渴望和友人重聚畅叙。

　　韦应物的诗中经常提到李儋和元锡，究竟是一个人还是两个人，后人的说法很不一致。但从文献上看，李儋和元锡经常分别出现在不同的诗题中（如《同元锡题琅琊寺》、《送元锡杨凌》、《酬李儋》等），应该都是韦应物的诗友，而且交谊很深；《酬李儋》一诗中，韦应物还把李儋称为"同心友"。

　　韦应物登西楼望月等待佳客，而古代文人墨客每当心情不快、苦闷难耐的时候，也常常独倚西楼，极目远眺。"西楼"往往是诗人对景伤怀的好地方。由"无言独上西楼，月如钩。寂寞梧桐，深院锁清秋"（李煜·《相见欢》）已可想见那是个多么孤寂而萧索的月夜。要是西楼临水，就成了典型的"望江楼"，如温庭筠的《忆江南》："梳洗罢，独倚望江楼。过尽千帆皆不是。"由于水常东流，由楼上凝望远处，容易产生悠悠离绪，更显得悲凉。

　　"西楼"也常代指送别之处。唐代许浑的《谢亭送别》："日暮酒醒人已远，满天风雨下西楼。"其中"西楼"指的就是诗题

里的"谢亭"。晏几道在《蝶恋花》中也有"醉别西楼醒不记，春梦秋山，聚散真容易"的句子，与友人在西楼喝到酩酊大醉而别。

❧ 历久弥新说名句 ❧

中国自古以来，就流传着许多跟朋友或情人约好了要见面，却又因故失约，让苦苦守候的一方大失所望，甚至为此赔上性命的故事。其中最有名的应该是出自《庄子·盗跖篇》，"尾生与女子期于梁下，女子不来，水至不去，抱梁柱而死"。尾生始终坚守诺言，在桥下等着那位没有露面的女子，潮水涨高后仍抱着桥柱不放，最后不幸淹死。苏秦说："且夫信行者，所以自为也，非所以为人也。"不妨理解为事已至此，与其说尾生无法面对未来，不如说他无法面对过去。尾生必须完成之前对自己的要求，那就是"信"。起先他当然不曾抱定必死的念头而来，守信是结果，不是动机；在桥下的他孤独无告，守信竟成了唯一可以依靠的东西了。

明代冯梦龙《警世通言》中的《俞伯牙摔琴谢知音》，则是一个由于不可抗拒的命运而无法践约的悲伤故事。春秋时代，精通音乐的晋国大夫俞伯牙奉命出使楚国，完成使命后乘船回国的途中，在汉阳遇风雨停泊岸边，便奏起随身携带的古琴。有个名叫钟子期的樵夫也在此避雨，竟然听出伯牙琴声中"志在高山、志在流水"的心声，两人畅谈一整夜，非常投机。雨过天晴，伯牙必须赶回晋国，便相约明年今日在此地重聚。然而，等到伯牙来年如期来到，子期却因积劳成疾，已经去世一个月了。伯牙悲痛欲绝，在子期坟前抚琴哀悼知己后，将心爱的琴摔碎奠慰知音，此后终其一生都不再抚琴。

妇人在崖上望夫归来，久了竟化成崖上的一块石头的"望夫崖"故事不但被写入小说，甚至还搬上了屏幕；但陕西的白鹿原却流传着一个丈夫等不到妻子的故事。当地传说玉皇大帝有位仙女思凡，变成一只白鹿在这里出没，招引很多猎人前来追捕，最后总算让她挑中一个值得变回美丽的少女并与其相恋的英俊猎人。没想到好景不长，玉帝派人来把仙女召回天宫，夫妻离别时，痛哭流涕，肝肠寸断，相约九九八十一天以后在此相会。妻子离开后，猎人苦苦等了不知多少个九九八十一天，始终不见妻子的踪影，只好把浐水河边的山地命名为"白鹿原"，来纪念这段已逝的恋情。

相送情无限，沾襟比散丝

名句的诞生

楚江¹微雨里，建业²暮钟时。漠漠帆来重，冥冥鸟去迟。海门深不见，浦树远含滋³。相送情无限，沾襟比散丝⁴。

——韦应物·赋得暮雨送李胄

完全读懂名句

1. 楚江：指长江。2. 建业：建业寺，位于今江苏南京。3. 含滋：湿润，带着水汽。4. 散丝：形容泪下如雨。

长江笼罩在一片细雨里，此时建业寺敲响了晚钟。江水茫茫，船在雨中行进得很吃力；天色昏暗，鸟儿也飞得很慢。长江的入海口很远，从这里看不到；江岸边的树，远远望去，饱含着湿润的水汽。我怀着无限情意为你送行，泪水像雨丝一样沾湿衣襟。

名句的故事

虽然从现存的数据无法得知李胄（一作李曹，又作李渭）的生平事迹，以及他与韦应物的关系，但从这首诗却可看出两人的友谊应该相当深厚。在唐代，即景赋诗往往以"赋得"为题；"赋得"的意思相当于咏，这首诗很有可能是送行时即景而赋的。在微雨里、傍晚的钟声里，船帆显得沉重，鸟也飞得慢。从建业往东望向长江入海口，前景模糊未明，连远处江岸边的树木都浸润在深情的雨雾中，更何况是送别的人？诗人再也抑制不住自己的感情，泪水源源不绝地像雨丝般落下。

"沾襟"或"沾裳"在古诗中代表哭泣，如陈琳的《游览二首·其一》"欷歔涕沾襟"，以及阮瑀的《杂诗二首·其二》"泪下沾裳衣"等。相传古代三峡的巴猿非常疼爱自己的亲生骨肉，一旦丧子，便会悲啼不止，直到气绝而亡。凡是经过三峡的人听到了，没有不被那悲哀的啼声感动而流泪的。当地曾有渔歌这样唱道："巴东三峡巫峡深，猿啼三声泪沾裳。"

若把相送改为相逢而照哭不误，甚至哭出一段好姻缘来的，就非艺术家吴作人莫属了。师事徐悲鸿期间，萧淑芳和吴作人是同班同学，那时的吴作人留给萧淑芳的唯一印象是"十分腼腆"。不久，二人分别前往海外留学，就此分离，一别就是十七年，两个老同学才在上海美术作家协会举办的画展开幕那天重聚。见面倍感亲切，吴作人特地为此作了一首题为《胜利重见沪上》的诗相赠："三月烟花乱，江南春色深。相逢情转怯，未语泪沾襟。"两年后，两人喜结连理。徐悲鸿、廖静文夫妇光临婚礼，并担任他们的证婚人，徐悲鸿还画了一幅水墨《双骥图》当作贺礼。

历久弥新说名句

"黯然销魂者，唯别而已矣。"（江淹·《别赋》）古代交通不便，战乱频仍，一旦别离就有可能变成永诀，所以古人向来非常重视送别。中国文学史上第一部诗歌总集《诗经》中的《邶风·燕燕》一篇，可以说是中国诗歌史上现存最早的送别之作，写的是庄姜送别卫公妾戴妫时的场景（另一说为卫公送别妹妹远嫁）。诗中说："燕燕于飞，差池其羽。之子于归，远送于野。瞻望弗及，泣涕如雨。"描写相送于郊外路旁，望着亲爱的人渐行渐远，直到再也看不见踪影，而像下雨一样痛哭流泪不止。清代王士禛的《带经堂诗话》中，将这篇推举为"万古送别之祖"，可说是中国古典诗词曲中写送别场面的滥觞。

说起擅长描写离别哭泣场面的古代文人，就不能不想到柳永。他几乎一辈子在秦楼楚馆中，风尘女子以唱柳词为荣，以能接待柳郎为幸，风流的柳永与歌妓别离时难免要哭上一场。他最著名的哭法是《雨霖铃》里的"执手相看泪眼，竟无语凝噎"。古时男女有别，同情人分离时，在公开场合能够执手就很前卫了，而凝噎又与哽咽不同；哽咽是哭时不能痛快地出声，凝噎是由于不能哭、不该哭，但泪腺已经不由自主地打开了，泪水悄悄顺着鼻腔流到咽喉，在食道和气管之间打转，须臾之间，呼吸变得困难起来，连话都说不出来了。这种"无言有泪，断肠争忍回顾"（《采莲令》）的别离方式，虽不出声，但情真意切，具有很高的艺术感染力。

戏曲《梅开二度》故事中，忠臣梅魁得罪了奸相卢杞，卢杞便诬告梅魁谋反，皇上一怒之下，传旨诛杀梅魁全家。梅魁之子梅良玉因外出游学，侥幸免遭杀害，后因卢杞追捕甚急，便更名王喜童，辗转投靠到陈尚书家做花工；陈尚书与梅魁交情甚笃，一日在花园中赏梅，想起故友梅魁，本打算为梅公设坛准备祭拜，不料夜晚突降风雹，将盛开的梅花扫落一空，陈尚书因此而生出家之念。家人苦劝不从，他说："除非梅花再度开放，否则我定要为梅魁出家。"这一片敬友之心感动了上苍，他园中的梅花竟二度重开，陈尚书才放弃出家的念头。后来得知花工王喜童就是梅魁之子梅良玉，喜出望外，遂将女儿陈杏元许配梅良玉为妻，又为避免奸相生疑，未择婚期，婚前良玉同杏元以兄妹相称。恰在这时，奸相卢杞推荐陈杏元远嫁北国和番。皇命难违，陈尚书只好含泪同意，并让梅良玉以表兄的身份送陈杏元赴北国和番。这对患难夫妻途经邯郸，携手登上武灵丛台，由此哭别。至今，雄伟的丛台上仍镌刻着"夫妻南北，兄妹沾襟"八个苍劲大字；这夫妻别离的场面，岂不是更令人鼻酸。

人生在世不称意，明朝散发弄扁舟

名句的诞生

弃我去者、昨日之日不可留；乱我心者，今日之日多烦忧。长风万里送秋雁，对此可以酣高楼。蓬莱[1]文章建安骨[2]，中间小谢[3]又清发[4]。俱怀逸兴壮思飞，欲上青天览日月。抽刀断水水更流，举杯消愁愁更愁，人生在世不称意，明朝散发弄扁舟。

——李白·宣州谢朓楼饯别校书叔云

完全读懂名句

1. 蓬莱：唐宋人称秘书省为蓬莱道山。2. 建安骨：即建安体之风骨。建安为东汉献帝年号，当时文人有曹氏父子及七子，皆以文章著，世称建安体。3. 小谢：文学史上称谢灵运为大谢，谢朓为小谢。这里指叔云任职秘书省，又有谢朓之才。4. 清发：清新发越。

离我而去的昨日时光，已经不可挽留；扰乱我心思的今日时光，使我十分烦忧。我在这座谢朓楼上为你送别，看着长风万里伴送秋雁，此情此景真可痛快畅饮一番。你在蓬莱道山担任校书，文章有建安体那样志气飞扬又笔力遒劲的风骨，尚且有像谢朓般清新发越的才思。不论是谈诗论文，或下笔挥洒，都怀有奔逸的兴致和豪壮的思想，就好像要飞上青天去览取明月似的雄壮。抽出刀子去砍断流水，怎奈水更流个不停；举起酒杯本想消除愁闷，怎奈愁闷愈益增多而难以消解。人生在世，总是不能称心如意，倒不如明天披散着头发，驾着小舟，归隐江湖去吧。

名句的故事

此诗是李白于天宝十二载（公元 753 年）末年在宣城期间饯别秘书省校书郎李云（一说为李华）所作。诗中的谢朓楼为南齐宣城太守谢朓所建，又称谢公楼、谢朓北楼，于唐时改建，复更名为"迭嶂楼"。

此诗为李白名作之一，诗文句句脍炙人口，李白固有的自然与豪放和谐结合的语言风格，在这首诗里也表现得相当突出。在诗的后半段，诗人首先称赞李云的文章"蓬莱文章建安骨"；以"蓬莱"称文章，典故其实源出于东汉时期，当时学者以蓬莱为海外仙山，上居仙人，藏有大量的幽经秘录，故称政府的藏书机构"东观"为"道家蓬莱山"。到了唐朝，又多以蓬山、蓬阁指秘书省，李云既然是秘书省校书郎，所以这里便用"蓬莱文章"借指李云的文章。

至于"中间"一句，大致有两种说法：一说认为李白以"小谢"自况，一说则认为诗人以小谢赞李云，推崇李云之文风有如谢朓般清丽。姑不论何说为是，可以确定的是，李白对于谢朓是极为推崇的，而李白诗"清丽"的描绘笔法，受到谢朓的影响亦是很深。

再看到"俱怀逸兴"二句。其实全诗要表达的重点，也是多数李诗中一贯的主旨，更是其可贵之处，便是诗人阔大的胸襟抱负及豪放坦率的思想性格的表现。尽管他精神上饱受苦闷的重压，但却没有因此放弃对进步理想的追求。"壮思飞"、"上青天"、"览日月"，这是多么雄壮的豪语。至于"抽刀"二句，也在抒写强烈苦闷的同时表现出倔强的性格，因此整首诗给人的感觉不是阴郁绝望，而是忧愤苦闷中显现出豪迈雄放的气概。最后"人生在世"两句，亦是李诗一贯豪迈的作风，为全诗画下一个完美的句点。

历久弥新说名句

人生在世既不称意，不如明朝就披散头发，驾上一叶扁舟，飘然离去吧。而扁舟何去？无有方向，无有目标，自由自在，俨然有"隐居"的意味。诗人才华扬溢，诗作意象丰富，但单就"弄扁舟"一事来说，往上追溯，他还不算是首创者。中国自古最早懂得"弄扁舟"这道理的，应当就属春秋时代的范蠡了。

根据《史记》及《吴越春秋》记载，当时越王勾践败于吴王夫差，俯首称臣，为阶下囚，穿的是下人的衣裳，做的是下人的杂活，而范蠡总是随侍在越王身边，谨守着君臣的礼分。范蠡更为越王打理一切：上使吴王与伍子胥君臣失和，下使越王诚恳事吴，使吴王对于越王渐失戒心。一次吴王卧病三月不愈，范蠡于是卜卦，以为己巳日当瘳，便献计教越王亲尝吴王粪便，然后告知己巳日即愈。越王照办，到了己巳日，吴王的病果然痊愈了，自此吴王对于越王更是深信不疑；而这一切全掌握在范蠡的手中。

终于，吴王不顾伍子胥的力谏，放越王回国，越王也在此时重整国事：从城墙的建造，到上朝为政、抚慰百姓的择日施行，都征询过范蠡的意见。八年之后，勾践计划伐吴。其间越国对内整顿吏治，对外与吴国表面上交好，实际则想因此败废其政务，劳顿其人民。而"十年生聚，十年教训"，几次伐吴大胜后，越国俘虏了夫差，并杀了他，获得最后的成功。

就在越国上下沉浸在胜利的欣喜的同时，范蠡却计划在此时离开越国，还告诫一起辅佐越王的文种，希望他也能离开，否则将有杀身之祸。范蠡这么说："飞鸟已尽，良弓便收藏不用了；狡兔既死，走狗便会被烹煮来吃。越王这个人长得长脖子鸟嘴巴，只可与共患难，不可与共享乐，为什么不离去？"于是便驾着一叶扁舟，出三江，入五湖，从此销声匿迹。

同样是"弄扁舟"，范蠡表现的是明察人事、功成不居的慧眼和情操，李白表现的则是有志未能申、怀才不遇的愤懑，但总结来说，其实何尝不都是"未遇明主"的感怀？

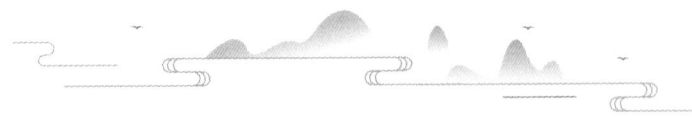

孤帆远影碧空尽，惟见长江天际流

名句的诞生

故人西辞黄鹤楼，烟花[1]三月下扬州。孤帆远影碧空尽，惟见长江天际流。

——李白·送孟浩然之广陵

完全读懂名句

1. 烟花：春天繁花盛开，一片如烟似雾的样子。

老朋友从西方辞别了黄鹤楼，在三月春色烂漫时候，下到扬州去。那孤单的船帆影子远远地消失在青天下，只见长江水滔滔地向着天际奔流。

名句的故事

就在开元十六年的春天（公元728年），李白与孟浩然在江夏（在今湖北武汉市武昌县）相会，旋又相别。李白于黄鹤楼相送，离情依依。目送着老友的离去，内心自有无限的感慨，于是便写下了这首千古名诗。此诗只写即目之景，并未言情，而含无限深情，尽在言外。

李白与孟浩然相交往，是在李白刚出四川不久，正当年轻快意的时候。比李白大十多岁的孟浩然，这时已经名满天下。他给李白的印象总是陶醉在山水之间，自由而愉快的。这次的离别正值开元盛世，太平而繁荣，季节是烟花三月，春意最浓的时候。从黄鹤楼到扬州，这一路都是繁花似锦，扬州更是当时整个东南地区最繁华的都会。李白是这样一个浪漫、爱好游览的人，所以这次离别，完全是在浓郁的畅想和抒怀的气氛中进行的。

关于黄鹤楼的传说很多，根据《南齐书》的说法："仙人子安乘黄鹤过此。"《太平寰宇记》则说："昔费袆登仙，每乘黄鹤于此憩驾。"而《报恩录》将这一则故事说得更为生动：相传很久以前，有位道士常到蛇山上的酒店吃酒，每次都受到店主人的殷勤招待，甚至不收酒钱。道士为了感谢店主人的热情，在一次离开时，便用橘子皮在粉墙上画了一只黄鹤，并告诉店主人："如果有酒客来，你只要拍拍手，黄鹤就会从墙上飞下来。"店主人当场一试，果然灵验。从此之后，酒店的生意变得十分兴隆，客人络绎不绝。十年后，道士重返蛇山酒店，从怀里取出笛子，吹奏起来，黄鹤即从墙上飞下，展开双翅，道士便跨上鹤背，杳然离去。店主人为了纪念道士，就在当地建了黄鹤楼，后人以为其中的道士正是吕洞宾，明清以降，还在黄鹤楼里供奉吕洞宾的

肖像。

然而从黄鹤楼、烟花三月、送行，开头二句，我们感受到场景的浪漫、人情的浪漫，却似乎感受不到离别的伤感。再继续往下读，"孤帆远影碧空尽，惟见长江天际流"，那孤帆的影子远远消失在青天下，只见长江的流水滔滔地向着天际奔流；配合着前面浪漫的景象，末二句没有强烈的悲伤情绪，而是给人一种淡淡的、悠远的情愫，如炊烟、细流般悠悠不绝。而李白对朋友的一片深情与向往，不正体现在这富含有诗意的注目之中？诗人的心潮起伏，不正像这浩浩东去的一江春水？

历久弥新说名句

"孤帆远影碧空尽，惟见长江天际流"，诗人将自己的离情寄托于孤帆，寄托于不尽的江水，又留下碧蓝浩空，一大片留白的空间给人慢慢地去体会，慢慢去寻思，这种"含不尽之情尽在言外"又"寓情于景"的艺术表现手法可说是极为高明的，不论在文学上，或是运用在绘画方面，都堪称佳作。

北宋徽宗赵佶是一个书画家皇帝，当时宫中设有皇家画院，为了选拔优秀的画工到画院里来作画，徽宗经常下令全国招考。有时候，徽宗还会亲自出题目，往往是选一句古诗作为画题，除了考验画师的画工，也考验他对画境的体会。

有一次，徽宗出了一个画题，"深山藏古寺"。古寺"藏"在深山里，怎么看得见？既然看不见，又要怎么画？这个题目困难度很高，把很多画工都难住了。有的闭目省思，有的来回踱步，就是不知怎么下笔。也有少数的画师埋头作画，有的在山腰上画了一座古寺，有的在山林里隐隐约约露出古寺的样子，总之，他们的画，都没有把古寺"藏"住。

到了评审时，有一幅画脱颖而出。大家上前一看，画面并没有出现古寺，却有一条小路在深山中蜿蜒而上，最后被山峰挡住，不见尽头。山脚下有一条小溪，溪中有淙淙流水，溪旁有一个小和尚正在提水。既然有和尚下山挑水，深山里头想必有座古寺。这幅画把一个"藏"字表现得既含蓄有鲜明，真是画有尽而意无穷，徽宗看到了，亦赞赏画师的独具匠心，当然不久之后，这位画师便受召入宫了。

回到名句上来看，诗人渐渐望不见孟浩然的行船，行船终于消失在青天之下，或许是被山给遮住了，也或许是隐没在视觉聚焦之外，诗题写的是送行，最后却不见行船，只见流水，这是怎么一回事？其实，诗人是刻意地把船"藏"起来，再以天际江水作结，既点出了行船的远去，亦将此刻内心悠长的离情寄托在眼前的江水中，奔流不绝。这样的表现手法，和故事里特出的画作，是不是有异曲同工之妙？

浮云游子意，落日故人情

名句的诞生

青山横北郭，白水绕东城。此地一为别，孤蓬¹万里征。浮云游子意，落日故人情。挥手自兹去，萧萧²班马³鸣。

——李白·送友人

完全读懂名句

1. 孤蓬：飞蓬。2. 萧萧：马鸣声。3. 班马：离群的马。

青山横亘在北郭外，流水绕过东城下。我们就在这里分手，从此像蓬草似的万里飘零。游子的行迹就如浮云般难有定所，朋友的别情就如落日般难以挽留，挥挥手，你从此离开了，只听得离群的马儿萧萧哀鸣。

名句的故事

这是一首充满诗情画意的送别诗，诗人与友人策马辞行，情意绵绵，感人肺腑。对于此诗，有说作于宣城，亦有说作于南阳。"留别"可说是全诗的主旨，而诗中的"游子"似为诗人自指。

在诗文里头，诗人运用了很多意象作为象征，传达情感，这是此诗一个很特别的地方。如"孤蓬"、"浮云"、"落日"，及"萧萧鸣叫的班马"，都各自代表了深厚的意思。蓬草轻盈，随风飘荡，就如同漂泊不定的人生；浮云离散，无有归所，更有如游子流落异乡。夕阳西下，余晖渐消，就如同朋友之离别而难以挽回；离群的马儿萧萧鸣叫着，又何尝不是朋友间分别的喟叹？

以"孤蓬"喻漂泊人生，例子所在多有，亦有作"飘蓬"或"飞蓬"者。像是温庭筠《春日将欲东归寄新及第苗绅先辈诗》："犹喜故人先折桂，自怜澄客尚飘蓬"以及陆游《拆号前一日作诗》"飘零随处是生涯，断梗飞蓬但可嗟"便都是这么用的。至于诗文中的"浮云游子"，其实早在汉古诗十九首的《行行重行行》，里头就有"浮云蔽白日，游子不顾反"这样的诗句，同时写出了"浮云"和"游子"。但真正将"浮云"喻为游子，还是李白这首诗头一个这么用的。而诗文末句之马鸣状声词，则实自《诗经·车攻》"萧萧马鸣"而来。

对于此诗，前人应时在《李诗纬》中这么说道："太白五律之结构，当推此诗第一。"可说是极为推崇的了。今人葛景春则这么评道："李白此诗虽为律诗，但自然而不雕琢，不求巧而自巧，自是太白本色。"

西出阳关无故人

历久弥新说名句

在名句里，诗人以游子的行迹比喻为浮云：浮云飘浮不定，来去无踪，意象十分鲜明，也因为如此，历代文学作品对于"浮云"是用得很多。早在先秦的孔子就曾经说过："不义而富且贵，于我如浮云。"将"不义而富且贵"的事儿，视如过眼烟云，用的即是浮云易散的形象。

再看到唐朝诗圣杜甫的《可叹诗》，这首诗是杜甫在晚年所写下的。历经了安史之乱、人事剧变，又看到了社会黑暗、民生疾苦，而写下轰动古今的三吏三别的他，内心自是感慨万千。于是他喟叹："天上浮云如白衣，斯须改变如苍狗。古往今来共一时，人生万事无不有。"天上浮云多变，而人生万事，古往今来，就如同浮云一样变化多端。经由杜甫巧手一写，后来"白衣苍狗"、"浮云苍狗"便喻有"世事无常"的意涵。宋朝的陆游在《寄题胡居仲故居诗》更加以引用："浮云每叹成苍狗，空谷谁能絷白驹？"化用得不着痕迹，真不愧为南宋头号诗人。

这样的用法承袭到了后代，号称明朝最伟大的诗人高启的《听教坊旧妓郭芳卿弟子陈氏歌》诗有这样的句子："回头乐事浮云改，瘗玉埋香今几载。"瘗玉埋香是同义复词，"瘗"本身就有埋葬的意思。诗里说乐事如浮云改换，其实就是感叹乐事稍纵即逝、改易无常的意思。仔细推敲，这浮云的用法其实正从杜甫之

"白云苍狗"幻化而来，文学运用的承袭关系，还真是不可忽略。

此篇名句中的浮云是以浮云飘浮未定的特性做比喻，跟杜甫及高启诗里头浮云意象的表现还是略有不同，同样一个单纯的东西，却可以细分其性格特色并做各别的运用，或许这正是文学创作吸引人的地方。

野火烧不尽，春风吹又生

名句的诞生

离离[1]原上草，一岁一枯荣。野火[2]烧不尽，春风吹又生。远芳侵古道，晴翠接荒城。又送王孙[3]去，萋萋满别情。

——白居易·赋得古原草送别

完全读懂名句

1. 离离：青草繁茂的样子。2. 野火：焚烧荒野枯草的火。3. 王孙：古代对贵族子弟的通称。这里是对友人的客气话。

古原上的草一丛接着一丛生长，年年都会枯萎却也年年茂盛；无情的野火烧不死这些强韧的草根，温暖的春风又能唤醒新的生命。在古老的道路上都闻得到馥郁的草香，闪闪绿光连接着荒废的古城；又要送公子走向天涯，就连古原上茂密的小草都充满离别的感情。

名句的故事

　　《旧唐书》的《白居易传》和唐代张固的《幽闲鼓吹》中，都记载白居易十五六岁时初抵长安，以诗谒顾况，先被挑剔的顾况打趣说"米价方贵，居亦弗易"，打开诗卷读到《赋得古原草送别》后，反而佩服得不得了，替白居易到处宣扬而使他声名大振。不过，后人考证这个传说的真实性不高，从贞元五年到十六年，白居易一直随父居官在外，直到十一年后才一举中第，不太可能那么早就为应试而拜访当时声名狼藉的顾况。

　　盛唐出现一种新的诗歌形式，先咏物，后写别情，题目有两项内容，诗中也有两项内容。除了《赋得古原草送别》，还有岑参的《白雪歌送武判官归京》、韦应物的《赋得暮雨送李胄》等诗皆是。这首诗前六句咏草，"离离"形容草的浓密，"一岁一枯荣"是对自然景物的客观描述。"野火烧不尽"巧妙地承接"枯"字，"春风吹又生"则承接了"荣"字。下两句说明是仲春时节，天气晴朗，绿草从诗人脚下一直延伸到远方。到此，已写足"赋得古原草"，接着就要进入"送别"的主题。

　　春天是美好的季节，朋友、家人应该在一起度过。在交通不发达的古代，春天的别离是最令人伤情的，而"又送"二字说明了白居易不止一次在春天送行。古原上的草枯了又荣，烧了又生。他的惜别之情，因"王孙"归来而消失，又因"王孙"再度远行而滋生。随着"王孙"远去的脚步，依依不舍的情感就像古

西出阳关无故人

原上茂盛的草，仿佛连到天边。到这里才发现，前面咏草，是为了后面的叙情做准备。那浓密茂盛、野火烧不尽、一望无垠的草，原来都是诗人无穷无尽的别情。

历久弥新说名句

野草的生命力十分旺盛、顽强，尽管干燥的秋季里常有烧荒的大火，等到来年大地上吹来暖和的春风，从已烧焦的草根下又会长出旺盛的新草。谣言跟野草有很多相似的地方。野草长得快，不挑地方长，有阳光有水就能繁盛；谣言传得也很快，不挑人随意散布，更是惑乱人心。有些影歌星借着谣言抬高自己的知名度；古代的曾参之母却因为一而再、再而三的谣言而误信曾参杀人，竟然放下织了一半的布，越墙而逃。

上海人将"野火"比做散布谣言，上海方言里的"放野火"指的是乱说些耸人听闻的话，只顾自己一时快意，不管别人遭殃。现在上海最喜欢放野火的人，以"卖夜报的"要数第一，他们根据晚报标题，便能无中生有地造出几句谣言来，大声叫喊以引起人们买报的兴趣。然而报童放野火的目的，仅在多得两三个铜板，较之某些有心人士制造空气所能得到的好处，真是相差太远了。

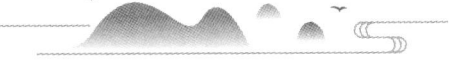

劝君更进一杯酒，西出阳关无故人

渭城朝雨浥轻尘[1]，客舍青青柳色新。劝君更进一杯酒，西出阳关[2] 无故人。

——王维·渭城曲

完全读懂名句

1. 浥轻尘：浥，湿润。指雨水洗刷润泽道路，恰好便于行路。2. 阳关：在今甘肃敦煌县西南方，自古与玉门关同为出塞必经之路，因在玉门关以南，故称阳关。

春天的早晨，渭城刚下过一场细雨，湿润的地面尘土都被洗净，而客栈旁的杨柳也因为雨水润泽显得清新光洁。值此送别之际，我劝您再多和我共进美酒、小酌一番；等到您西行出关之后，可是再也没有老朋友陪您这样谈心了。

名句的故事

《渭城曲》起先名为《送元二使安西》，是王维送一名姓元的朋友出使安西的赠别之作。古人由于交通不如今日发达，一别后不知何日能相见，所以将亲朋离别视为大事。在送别之际折柳相赠则源于汉代，一方面来自《诗经》中"昔我往矣，杨柳依依"的典故，以杨柳象征依依不舍的情绪；另一方面，当时长安灞桥两岸，堤长十里，沿途长满碧绿的柳树，长安人多半在此地送别，便折下容易栽种繁殖的杨柳枝，既托"柳"、"留"同音的不舍之情，也希望离开的人去到遥远的地方生活，能像杨柳一般很快地落地生根、枝叶繁盛。

王维的《送元二使安西》完成后，一时传诵不休，并有人为之谱曲成歌，因为诗中有"渭城"、"阳关"等地名，为了便于记忆，人们就把曲名改称《渭城曲》或《阳关》，而阳关更因此成为离别或怀念故旧的代称，被不少诗作引用。白居易就曾写道："相逢且莫推辞醉，听唱《阳关》第四声。"阳关第四声，指的正是王维《渭城曲》的第四句"西出阳关无故人"。

历久弥新说名句

"劝君更尽一杯酒，西出阳关无故人"，是描写离别情景的名句，出了阳关之后就是戈壁滩和沙漠，在当时的交通条件下，再次相见确实是不容易。其实别说是出关了，即便今天的我们看来行程不到一日的距离，对古人来说也是生离死别，天各一方。从《唐诗三百首》中，送别之作竟然高达三十多首。看来，离情真是古人书写的最佳题材。无论是李白著名的《送孟浩然之广陵》里"孤帆远影碧空尽，惟见长江天际流"的怅然；王勃《送杜少府之任蜀州》"海内存知己，天涯若比邻"的旷达；或是苏轼词作《蝶恋花》"凭仗飞魂招楚些，我思君处君思我"的感伤，送行人和别离者千回百转的情绪，可不是他们多愁善感，而是环境不得不然。

　　说到环境，幸运的我们也许无从想象，几十年前我们的父祖辈当中，仍有一群人因为时代更迭、战火频仍，令他们受尽流离失所、与亲人不再相见的痛苦。当代剧团"屏风表演班"的代表作舞台剧《西出阳关》，剧名来自《渭城曲》的典故，就是叙述一群人逃离家园，却没想到从此再也不能回去，只能在余生中不断重唱"阳关三叠"，怀念过去的岁月。离情产生的对象未必是人，有时更是一个时代，一段岁月，或是一个无法忘怀的情境，虽然不再相见，但也只能振作精神，在不舍中继续向前生活，这正是人类精神积极的表现吧。

还将两行泪，遥寄海西头

山暝听猿愁，沧江急夜流。风鸣两岸叶，月照一孤舟。建德非吾土，维扬[1]忆旧游。还将两行泪，遥寄海西头[2]。

——孟浩然·宿桐庐江寄广陵旧游

完全读懂名句

1. 维扬：即扬州。原名广陵。2. 海西头：即扬州。

山色暗了，听得猿在悲鸣，使人发愁，今晚沧江水流得很急。风一吹过，两岸的叶子沙沙作响，明月正照着我这条小船。建德不是我的家乡，我所思念的是维扬的老朋友，不如将这两行热泪，遥寄给扬州的友人。

名句的故事

开元十八年，孟浩然乘驾一叶孤舟溯浙江西上，行入建德县境内，夜泊秋江。行旅的孤独与寂寞，使他不禁思念起在扬州的友人，于是就有了这首感伤的诗作。

扬州从隋唐至明清，由于漕运及盐法的关系，其繁华便冠于全国。时至清代，扬州依旧繁华，虽然在明末清初之际，清兵入关，攻陷史可法死守之扬州，并屠城十日；那真是一个可悲可泣的历史悲剧，但似乎无碍于扬州的繁盛。清朝李斗曾撰《扬州画舫录》，里头根据自己亲身游历的所见所闻，追忆记录乾隆四五十年间扬州繁盛的景象，十分可观。

尽管扬州如此荣华，此时此刻的孟浩然却全不看在眼里；在凄冷的秋夜里，身旁的江水在暮色中迅疾地奔流，风吹过枝叶，发出沙沙的声响，都平添了悲秋的孤寂之感。面对茫茫的江面，他一心只想着在扬州的老朋友。然而要如何表达对朋友的思念？也只能将脸上的两行热泪，遥寄到扬州去。末句情溢乎辞，一个小小的动作的描述，却将思念之情表露得淋漓尽致，或许这正是此诗历来为人传诵不绝的重要原因吧。

历久弥新说名句

孟浩然意欲传达对友人的思念之情，竟想寄"泪"过去，这样的描写说是夸张，倒不如说是生动，因为不会有人当真，以为孟浩然"头壳坏去了"。泪虽然看得见，但是它会蒸发，不像是固体般得以保存，以至于无法邮寄。这其实是一种很动人的写作手法，转化中拟虚为实的修辞的运用。

在汉魏乐府中有一首《战城南》，作者不可考，前面几句是这么写的："战城南，死郭北，野死不葬乌可食。为我谓乌：且为客豪，野死谅不葬，腐肉安能去子逃。"这是一具战死沙场的尸体的告白。生前战于城南，后来死在外城之北，由于死在郊外，无人安葬，所以乌鸦便能随时啄食，于是希望有人能帮它跟乌鸦说："你就替我号叫几声，当作是可怜我陈尸荒野，而我曝死郊野不得安葬，我这身腐肉还能逃离你的啄食吗？"沙场上陈尸遍野本是一种令人震撼、悲恸的场面，这具尸体透过对生人的交代，表达出他的无奈之情，却意外地给人一个鲜活而生动的画面——横尸遍野的惨况，腐肉"交代"的情景，当下都刻在人们的心坎上。这则是转化中拟物为人的运用。

至于像"臣愿效犬马之劳"中的"犬马"，或是一些以动物间的小故事对于人类行径加以批评的寓言故事，便是运用了转化中拟人为物的修辞。修辞是历代学者整理出的缀文技巧，透过修辞的转述整理，我们似乎更能够了解古人作品中的佳处了。

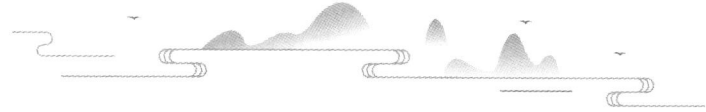

洛阳亲友如相问，一片冰心在玉壶

寒雨连江夜入吴，平明送客楚山孤。洛阳亲友如相问，一片冰心[1]在玉壶。

——王昌龄·芙蓉楼送辛渐

完全读懂名句

1. 一片冰心：指存心明洁，有如一块冰。

在寒雨满江的夜晚，我来到吴地。一大清早我送朋友上路，我俩离别，连楚山也显得孤独。你到洛阳后，亲友如果问起我，你就告诉他们，我的心境明洁，好比一块冰放在玉壶中那样的清明透澈。

名句的故事

此诗大约作于开元二十九年以后。王昌龄当时为江宁

（在今南京市）丞，辛渐是他的朋友。辛渐拟由润州渡江，取道扬州，北上洛阳，王昌龄可能陪他从江宁到润州，然后就此分手。这首诗原题为两首，此首写的是大清早诗人送行的情形，另一首则是写头天晚上诗人在芙蓉楼为辛渐饯别的感怀。

"寒雨连江夜入吴，平明送客楚山孤"，从诗的头两句，便可以知道两人的交情极为深厚。首先，寒雨满江的夜晚烘托出离别的气氛。清晨，天色将明，辛渐也即刻要乘舟北归，诗人遥望江北的楚山，想到好友不久后就要隐没在山的另一边，不知何时才能再相见，心里感到一阵孤寂。一个"孤"字带出了预想中亲友的关心并表明心志，于是而有下半段的叮咛："洛阳亲友如相问，一片冰心在玉壶。"诗人曾因为不拘小节而两遭贬谪，开元二十七年被贬到岭南是第一次，从岭南归来后，被任为江宁丞，几年后再次被贬到更远的龙标，可见得当时诗人正处于众口交攻的恶劣环境中。冰心、玉壶，都是晶莹剔透、素净清白的东西，于是诗人在此借喻为自己高洁清白的品格，也塑造了他在后人心中的形象。《唐诗新赏》里这么解释："诗人在这里以晶莹透明的冰心玉壶自喻，正是基于他与洛阳亲朋之间的真正了解和相互信任，这绝不是洗刷谗名的表白，而是蔑视谤议的自誉。因为诗人从清澈无瑕、澄空见底的玉壶中捧出一颗晶亮纯洁的冰心以告慰友人，这就比任何相思的言辞都更能表达他对洛阳亲友的深情。"

情景相生、情景相融，这是从先秦《诗经》就有的诗歌共同特点。此诗于寒雨满江的景象与孤立的楚山，寓含了诗人此刻的心境及感受，之后提到冰心玉壶，更令人联想到诗人孤高傲岸、冰清玉洁的形象，如此深远的用意便融化在一片清洁明澈的意境之中，情景相合、含蓄蕴藉，而韵味无穷。

历久弥新说名句

以"冰心玉壶"比喻人心的光明纯洁，可说以王昌龄这首诗最为出名，但却不是最早这么用的。早在六朝鲍照的《代白头吟》里就有这样的句子："直如朱丝绳，清如玉壶冰。"题目是从司马相如与卓文君的故事而来，当时司马相如将续娶茂陵一女为妾，卓文君于是作《白头吟》以自绝，此事才作罢。而诗文头两句，作者正是以玉壶来比喻高洁清白的品格。

唐朝宰相姚崇曾作《冰壶诫序》："冰壶者，清洁之至也，君子对之，示不忘乎清也。……故内怀冰清，外涵玉润，此君子冰壶之德也。"光是从序名以冰壶为诫，便可以知道其中的喻义。里头又明白地说出冰壶之德性，俨然将冰壶当作是效法的对象了。至于盛唐诗人王维、崔颢、李白，都曾以玉壶自励，推崇这光明磊落、清白纯洁的形象。

中国近代女大诗人冰心，原名谢婉莹，福建长乐县人。她是五四新文学运动中涌现出的第一批现代作家。时至今日，她对于现代文学仍具有很大的影响力。冰心的名言是"有了爱就有了一切"。巴金在为《冰心传》一书所作序中，称她是"我们新文学的最后一位元老"；同时又说"她的头脑比好些年轻人更清醒，她的思想更敏锐，对国家和人民她有更深的爱"。她的作品、言行，都是赞美母爱、童心，她对她的国家、人民及大自然的深情，或许这正是她取笔名为"冰心"的由来。

秦时明月汉时关，万里长征人未还

秦时明月汉时关，万里长征人未还；但使龙城[1]飞将[2]在，不教胡马渡阴山[3]。

——王昌龄·出塞

完全读懂名句

1. 龙城：在今漠北塔果尔河地方。2. 飞将：指汉朝防守边塞的将军李广，匈奴称他为汉之"飞将军"。3. 阴山：在今内蒙古北部。

现在看到的月亮，还是秦、汉时的月亮，关塞也还是秦、汉时的关塞。但是古代出塞去远征的壮士，如今却仍然还没回来。只要戍守龙城的飞将军还在，就不会让胡人的马队跨过阴山。

西出阳关无故人

❀名句的故事❀

　　这是一首十分有名的诗作，明朝文学家李攀龙曾经推奖它是唐人七绝压轴之作。清朝诗评家沈德潜在《说诗晬语》这么说："'秦时明月'一章，前人推奖之而未言其妙，盖言师劳力竭，而功不成，由飞将军备边，边烽自熄，即高常侍《燕歌行》归重'至今人说李将军'也。防边筑城，起于秦汉，明月属秦，关属汉，诗中互文。"高常侍即高适，而"至今人说李将军"一句，现在多作"至今犹忆李将军"。最后说到的互文，在古代诗歌的使用上是很普遍的，像是南宋诗人文天祥的《正气歌》，里头写到自己被关在牢狱里头，和其他囚犯一起作息，便以"鸡栖凤凰食"来做比喻。鸡指的是一般的囚犯，而自己正是凤凰，却和鸡"一同栖食"，这便是互文。沈德潜虽批评前人只是推奖而未言其妙，而他亦只是道出诗的大旨，未道出其中特出之处。虽然如此，我们仍可以感受到，他对于此诗，一样是予以高度肯定的。

　　"秦时明月汉时关"，"明月"和"关"，在边塞诗里出现得很普遍，在乐府诗题中，就有《关山月》一首。《乐府解题》说："关山月，伤离别也。"无论征人思家、思妇怀远，往往都脱离不了"关"和"月"二物。有学者这么说，"借用前代评诗惯用的词语来说，就是'发兴高远'，使读者把眼前明月下的边关同秦代筑关备胡、汉代在关内外与胡人发生一系列战争的悠久历史自然联系起来。这样一来，'万里长征人未还'，就不只是当代的人们，而是自秦汉以来世世代代的人们共同的悲剧；希望边境有'不教胡马度阴山'的'龙城飞将'，也不只是汉代的人们，而是世世代代人们共同的愿望。"这种普遍而平凡的悲剧和愿望，就随着首句"秦"、"汉"这两个时间限定词的出现而显出很不平凡的意义。此外，这句诗声调高昂，气势雄浑，亦足以统摄全篇。

有人说："诗歌之美，诗歌语言之美，往往就表现在似乎很平凡的字上，或者说，就表现在把似乎很平凡的字用在最确切最关键的地方。而这些地方，往往又最能体现诗人高超的艺术造诣。"这首诗便是一个很好的模范。

历久弥新说名句

"秦时明月汉时关，万里长征人未还"，在中国古代，由于种族的对立与不平等，或是争权、争地的问题，以至于战争十分的频繁，尤其是在一个朝代由盛转衰、朝代更迭之际，或是整个中国土地分裂成南北或东西甚至是多块之时，对内则有内忧、有内乱，对外则有外敌、有外患，届时不来个五天一小战、十天一大战，是不肯罢休的。

再说到征战军的命运。大获全胜的自不必说，如果战败了，或是脱了队，就免不了被俘虏甚至遭到杀害的命运。受俘虏的如不愿投降，也许就像汉朝的苏武一样被发放到北海边牧羊，其实就是另一种形式的拘留。运气好的也许后来就释放了也说不定，运气差一点的可能就老死在异域，永远也没有机会再见到自己的

亲人，回到自己的故乡。此外，还有跟着军队南征北讨的，这跟名句里的情况有些相似，一样没什么机会可以回来，这在古诗十九首中的《十五从军行》里头就有一个形象鲜明的故事。诗一开头两句就足以让人咋舌："十五从军行，八十始得归。"从十五岁的小伙子到八十岁的老头子，其间六十五年的光阴，完全献给了军旅生涯。好不容易回到了家乡，却只有亲人的坟墓和他遥遥相望。家里都已经荒废了，恍如隔世。他稍加整理，煮了一锅羹饭，却不知道可以和谁一起享用。于是他走出家门，往东方望去，流下了悲恸的眼泪。

也许，这正是乱世中的人民共同的哀悲吧。

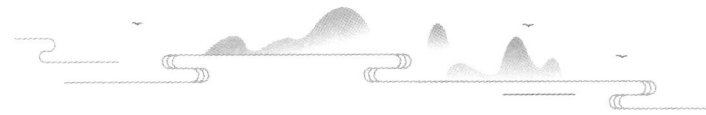

羌笛何须怨杨柳，春风不度玉门关

名句的诞生

黄河远上白云间，一片孤城万仞[1]山。羌笛[2]何须怨杨柳，春风不度玉门关。

——王之涣·出塞

完全读懂名句

1. 仞：古代的长度单位，八尺为一仞。2. 羌笛：古羌族的管乐器。

从西望去，黄河的水源源而来，仿佛直上那苍天白云之间，一座孤城矗立在这万仞高山之侧。胡地的笛音何必吹着《折杨柳》寄怨呢？温暖的春风是不会吹过玉门关的。

名句的故事

在高山大河的环抱下，一座地处边塞的孤城巍然屹立。在这

西出阳关无故人

种环境中忽然听到羌笛声吹奏出悲凉的《折杨柳》，不能不勾起戍卒的离愁。古人有临别折柳相赠的风俗，因为"柳"与"留"谐音，赠柳表示留念。明代杨慎甚至认为"羌笛何须怨杨柳，春风不度玉门关"，不只是抒解离愁，更含有讽刺之意；"此诗言恩泽不及于边塞，所谓君门远于万里也"。(《升庵诗话》)

王之涣这两句诗到底有多好？从唐代薛用弱《集异记》所载"旗亭画壁"故事，便可说明不但后世万分景仰，就是他还在世时，便已声震海内。开元中，王之涣与王昌龄、高适到旗亭小饮，正好有十多个梨园伶官也来此聚宴。其中四位有名的歌伎开始唱歌时，王昌龄便提议："我们各擅诗名，自己分不出高下。今天就看她们都唱谁的诗，谁便为优胜，如何？"前三个歌伎分别唱了两首王昌龄的诗，一首高适的诗；王之涣自认为久负盛名，便指着最好的歌伎说："她唱的若不是我的诗，我这辈子就不敢与你们二位竞争了。"那位歌伎一开口，果然是"黄河远上白云间，一片孤城万仞山。羌笛何须怨杨柳，春风不度玉门关"；三人不觉大笑。那些伶官歌伎因他们大笑而见问，知道是王之涣等人，非常高兴，立刻拜请他们入席。这件事在唐时就已盛传，后来元人还编成杂剧上演。

历久弥新说名句

边塞诗中写到的"关"往往是慷慨悲壮的。就拿玉门关来说，这里不仅是个连春风也吹拂不到的边远之地，更是生离死别的终点，自古就是西行旅人心理上的关隘。他们把这里视为远离东土的生死界地，不知是否能得生还。

汉武帝太初元年（公元前 104 年），李广利率数万之众、六千余骑出玉门关往西域征讨大宛国。途中诸小国坚守城池，不肯提供粮草，又攻打不下，李广利只得回师。一往一返，费时两年，回到敦煌时，同行的士兵已死了十之八九。他上书朝廷请求罢兵，汉武帝大怒，派人"遮断玉门关"，下诏："军有敢入者辄斩之。"李广利不胜恐惧，只得留守敦煌。

《后汉书·班超传》中记载，班超在四十一岁时随军西出玉门关，北征匈奴，在西域大显身手，花了二十多年时间，使西域五十国全部归顺了汉朝，从此匈奴不敢南下。班超镇守西域近三十载，直到老病交加，思乡心切，上书恳请告老还乡的语气却近乎绝望："不敢望到酒泉郡，但愿生入玉门关。"最后才在妹妹班昭恳切上书之后勉强得到汉和帝的批准，拖着七十一岁老迈身躯回到洛阳。他在洛阳受到人们的崇敬，但仅一个月，便因常年艰苦的军旅生涯积劳成疾，猝然而逝。也难怪元代的张可久要为他发出"将军空老玉门关"（《卖花声·怀古》）的不平之鸣了。